白夜に沈む死 下

オリヴィエ・トリュック

油田の開発に各国の石油会社が群がり、利権と欲望が渦巻く町ハンメルフェスト。石油産業のダイバーは危険と背中合わせだが、信じられないくらいの高給が支払われる花形の職業だ。亡くなったサーミ人のトナカイ所有者の幼馴染は、腕利きのダイバーだった。伝統と利権に引き裂かれるサーミの人々。トナカイ所有者、かつて石油会社に関わっていた市長に続き、スウェーデンとアメリカの石油会社の代表者二名が減圧室の事故で悲惨な死を遂げるに至り、クレメットとニーナは一連の出来事のつながりを疑い始める。数多くの賞を受賞したシリーズ第二弾。

登場人物

クレメット・ナンゴ……トナカイ警察の警官
ニーナ・ナンセン……クレメットの同僚
エリック・ステッゴ……トナカイ所有者
アネリー・ステッゴ……エリックの妻
ニルス・ソルミ……アークティック・ダイビング社のダイバー
トム・パウルセン……ニルス・ソルミのダイビング・パートナー
エレノール……ニルス・ソルミの恋人
レイフ・モエ……アークティック・ダイビング社の潜水作業指揮者
マルッコ・ティッカネン……不動産仲介業者
ヘニング・ビルゲ……フューチャー・オイルの代表者
ビル・スティール……サウス・ペトロリウム社の北ノルウェー代表者
グンナル・ダール……ノルグオイルの代表者
ラーシュ・フィヨルドセン……ハンメルフェスト市長
ユヴァ・シック……
モルテン・イーサック……　トナカイ所有者
ヨーナス・シンバ……

スサン……………………………トナカイ所有者
オラフ・レンソン……………トナカイ所有者、サーミ議会の議員
アンタ・ラウラ………………サーミ人芸術家
ニルス・アンテ………………クレメットの叔父
ミス・チャン…………………ニルス・アンテの恋人
エレン・ホッティ……………ハンメルフェスト警察署の警部
マーリット・エリアンセン……ニーナの母
トッド・ナンセン……………ニーナの父。元ダイバー
ペール・ペーデルセン………ノルウェー人の元ダイバー
ジャック・ディヴァルゴ………フランス人の元ダイバー
レモン・デピエール…………フランス人の元医師

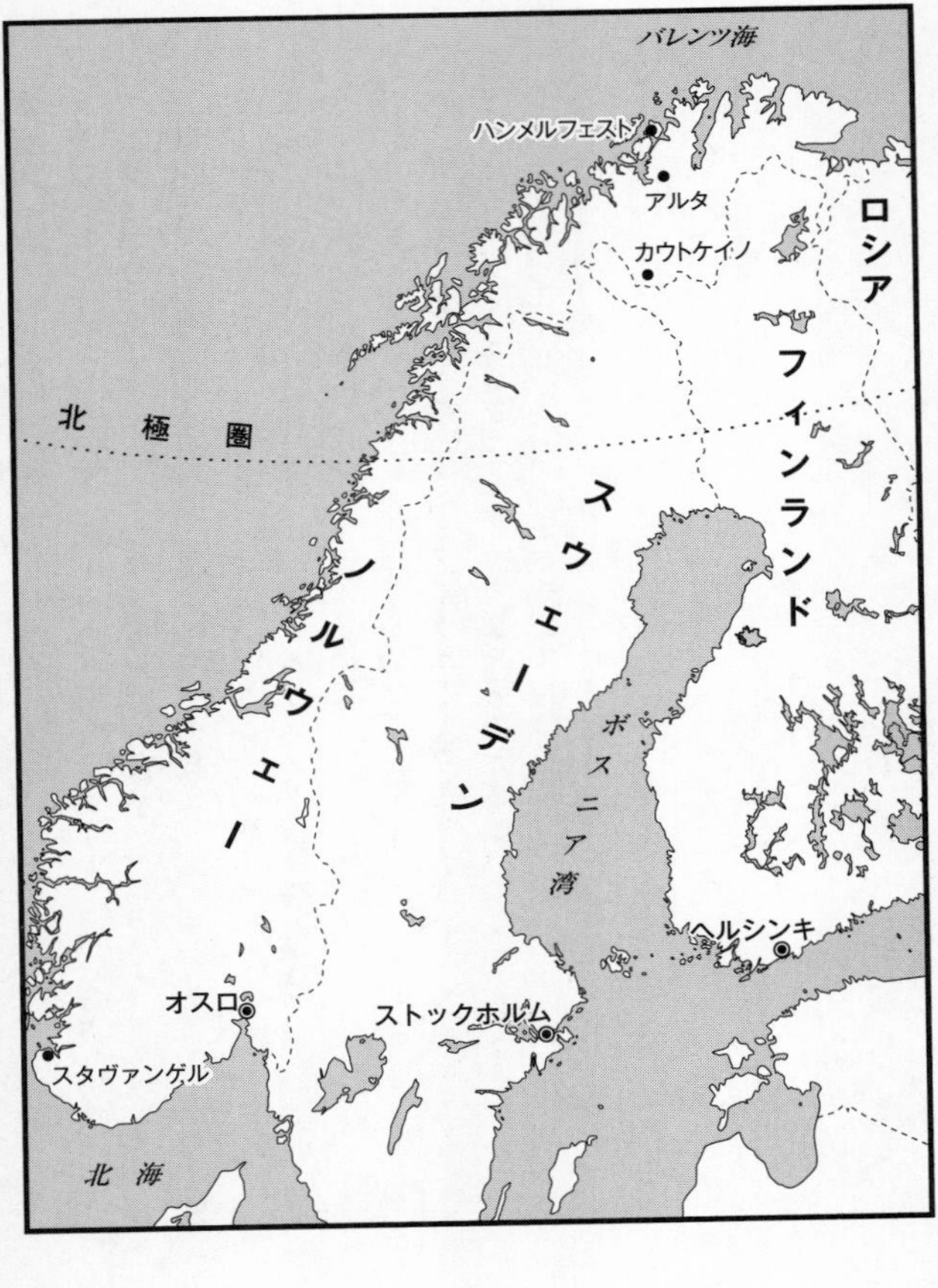
バレンツ海
ハンメルフェスト
アルタ
カウトケイノ
ロシア
フィンランド
北極圏
スウェーデン
ノルウェー
ボスニア湾
ヘルシンキ
オスロ
ストックホルム
スタヴァンゲル
北海

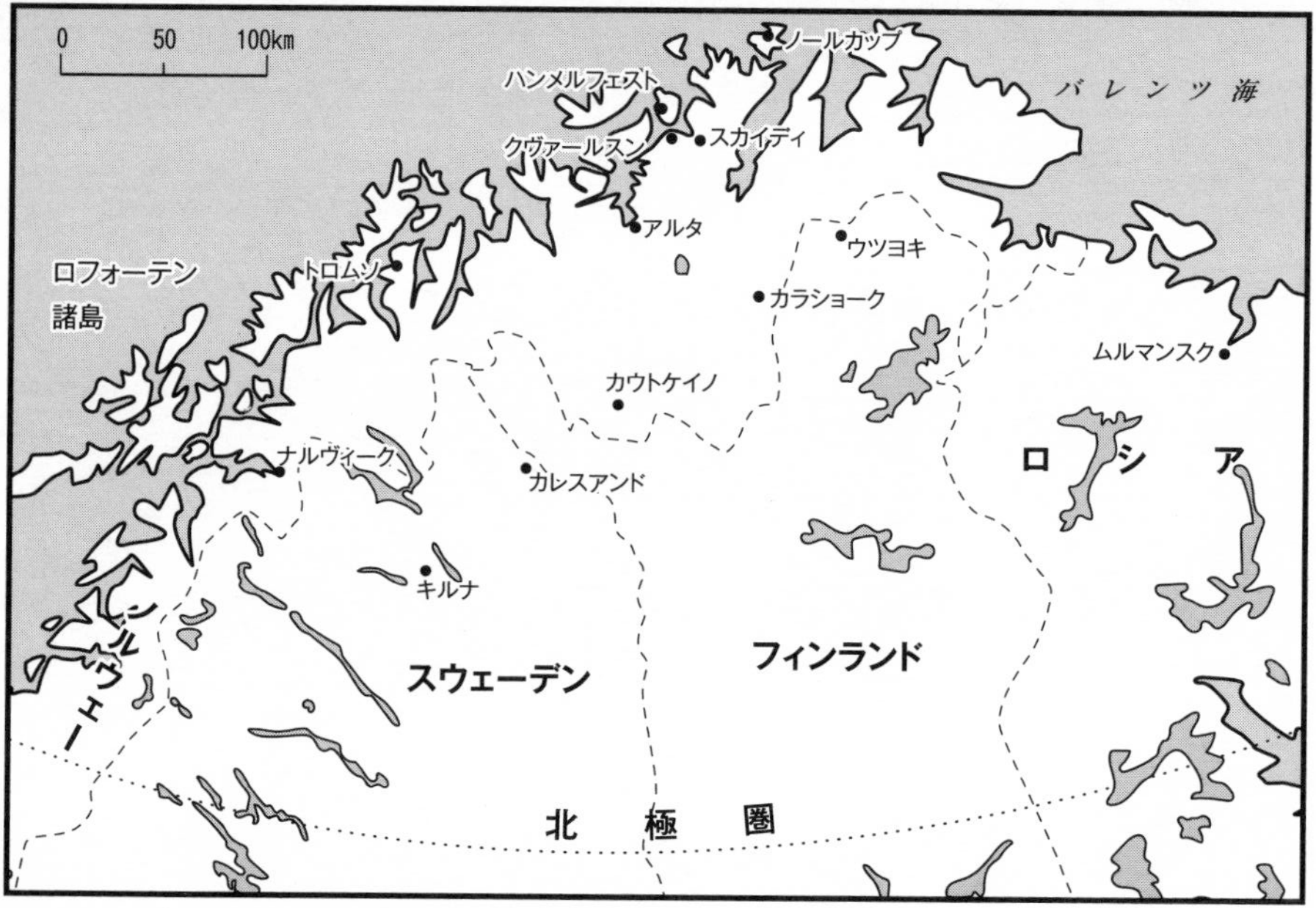
0 50 100km
ノールカップ
ハンメルフェスト
バレンツ海
クヴァールスン
スカイティ
アルタ
ウツヨキ
ロフォーテン
諸島
トロムソ
カラショーク
ムルマンスク
カウトケイノ
ナルヴィーク
カレスアンド
ロシア
キルナ
ノルウェー
スウェーデン
フィンランド
北極圏

白夜に沈む死　下

オリヴィエ・トリュック
久　山　葉　子　訳

創元推理文庫

LE DÉTROIT DU LOUP

by

Olivier Truc

白夜に沈む死　下

33

五月五日　水曜日
日の出：二時八分、日の入：二十二時三十五分
二十時間二十七分の太陽
放牧の移動路　七時三十分

パトロールP9がまた二人になると、クレメットとニーナは凍原《ツンドラ》へと出ていった。アンタ・ラウラとともに溺れ死んだ男たちの捜査はいったんお預けだ。スサンから支援の要請があったのだ。アネリーもいないし複数のトナカイ牧夫が群と一緒に鯨島《クヴアールエイヤ》にいる今、本土側にいるトナカイの見張りの手が足りない。なのに快晴が続く日の長い時期にはピクニックにやってくる人々が規則を破って、先日のイースター連休のようにスノーモービルで母トナカイに近い場所まで来てしまう。スサンは今朝すでに隣の谷でスノーモービルのエンジン音を聞いたという。「わたしたちはトナカイ所有者を一人失ったのよ。そのうえ仔トナカイまで失うわけにはいかない」スサンは非難がましい声で言った。

ニーナとクレメットは雪が大きく後退してしまった場所を避けて、前回よりさらに遠回りを

し、午後遅くに群にたどり着いた。その間にスサンはクレメットの留守電に三件もメッセージを残していたが、クレメットは番号を見てもかけ直すつもりはなさそうだった。

「トナカイ警察は来るときに来る。遅かれ早かれ」そう言ってのけた。

群に近づくにつれ歩みは慎重になる。柔らかく緩んだツンドラの大地を双眼鏡で確認すると、白と茶色のぶちになったような景色だ。クレメットは自分たちの正面を指さした。頂上が平らになった部分は、解け残った雪がしみのように覆っている。ニーナは裸眼でも一定間隔に散らばった点々を見分けることができた。几帳面な農夫が植えつけた苗のようだ。光のせいで、散らばった点は雪の上では濃い色に、ツンドラの茶色の地面ではかなり薄い色に見えた。双眼鏡のピントを合わせると、数百頭というトナカイ、具体的にはおそらく三百頭程度の群だというのがわかった。世界のあらゆる雑音から隔絶されたこの場所で、のんびりと休んでいる。クレメットは手を大きく回して、大きな群を驚かせないように自分たちはまた遠回りをしなければいけないことを示した。

湖まで出るのに十五分かかった。ほとんどは丘の斜面にそって走り、顔に白樺の枝が当たった。そこでクレメットが氷上の点々を指さした。今度はトナカイではなく釣り人が氷の上に散らばっている。ニーナも知ってのとおり、トナカイ警察はトナカイ所有者以外の全員に常に嫌がらせをしていると揶揄《やゆ》されている。特に、ツンドラの小屋で週末を楽しみ、ちょっと釣りでもしようかとスノーモービルでやってくる家族連れに。地元民の多くは、特に沿岸部の人々は、この季節にトナカイ所有者が広大な土地を占領することを許せないでいた。

五十メートルほどの距離まで近づいて釣り人が誰なのかがわかると、ニーナは行動に出た。スピードを上げ、クレメットを追い抜き、相手の五メートル手前で停まった。ヘルメットを取ると、男が二人、彼女を見つめた。しかし微動だにするつもりはないようだ。

ニルス・ソルミとトム・パウルセンがオーバーオールにニット帽、氷に照り返す太陽光のために氷河用サングラスをかけている。スノーモービルの上にアイスドリルがおかれているから、それで氷に穴を開けたのだろう。直径二十センチはある穴だった。トム・パウルセンはトナカイの毛皮に寝そべり、三十センチほどの長さの釣り竿をもっている。ニルス・ソルミのほうは警官たちを上から下まで眺めまわしている。ニーナが進み出たのは、ニルスがちょうど口を開こうとしたときだった。

「今の時期、ここは釣り禁止です。トナカイが出産するエリアですから」

二人の男は立ち上がった。ニルス・ソルミがクレメットから視線をそらさずに返事をしようとしたとき、トム・パウルセンがサングラスを外して先に答えた。

「知らなかったんです。情報が間違っていたらしい」

ニルス・ソルミは口を閉じ、何も言わなかった。ニルスとクレメットは睨みあっている。クレメットが手で合図をし、二人はスノーモービルのほうへ行って話し始めた。

「二人きりの話があるようだな」パウルセンが言った。

ニーナはニルスのダイビング・パートナーに微笑みかけた。

「ちょっとエゴが強すぎるところがありますね」

「まあそう言うなよ。ダイビングの世界にああいうやつはいくらでもいる。危険な職業なんだ。説教されるのを好まない。だからって悪いやつではない」

「ダイビングの世界のことなら知ってるわ」ニーナはパウルセンが理性的なことがありがたかった。

「そうなのか？」

パウルセンはニーナに興味をもったようだった。

「父が石油産業のダイバーだったの。ずっと前に」

トム・パウルセンはゆっくりとうなずき、最初は何も言わなかった。スノーモービルの脇ではニルスとクレメットが合意に至ったようだ。クレメットはホッティ警部からもニルスに謝罪するよう命じられている。ニーナの理解が正しければ、クレメットにとって謝罪の言葉を発することは簡単なことではないのだが。

「お父さんはここに住んでるの？」

「いいえ」

ニーナはトム・パウルセンを見つめた。生き生きした茶色の瞳。意志の強そうな口元。ニーナの話に本気で興味をもっているようだった。少し離れたところで釣りをしている人たちは静かだった。軽い風が粉雪を飛ばし、丘の斜面が太陽に輝く。数週間前まで雪の下に隠されていたヒメカンバのせいで丘は縞々に見えた。静寂を乱すのは東の丘ぞいに走っていくスノーモービルの音だけだ。

「実は、どこに住んでいるのか知らないの。もうずいぶん会ってないから」

「へえ、なぜだい。訊いてもよければ」

ニーナは相手を見つめ返した。驚いたことにこの男を信用することが当たり前のように思えた。

「父の精神状態はどんどん悪くなっていった。母はそんな父からなるべくわたしを遠ざけようとしていたんだと思う。わたしはまだ子供で、手遅れになるまで何が起きているのかよくわかっていなかった。だけどある日、父は消えていた」

「そうか……気の毒だったね」

「わたしはダイビングの魅力だけ聞いて育った」

「その後、会おうとはしなかったの？」

ニーナはこれ以上話すのは無理だと感じた。心臓が強く打っている。

「そうね……ちょっと複雑で。どうだろう。最近父のことをよく考えていて。それで……ううん。どうなるかな」

涙がこみ上げてきて、ニーナはクレメットとニルスのほうを向いた。やっと話がついたようだ。二人とも同じくらい頑固な表情をしてはいるが。ニーナはなんとか泣くのを我慢し、トム・パウルセンを見つめ、微笑みかけた。すると彼も微笑み返した。

「話せて嬉しかった」

ニーナは彼が差し出した手を握り返した。

一台のスクーターが彼らのそばで停まった。ユヴァ・シックが怒りの表情で近づいてくる。しかしニルスの姿を見て、表情を和らげた。全員に挨拶をする。彼の群の大半はここからそう遠くないところにいた。だから周りで釣りをしている人たちに、ここはお前らのいる場所じゃないという意味の合図を送った。しかしニーナは、ニルスがいるときにはシックが自分を抑えていることに気づいた。

「スサンからも電話があった。ここにいる人たちには帰ってもらいます」ニーナが言った。

「今ちょうど……どの道から帰ればいいか、トムに説明しようとしていたところ。つまりあっち」ニーナはそう言って、パウルセンの目をじっと見つめた。

ニーナは地図を広げ、彼らがどの方向から来たのかを説明した。それから回り道として使うカーブを指でなぞった。

「おれが案内するよ」シックが申し出た。「ニルス、おれはちっともかまわない。それにもう少ししたら釣りができる場所も教えてやる。トナカイが移動したあとだ。言ってくれればいいだけだよ。訊いてくれれば場所を教えたのに。頼ってもらえたほうが嬉しいのは知ってるだろ？」

ニーナはもちろんクレメットもきっと、ニルスがシックに対して吐いた軽蔑の言葉を覚えている。しかしシックのほうはちっともそれに気づいていないようだ。ダイバーたちが荷物をまとめる間、クレメットはユヴァ・シックを脇へ連れていった。ニーナも二人に近づいた。

「で、群のほうはどうだ？」クレメットがシックに訊いた。

シックは警戒した表情になった。

「まあ普通だ。いつもより楽ってことはない」

「餌場の問題があるんだろう?」

「問題? なんだ問題って。おれには問題なんかない。問題があるのは他のやつらだ、そのせいでおれに面倒をかけてくる。おれ自身はなんの問題もないさ。それにおれの問題はトナカイ警察がどうにかできることじゃないしな」

「そうか。じゃあお前は問題ないんだな。よかったじゃないか。だができることなら高台の餌場にありつきたいんだろう」

「だが高台なんてもう残ってない。ハンメルフェストの町が全部奪ってしまう。それに慣れるしかない。おれはトナカイを高台に行かせたかったが、エリックたちはおれが来るのを嫌がった。それにおれはもうリーダートナカイを失ったんだ。この島はイースター・フェスティバルより混みあってる。ろくに通れやしない。大勢が同時にここにいたがるからだ。結局トナカイを農場で飼うことになる」

「それはいいアイデアなんじゃないか? お前は興味あるのか?」

「ああ、興味あっちゃいけないのか?」

「だがお前とティッカネンの間ではどういう話になっていたんだ? ごまかすなよ。検察官はお前に目をつけている。ロシア人の売春婦たちにもだ」

「おれは関係ない。ティッカネンからはあの女どもが売春婦だとは聞いていなかった」

「何も怪しまなかったのか？」

「なぜ怪しまなきゃいけないんだ。ティッカネンにだって女友達をもつ権利があるだろう？　おれだってあいつの友達だ。それにニルスとも」そう言って顎でダイバーのほうを指した。ニルスはスノーモービルに荷物をのせ終わるところだった。「誰と友達になるかは自分で決める権利がある。相手が売春婦であってもだ。単にそれだけだろ」

「じゃあティッカネンとなんの話をしてたの？　土地のことじゃないの？」ニーナが訊く。

「ハンメルフェストの高台にある土地の一部、エリックとその一族が太古の昔から餌場として使ってきた土地は皆がほしがっている」クレメットも続けた。「誰かがそこに家を建てたいらしい」

「土地、土地……。口を開けばそのことばかりかよ。通らなければいけない場所のことを話していただけだ。ティッカネンは国家トナカイ飼育管理局の全員を足したよりずっとわかってる。売春婦みたいな女友達がいるとはいえ、何よりも土地が誰に属しているかをわかっているんだ。ここで起きていることも全部把握している。あいつには自分の仕事をさせておくのが全員にとっていいんだ。そのほうが状況がよくなる。おれのことはフィンランドの農場に連れていってくれた。農場でもトナカイは飼える。農場で飼育するほうが楽だ。もう走り回らなくてすむ。おまけにクソむかつく温暖化の影響も……だからともかく、それ以外に方法はないんだ」

34

南西ノルウェー　十八時三十分

ニーナが乗った飛行機は午後遅くに着陸し、そこから小さな車をレンタルして、母親が住むスタヴァンゲル近くの村へと向かった。ドライブには案の定、時間がかかった。フィヨルドのエリアはくねくねした道路のせいで長い距離を走ることを強いられる。高い山々が真っ逆さまに海に落ちていくような地形、それによって入り組んだ海岸線ぞいに走らなければいけない。途中車ごとフェリーにも乗り、トンネルも十本ほど抜け、やっと目的地に近づいた。ニーナは午後じゅう、飛行機の中でも車の中でも、母親と対面する心の準備をしてきた。

隔絶された村はフィヨルドのいちばん奥に位置している。山に囲まれた谷底に通された最後のトンネルをくぐる前に、ニーナは車を停めた。このあたりでは山頂以外は雪が、すべてなくなっている。二十軒ほどの民家が谷の南側の斜面に集まっていた。急な小道が海へと続いている。ニーナが車を停めた景観スポットからは、漁船が停泊しているのが見えた。おそらく船の多くが海に出ているはずだ。この海は長いこと、村に出入りする唯一の手段だった。トンネルはニーナが子供の頃にはもうあったが、当時まだ新しかったはずだ。トンネルが完成したとき、ニーナの母親もまだ若かった。春になるとここの漁師は農民になる。タラ漁のシーズンが終わるからだ。さばいた魚は木の柵に干し、風で乾燥させる。二千キロ北にあるサプミよりもここのほうが暗かった。

母親と会うのは気が重かった。しかしあまり時間がない。父親をみつけたければこの方法しかないのだ。父親なら例のダイバーたちのことを知っているかもしれない。ニーナがそう説明したとき、クレメットはすぐにそれが言い訳だと気づき、優しい口調でそう指摘した。ニーナは否定しなかった。それに有給も残っている。

村では太陽が沈んでいた。しかし外はまだ明るい。小さな港にトロール船が入ってくるのが見える。時計を見ると二十一時過ぎだった。船は新しくは見えないから、四十年前にここに入ってきていた船とたいして変わらないはずだ。小さなトロール船――それがある日、嵐を避けてこの港に入ってきた。それとも水や食料の補給のためだったのだろうか。母親がそういう船に対していいことを言うのは聞いたことがない。船乗りが上陸し、また海に出ていく前に酔っ払うからだ。母親はトロール船が入ってくるたびにニーナに注意した。特にニーナが少し大きくなってからは。父親はロフォーテン諸島のスクローヴァ村の出身だった。クジラ漁の盛んな小さな村。トロール船の煙突のてっぺんに黒い縞が一本引かれていることで知られていた。それがクジラ漁師のサインなのだ。クジラを狩っていないときは、タラなど海が与えてくれる恵みを獲っていた。

船が港に着いた。男たちが桟橋のあたりで走り回っている。ニーナは母親の家まで車を進めることにした。木造の家は長年の間に傷んだようには見えなかった。黄色い外壁は塗り直されたばかりのようだ。この村では家を塗り替えるときには皆で助け合う。気候と海風のせいで何もかもがすぐにだめになってしまうので、頻繁に塗り替えが必要だった。ニーナは母親に連絡を入れずにやってきたが、隣のおばあちゃん、マルガレータに電話をして、母親が家にいて元気であることは確かめておいた。

「あなたのお母さん、マーリット・エリアンセンはお元気ですよ」マルガレータは電話でそう言った。「今でも村じゅうを恐怖に陥れているくらいだから。皆が日曜には教会に、水曜日には手芸の会に行くように見張っているのでね」

その家は正方形で、非常に簡素で、玄関前の段を上がると、裸電球がぶら下がっている。どの窓にも刺繡《ししゅう》の入った小さな布がかけられている。母親は鼻先に眼鏡をのせてキッチンに座っていた。ひとまとめにした白髪が瘦せた顔を強調している。

ニーナはノックをしてからドアを開けた。

「わたしよ」

母親は刺繡から顔を上げ、眼鏡ごしに娘を見つめた。

「ちょうど寝るところだったんだけど」

ニーナは母親に歩み寄って、抱きしめた。

「自分でベッドを整えるわ。わたしも疲れてるから。ここまで来るのに丸一日かかった」

「どこから来たの」

「アルタから。トロムソで飛行機を乗り換えて」

「ずいぶんお金がかかったでしょうね」

ニーナはサプミからのお土産を鞄から出した。トナカイの毛皮を丸く切ったもので、ピクニックのときに雪の上に敷いて座ると濡れないし暖かい。母親は毛皮を忌まわしげに見つめてから受け取った。

「父親と同じね。無駄遣いばかり」

「これは冬に便利よ」

母親は困惑したようにうなずき、テーブルに毛皮をおいた。

「お腹は空いてる？」

「いいえ」

ニーナは空腹で死にそうだったが、あとで隣のマルガレータのところに行けばいいと思った。

「何しに来たの」

「話すために」

「じゃあ明日ね。ベッドをつくってらっしゃい」

ニーナは唇を噛んだ。また子供に戻ったみたいだった。冷酷な母親は娘から距離をおくと同時に、支配してもいる。

「祈りたいなら、あなたの聖書はまだベッドサイドテーブルの引き出しに入っているから」

35

午後早くにニーナをアルタの空港まで送ったあと、クレメットはスカイディの宿泊小屋へと向かった。目の届くかぎりツンドラが広がるこの平らな区間が好きで、いつもじっくりドライブを楽しんだ。十七時のニュース番組では特に目新しいニュースもなく、自分が去年、珍しいほど暑い夏の終わりに担当した事件の判決が下ったということくらいだった。雄のトナカイたちが——雌は臆病なので——ハンメルフェストの町にやってきて、市庁舎や小さなショッピングモールの陰に涼を求めたのだ。まだフェンスが張り巡らされる前のことで、百頭くらい集まることもあった。そして所かまわず糞や尿をまき散らした。気温が高い中で悪臭が耐えがたいものになり、クレメットは当時の同僚とともに呼ばれ、市の職員が何時間掃除して回ってもだめだった。家の中にいても臭うほどだったのだ。クレメットは当時の同僚とともに呼ばれ、惨状を目にすることになった。牧夫もトナカイを町から追い払おうとはしたが、トナカイたちはまたすぐに戻ってきてしまう。それが二カ月続いた。市長ラーシュ・フィヨルドセンは怒りで理性を失い、マスコミを総動員し、自分のフェイスブックのページでも激しく非難を繰り返し、市民に意見や目撃談を求めた。

それは複雑な案件だった。第一に、市庁舎とショッピングモールの周辺はトナカイ放牧法十一条により〝耕されていない土地〟に該当し、トナカイには法的に用を足す権利があった。その一方で人間には自然享受権がある。裁判所も困っている、とNRKの記者は報じた。トナカイは涼を求めて日陰に集う。トナカイ所有者はトナカイが町に近づかないようにする義務を怠った。おまけに〝ほんの数回〟しか介入しようとしなかった。判決はその日の午後早くに下った。トナカイ所有者それぞれに三千クローネの罰金。「きわめて珍しい事件だ」というのが裁判所のコメントだった。クレメットはチャンネルを変えた。五人の所有者のうち、エリック・ステッゴはもう罰金を払えない。

クレメットはさらに一時間かけてスカイディの宿泊小屋にたどり着いた。ハンメルフェストの人々はこの日の午後、週末をパトロールP9の小屋の下にあるキャンプ場で過ごしているようだった。彼らのスノーモービルが車の後ろにつないだ小さなトレーラーに積まれている。クレメットは小屋まで車を進めた。十八時のニュースを聴いてみると、またさっきの判決のニュースが流れた。それからサッカーやスノーモービルレースなど、週末に予定されているイベントの情報が続いた。リーペフィヨルドでは飲酒運転で一人が捕まった。この地方の鉄道建設に反対する運動が再燃。また政府石油基金から様々なプロジェクトに対して援助金が出る可能性がニュースとして流れた。「現在のところ、総額五兆二千七百九十億ノルウェークローネ」だという。そのとき、スカイディからクヴァールスンに続くフィヨルドで、小さな別荘が燃えているという情報がリスナーから寄せられた。クレメットはそこでラジオを消した。市庁舎とショッピングモールの裏で糞をするトナカイのせいで、去年の夏は台無しになった。ニーナは当時まだトナカイ警察に来ていなかったが、新人研修にぴったりだったのにと悔やまれる。

クレメットはノートパソコンを取り出した。遅れている事務作業がいくつもあるのだ。テーブルの上には、びりびりに破かれた罰金の用紙を並べ直したものがある。ドイツ人観光客の二人に関しては、調べても何もわからなかった。ドイツに帰ったところまでしか追えなかったし、罰金はすでに支払われている。しかしあとの二人、ノルウェー人とポーランド人のほうが気になる。クレメットはクヌート・ハンセンの住所を検索した。確かにその住所にはクヌート・ハンセンという人間が住んでいるが、クレメットはその男はこの件とはなんの関係もないという確信があった。ポーランド人についても同じだ。

パソコン画面を見つめてはいても、頭の中で考えが流れていく。減圧室の事故以来、皆が神経を張りつめている。ユヴァ・シックは石油会社の重役たちと明らかなつながりはない。ティッカネンとはビジネスを通じた関係、そしてニルス・ソルミと個人的な関係があるだけで。それに後者については控えめに言ってもかなり弱い関係だ。

シックとステッゴの確執についてはトナカイ警察の得意分野ではあるが、今では普段の業務範囲を逸脱している。

フィヨルドセンの死は事故だと考えられているが、犯罪事件として扱うべきだと思う。しかしスティールとビルゲのおぞましい死にざま、そしてアンタ・ラウラと二人の身元不明の労働者の件についてはクレメットも事故だとは判断しかねていた。

町では誰もがその話ばかりだ。不安が広がっている。外国人労働者の多くが暴言を浴びせられた。住民はまた町に平和が戻ってくることを切望している。以前のような平和が。それは暗に、大量の酔っ払い労働者がやってくる前という意味だ。こんなふうに手に負えない状況になるなんてことは許せないのだ。

クレメットは座ったままメモを取り続けた。考えれば考えるほど、ラウラとあとの二人の溺死、それと最初の二件の死亡事件に関連があるとは思えない。一方でティッカネンは市長のことも石油会社の二人のこともよく知っていた。グンナル・ダールのこともだ。ニルス・ソルミも。ニルスはきっと、ティッカネンやダールほどは死んだ石油会社の二人とは親しくなかったはずだ――そんなニーナの声が聞こえてきそうだった。しかしクレメットはその反論を切り捨てた。ニルスだって被害者と関連のある人間の一人なのだ。ニルスがもめていた相手、ニルスが得る利益、すべてがクレメットの目には興味深く映った。

クレメットはマルッコ・ティッカネンとグンナル・ダール、さらにニルス・ソルミの間に矢印を引いた。彼らの共通の関心事、そして彼らの邪魔になっていた人間たち。消された人間たち。

死んだ人間同士はどうしても知り合いでなければいけないのか？　それにユヴァ・シックは？　トナカイを怯えさせた人影。怯えたらトナカイが向きを変えてしまうことを誰よりも知っていたはずなのに。ニーナはあのトナカイ所有者が気に入らないようだった。アネリーと少し親しくなったせいだろうか。それだけではないだろう。ニーナは警官としての直感力をもっている。そこに何かあるはずだ。

この事件は自分の担当ではないとはいえ、事故のすぐあとに目撃され、二人のロシア人にもその場にいたことを証言されている男、そいつにも好奇心をかきたてられる。減圧室を閉めて加圧したのがその男だという可能性はかなり高い。ダイバーか？　潜水作業指揮者？　減圧室の知識のある人間は誰だ？　とりあえず自分にはない。他の人間も大半がないだろう。ティッカネン――あいつは謎の男たちとも知り合いなのだろうか。ティッカネンの手先だったのか？　ユヴァ・シックのように。あのティッカネンという男は色々な出来事の中心にいる。クレメットは自分がまだティッカネンについてほとんど知らないことに気づいた。時計を見ると、ハンメルフェストに行く時間はありそうだった。

フィヨルドぞいに車を走らせていると、右手に燃え落ちた小屋が見えた。まだ煙が上がっている。さっきラジオのニュースで流れた火事だ。ハンメルフェストの警察が現場にいて、捜査している。クレメットは車を停めて挨拶をした。この小屋はトナカイ所有者のものではなかった。クレメットもかつてはこの地域の小屋一軒一軒の所有者をすべて把握していたものだ。トナカイ所有者の小屋もあるが、たいていはハンメルフェストの住人のものだった。しかし次第に覚えておくことが難しくなった。どんな細い道にも、雨後のキノコのように別荘が増えたからだ。トナカイ所有者たちは文句を言った。交通量が増えてますますトナカイを怯えさせるからだ。クレメットはこの別荘が誰のものか知らなかった。今はもう現形をとどめていない。警官が驚いた顔でクレメットを見つめた。

「トナカイ所有者への報復ではないかを確かめたくて」クレメットが説明した。「ほら、またトナカイが町に現れる時期だから……」

「ああ、また大騒ぎになるな」

二人はしばらく黙って消防士の作業を眺めていた。

「まだ中には入れていない。煙がすごくて。だが、貧乏人の小屋ではなかった。それだけは言える」

「車は?」クレメットは赤いフォルクスワーゲンのコンビを指さした。

「レンタカーだ。外国人の名前。今確認中だ」

「もしやドイツ系の名前か?」

「いや、むしろフランスだな」

「なんだって? こんなところに別荘を買うフランス人がいるのか? そいつは中にいたのか?」

ハンメルフェストの警官はわからないという顔で、不満そうに口をとがらせた。

クレメットはそこから車で去った。

沿岸急行船《フッティルーテン》が停泊するハンメルフェストの広場では、不動産の広告に覆われたガラス窓ごしにティッカネンがデスクに座っているのが見えた。フィンランド人はクレメットを見ても驚かなかった。バタンとファイルを閉じ、背広の皺《しわ》を伸ばし、肩のほこりを払い、クレメットにビジネススマイルを向け、両腕を広げた。

「警部殿はスカイディの小屋に飽きたのかな? 任務に合った物件を必ずやご紹介しますよ」

クレメットは答えずに、小さな接客コーナーの心地よい安楽椅子に腰かけた。ソファテーブルには雑誌が積まれている。

「ではでは、どうぞおかけください、警部殿。コーヒーはいかがです？　それとももう少し……男らしいものでも？」

「ティッカネン、もったいぶってないでお前も座れ。おれに何か売りつけようったって無駄だぞ。うちの同僚たちはお前にずいぶん優しかったようだな。ここでのんびりしていられるなんて驚きだ」

　マルッコ・ティッカネンもやってきてクレメットの向かいに座った。満面に笑みを浮かべ、また両腕を広げ、それから手で髪を撫でつけた。

「どういうご用件でございましょうか、警部殿」

「ティッカネン、お前はいつからポン引きになったんだ？」

「まったく警部殿は大袈裟《おおげさ》ですね。アメリカ人のためにロシアの女性たちをパーティーに呼んだ、それだけです。われわれフィンランド人は昔から西と東の対話を助けてきた。あなたが示唆しているのは金銭のやりとりが発生しなければいけないようなビジネスだが、つまり金銭のやりとりをつかめたということですかな？」

　クレメットは言い返せなかった。確かにその点については証拠をつかめていない。ティッカネンはきっとロシアの元締めに直接現金で払ったはずだ。そういうことには詳しいやつなのだから。現金なら支払いの痕跡は残らない。何も困らない。

「爆発した減圧室のせいでまずい立場にいるのはわかっているな？」

「わたしはその場にはいませんでした。あなたの同僚がすべてもう確認しましたよ」ティッカネンは安楽椅子の中で座り直した。

「減圧室の外にいた男は誰だったんだ？」

「船上ホテルのスタッフの一人ですよ。わたしの客を減圧室に案内した」

「そいつの話をしているんじゃない。ロシア人たちが見たと言った男だ。背が高くて体格のいい男」

「警部殿、わたしはその男のことは知りません。誓いますよ。母親の墓に誓ったっていい。わたしだってこの件に心底ショックを受けているんです」

「なぜユヴァ・シックを連れてフィンランド方面の農場へ行った？　あいつの放牧地ではないし、お前の事業エリアでもない」

フィンランド人はまた髪を撫でつけ、クレメットににじり寄った。

「そこに未来があるんですよ、警部殿。ただ未来を先取りしているだけ。伝統的なトナカイ放牧はあと数十年のうちに死刑宣告を受ける。それまで指一本動かさずに待つつもりですか？　わたしはトナカイ所有者に解決策を提示しているんです。もちろんこれまでと同じというわけにはいかないがね。代々伝わる移牧生活という意味では。だが農場でもトナカイは飼育できるし、そうすれば観光客向けの事業も始められる。確実に今よりいい暮らしができるんですよ」

「ほう、お前にとってトナカイ放牧はエキゾチックなノマドの暮らしなのか。甘く見るなよ、お前が何を知っている。ユヴァ・シックとはいつから農場の話がもち上がっているんだ?」

「数カ月か、半年前かな。大事なことなら、正確な日付を調べますが」

「あいつから連絡を取ってきたのか、それともお前があいつに提案したのか?」

「いやいや、それがまさかのわたしからですよ。気の毒なトナカイ所有者たちが命を削って働いているのをこの目で見てきましたからね」

「他のトナカイ所有者たちにも同じような提案をしているのか?」

「いやいや、真剣な話では全然ありません。ですがわたしのような職業は、常に周りを観察しているものですから」

「お前は知り合いが多いようだな、ティッカネン」

「常に最高のサービスを提供するためですよ、警部殿」

「エリック・ステッゴにも何か提案したのか?」

「気の毒な青年だ。間に合わなかったんです。チャンスさえあれば、大急ぎで提案したのに。わかりますか? そうしていれば今頃生きていたはず。そう、生きていたはず――だって、農場で溺れ死ぬことはないでしょう」

36

五月六日　木曜日
ハンメルフェスト
日の出：一時五十九分、日の入：二十二時四十三分
二十時間四十四分の太陽

スタヴァンゲル地方
日の出：五時二十七分、日の入：二十一時四十一分
十六時間十四分の太陽

スタヴァンゲル地方　五時

ニーナは母親がキッチンで朝食を用意する音で目が覚めた。時計を見ると五時だ。目が開かない。ニーナは自分が家を出たときこの部屋がどんなふうだったかを思い起こした。その名残はもうほとんど残っていない。

母親は感情的な人間ではない。ニーナはあの頃に、友達のようにカローラやガウテ・オルムオーセン、ラーズ・フレデリクセンといったアイドルのポスターを壁に貼る勇気はなかった。雑誌から切り抜いた写真はまだ引き出しに隠されたままだろうか。それを探したところでどうなるわけでもないが。部屋は暗くてストイックな雰囲気だった。昨晩ナラ材のベッドサイドテーブルの引き出しを開けてみたところ、本当に聖書が入っていた。開きはしなかったが。疲れ果てていて、マルガレータのところにサンドイッチを食べさせてくれと頼みに行く気力もなかった。隣の奥さんは、ニーナとおしゃべりできるならば喜んでサンドイッチをつくってくれただろう。この村は本当に娯楽が少なかった。空腹のまま、寝起きで目を腫らした状態で、ニーナはシャワーを浴びた。戦闘態勢に入るために、思わず冷たいシャワーを浴びそうになった。なぜこんなことになったの――。ニーナは三人の兄ともほとんど交流がなかった。それぞれが自分の人生を生きている。一人は村に残っていて、今でも信心深い漁師だ。長期間海に出て、グリーンランド沖の外海で漁をしている。もう一人の兄もここスタヴァンゲル地方に住んでいて、石油プラットフォームの修理をする小さな造船所に勤めている。いちばん下の兄は道を踏み外してしまい、彼の話題はこの家でタブーだった。最後に消息を聞いたときには、北のほうの小さな町でふらふらしているということだった。ニーナの母親は毎回はっきりと、別の父親だったら末の息子も真面目に細き道を選んだはずだということを強調した。

「朝食を用意したわ」

朝の挨拶もない。母親はいつも礼拝で用いられるフレーズしか使わなかった。歳のわりには生き生きとした、相手を探るような目つきで、小さな失敗にも説教をたれる態勢が整っている。しかしここに来たのは説教されるためではない。ニーナは今、オートミールの器と牛乳のグラスを前にして座っていた。母親は向かいに腰かけ、ふちの欠けたグラスに三分の一ほど水が入っている。セロテープで修理した眼鏡をテーブルにおき、強く腕組みをして待っている。直線的な上着は首元までボタンが留められ、強く結んだ唇、きつくまとめた髪、そしてこけた頬。彼女をよく知らなければ、禁欲的なこの女性は今にも相手に嚙みつこうとしている、押し殺していた怒りを解き放とうとしているのかと思うだろう。しかし実際にはそれとは正反対だった。母親は穏やかな呼吸をしている。見た目は獲物にとびかからんとする肉食動物そのものだが、その息遣いが善良な良心、内なる平和、そして自分は正しい側に立っているという自信、迷いのなさを物語っている。彼女の権力と平和のバランスが、ニーナの子供時代にもずっと影を落としていた。

母親と和平協定を結ぶためにここに来たわけではない。母親を見た瞬間に、そんな道は未来永劫に閉ざされているのがわかった。ただ父親を捜したいだけ。そのために母親が必要だった。常に父親と自分の間に立ちはだかっていた母親。ニーナは牛乳のグラスをテーブルにおいた。オートミールにはまだ手をつけていない。母親が娘の朝食として毎日つくってきたオートミール。キッチンは記憶のままだった。黄色いリノリウムの床、白い壁。ドアにシンプルな十字架がかかっている以外、壁にはなんの飾りもない。新聞が家にあったことも一度もなかった。あるとすれば教会の週報や福音宣教用の冊子くらいで。母親は常に世界の雑音からニーナを遠ざけていた。かつて父親が買ってきたテレビは、父親がいなくなるのと同時に消えた。最後に父親に会ったのは十二、三年前だろうか。その後の消息はわからない。ニーナはそれ以来、母親に対してどう接すればいいのかわからなくなった。穏やかな動きでテーブルの上に手を伸ばせばいいの？　しかしきつく組んだ腕を見て、ニーナはやめておくことにした。

「パパと連絡を取りたいの。警察の捜査のことで」

母親は最初、何も言わなかった。それからわずかに探るような目つきになった。ニーナは母親をよく知っているので、その沈黙こそが母親から下された評価だとわかっていた。母親に完璧にしつけられたからこそ、自ら謙虚になり、自分に父親の長い沈黙の責任があることを自覚しなければいけないのだ。母親が放つ満足げな落ち着き、そして善良な良心が、ニーナが訊くまでもないことを語っていた。この家では誰も間違いを犯していない。マーリット・エリアンセンは決して間違いを犯さない。小さな暗いキッチンに重くたちこめる沈黙にニーナは息が詰まった。母親はまだ何も言わない。ニーナはゆっくりと立ち上がり、テーブルに拳《こぶし》を押しつけて身体を支えた。突然、自分と父親の間にいつも立ちはだかった白髪の女への怒りが溢れたが、なんとか抑えようとする。あまりに多くの思い出。あまりの失望。あまりの逆境。ニーナは牛乳のグラスをつかんだ。独りで泣いてばかりだった。吐息だけが唯一の絆、一度の愛撫だけが唯一の約束だった。ニーナは突然大声で叫び、流しにグラスを投げつけた。グラスは粉々に割れ、牛乳も四方八方に飛び散った。母親は驚き、がばっと立ち上がった。そして思わず自分の水のグラスをつかみ、それを守るかのように胸に押しつけた。しかしすぐに落ち着きを取り戻すと、相手を精査するような表情になった。

「あの男と同じ性格ね」

「パパが出ていったのはママのせい。ママだけのせい！」

しかし母親の胸が怒りのあまりに大きく上下することはなかった。この状況でも完璧に自分を制御できている。

「哀れな娘。あなたをあの男から守ってきたのがわからないのね」

「守った？」

ニーナは顔じゅうに流れる涙をぬぐった。そして頭を振った。

「哀れなのはママのほうよ。わたしを守ったですって？ なんてこと。そこまで何も見えていないの」

一瞬、母親はニーナの言葉に苛立った表情になったが、すぐに元に戻った。

「あの父親のことをわかっていたとでも？」

今度はニーナが躊躇《ちゅうちょ》する番だった。母親はもちろんそれに気づいた。

「そう思っているなら、自分のことを全然わかっていない。だって、あなたたちはそっくり。あなたと父親。あの男の血があなたにも流れている。衝動的に出ていったり、すぐに爆発したりする性格。単純で表面的な物ばかり好むし」

ニーナは耳を疑った。これは本当に自分の母親なのか。わたしのことを表面的な物が好きな人間だと見ているの？ ここからずっと遠い町で働き始めたというだけで？ それともわたしが父親のことを思い出させるから？　頭の中を怒りが駆け巡った。苦々しい顔の小柄な女、自信満々の女。内側から蝕まれ、不変の真実を信じこんでいる。母親は水のグラスをテーブルに戻し、手を下ろしたままニーナに一歩近づいた。鋭い視線のまま、棒のようにぎこちなく。

「あの男が出ていっていなかったら、あなたがどうなっていたかは想像するのも恐ろしい。あの男はお金のせいで盲目になった。お金にゆっくりと殺されていった」

「どこに行けば会えるかだけ教えて」ニーナは心を落ち着けようとしながら、うなるような低い声で言った。

母親はさらに娘に近寄った。相手の目をじっと睨みつけながら、ニーナの願いなど聞こえなかったかのように。

「知り合ったとき、あの男は漁師だった。漁船がここの港に着いた。彼は質素で勤勉な人間だった。人生や信仰を軽んじてはいたが、よく働き、神にも敬意を払っていた。良識に耳を傾ける羊だった。だけどある日心のダムが決壊し、別の場所にいる悪魔に捕まってしまった。簡単に手に入る金や冒険に心を奪われ、ダイバーになった。そのせいでわたしたちの生活は崩れた。彼は変わってしまい、別人になった。その日以来、わたしの心に平安が訪れたことはない。常にあなたたちを守らなくてはいけなかった。あの男を堕落に導いた遺伝子が、あなたたちまでだめにする前に追い出さなければいけなかった」

「自分の言っていることがわかってる？　まるでエクソシストじゃない！　話しているのはわたしの父親のことよ？」

目の前にあるのは母親の燃えるような眼差しだけだった。ニーナは玄関を出て、乱暴にドアを閉めた。外に出ると深く息を吸い、塩辛い海風に酔ったような気分になった。ゆっくりと心が落ち着いていく。周囲を見回すと、謎めいた海——父親をこの村にいざない、そして連れ去った海、そしてニーナが望んだようにはやまびこを返してくれなかった山、秘密を抱え住人を麻痺《まひ》させてしまうような家々があった。ニーナの瞳が、明かりの灯った隣家の窓で止まった。老いたマルガレータが心配そうな顔でニーナを見つめている。まるでニーナが家から飛び出してくるのを待ちかまえていたみたいに。あの人も絶望しているみたい、とニーナは思った。そして手を振った。

ニーナはマルガレータの家に入った。マルガレータはニーナの母親よりも年上で、もっと頑丈だった。もっと生き生きしているとも思う。頭にショールを巻いているが、奔放な白い毛先が飛び出している。広い額。灰青色の瞳は今でも美しく、片目のほうが大きくて深くくぼんでいる。左目のほうはまるで火が消えたみたいで、まぶたを開けておくのに疲れたように見える。ショールの結び目が老婆の二重顎を支え、ジャケットを二枚重ねて着ている。マルガレータはニーナの動揺した表情を見逃すわけもなく、座るよう勧めた。

「可愛いニーナ、お腹は空いていないかい？」

老婆は返事も待たずに、じゃがいもパンにソーセージをのせてニーナの前においた。別の皿にキャベツのサラダを盛り、カップにコーヒーを注ぐ。ニーナがそれを食べる間じゅう、心配そうにニーナの金髪を撫でていた。ニーナは目でマルガレータに礼を言った。言葉が出ないほど感情的になっていたし、食事の味を楽しみたかった。

「あなたのお母さんは相変わらずだねえ……」

ニーナはくすっと笑い、あきれたように頭を振った。それからマルガレータの手を取った。

「ねえ、マルガレータ。あなたはこの世の誰よりもあの人のことをよく知っている。ママが変わるなんて想像できる？」

今度はマルガレータが笑う番だった。優しい笑い声、それでニーナの心が温かくなり、怒りが和らいだ。

「まあまあ、人に聞かれたらどうしましょう」マルガレータが笑いながら言う。

ニーナは立ち上がり、隣のおばあちゃんを強く抱きしめた。マルガレータはニーナが育つのを見てきた。よくおやつに呼んでくれて、そのおやつは必ず家のよりも甘くて美味しかった。ただし父親が家にいるとき以外だ。父親が家にいるときは――そんな日々はどんどん減っていったが――ニーナの人生は最高だった。

「マルガレータ、わたし、パパを捜したいの。なのにママはわたしをパパから守っていると言い張って」

老婆は微笑み、ニーナの髪をまた撫でた。

「座りなさい、話してあげよう」マルガレータはニーナの脇に座った。

それからマルガレータはニーナの父親トッドがこの村にやってきたときのことを語ってくれた。生と活力に溢れた若い漁師。漁船がこの村の小さな港に停泊したとき、ニーナの母親は若かった。とても若かった、まだ十七歳。トッドは二十五歳になっていた。大人の男だ。もう十年近く海に出ていた。彼は仲間と桟橋で酒を飲む代わりに、若いマーリットが魚でいっぱいの籠を家まで運ぶのを手伝った。それが彼女の心をつかんだ。トッドの笑い声は優しくて奔放で、何を見ても笑ったし、いつも機嫌がよかった。マーリットの家に着くと、屋根の端が秋の嵐で壊れていることに気づいた。そのまま午後じゅうのこぎりで板を切り、釘を打ち、新しい屋根板を張った。マーリットはお礼に小さな刺繡《ししゅう》をプレゼントした。今でも彼女が感謝の意を示すために人にあげるのと同じ刺繡だ。そして自分が神と対話する場所をどうしても見せたいと言って、教会に案内した。マーリットも彼は他の男たちとはちがうと感じていた。ほら、あそこ、あの小さな白い石灰石の塀の陰で、波のかからないところで、ニーナの父親は母親に初めてキスをしたはず——マルガレータはそう言った。

それからトッドの船はまた海に出ていった。クジラ漁の季節が始まったからだ。しかし彼は戻ってきた。そして二人は結婚した。ロフォーテン諸島の村に留まることもできたのに。しかしマルガレータが思うに、ニーナの父親は環境活動家によるクジラ漁への反対運動に疲れてしまったのだ。タラ漁で充分だった。小さな船を買って、この村のフィヨルドから漁に出た。他の漁師のように。そのあとに北海で原油が発見された。トッドは冒険を夢見ていた。北海で何が起きているかを知ったとき、その魅力に抗《あらが》えなかった。マルガレータもずっとあとになって知ったことだが、ニーナの父親はある日ラジオでダイバー研修のニュースを耳にした。そこから運命が劇的に変化した。それまではダイビングなどしたこともなかったのよ——とマルガレータは請け合った。そもそもダイビングが何かも知らなかった。しかし彼の意志は固かった。彼が変わり始めたのはそれからだ。ダイバーとして大金を稼ぐようになった。しかし数年後に健康を害した。その頃ニーナはまだ生まれていなかった。

「ええと、あなたが生まれたのは……」マルガレータは集中した表情で思い出そうとしていた。

「一九八九年でしょう！」

ニーナも笑顔になった。そう、確かに一九八九年生まれだ。父親は当時四十代だった。

「彼の問題は……」マルガレータが続けた。

トッドは潜水中に事故に遭い、もう二度と元には戻らなかった。しかしニーナが生まれると、彼は娘に夢中になった。息子たちはもう大きかったし、父親とは親密ではなかった。すでに母親に完全に支配されていたのだ。そして父親と娘の間には強い絆が結ばれた。

ニーナは考えこんだ。まだ幼かった頃、父親が消えてしまう前のことはよく覚えている。そのときは父親が病気だとはわからなかった。ただ母親がしょっちゅう、父親を休ませてあげなくてはいけないと言っていた。あの人にできることは休むことぐらいだ、とも。じっとしていられない人間だ、と言うこともあった。ニーナはときどき夜中に目を覚まし、父親がフィヨルドぞいに遠くまで歩いていくのを目撃してしまった。父親はかなり経ってからやっと帰ってきてベッドに倒れこむ。疲れ果てた状態で。ニーナが駆け寄りたくても、母親の影がそこに立ちはだかり、寝室のドアを閉めた。幼く純真だったニーナも、父親との絆が弱まっていくのに気づいていた。常に漠然とした映像、常に痛みを伴う恋しさ。ニーナは父親のとても優しい瞳を覚えている。しかしその瞳がすごく悲しそうになることもあった。それでもニーナが近づくと必ず生き返る。母親が阻止できなかったわずかな場合だけだが。そして結局彼は消えてしまった。

「ニーナ、あなたは父親の唯一の喜びだった。唯一のよ。それに彼の命綱でもあった。あなたにはわからなかっただろうけど、彼はあなたに必死にしがみついていた。母親との間には何も残っていなかったから。ダイバーだった父親は、あなたのおかげでなんとか水面に浮いていられたの。あなたしかいなかった。出ていっても、ずっとあなたに手紙を書き続けた」

ニーナは硬直した。

手紙？　そんな話は一度も聞いたことがない。一瞬で顔がベールに覆われたような気がした。深い悲しみのベール。残りの人生ずっと、黒い喪服で暮らし続ける寡婦のように。

「ニーナ、あなたには知る権利がある」老婆は立ち上がり、若いニーナを抱きしめた。「あなたの父親は当時、何度も自殺未遂をした。苦しんでいたの」

ニーナはマルガレータを優しく押しのけると、立ち上がり、家を出ていった。喉が渇ききっている。めまいがしそうだ。窓の下を通ると、母親が刺繍と裁縫道具袋を前にして座っているのが見えた。深く考えこんでいるようだ。ニーナが部屋に入ると、また刺繍の手を動かし始めた。

「手紙を見せて」

テーブルの片側で母親は沈黙し、あの鋭い目つきになった。反対側にはめまいを感じ、かれきった喉のニーナがいた。

「パパからの手紙。ずっと書いて送ってくれていたのに、あなたが隠したんでしょう」

ニーナが本当に幼かった頃以来初めて、マーリット・エリアンセン――義務と信仰に生きる女が声をあげて笑った。しかしこの老いた女が自ら選んだ長く厳しい道に歪められてしまったような笑いだった。

「わたしはなんと甘かったのか。何もかも変えられると思っていたなんて。あなたたちを変えられるなどと」

母親はまた笑い、自分自身の思い上がりを憐れんでいるかのようだった。罪と後悔という、慣れ親しんだ世界へと逃げだしたのだ。ニーナにしてみればそこでふたつのことが明らかになった。これがこの女に会う最後になること。そして、彼女が降参するだろうこと。手紙が存在するなら、渡してくれるはずだ。しかし救いは訪れないだろう。マーリット・エリアンセンはこのあとすぐに、後戻りできない道へと消えていき、そこにはもう彼女の夫や娘の居場所はない。彼女が人生のバランスを維持するためにはそれしかないはずだ。そしてニーナは手紙をくれと要求することで、どちらの側に立つかを選んだのだ。

笑い声が消えると、顔が恐ろしい笑みに歪んだ。それからやっと落ち着きを取り戻し、呼吸にも秩序が戻り、表情を取り繕った。この上なく長い旅から戻ってきたのだ。

「そう、地獄であの男に会いたいのね……」

母親は立ち上がり、部屋を出ていった。ニーナは待った。テーブルの上の刺繍を見つめる。

いままでつくってきたのと同じ刺繍だ。教会の慈善事業で売るために、美しい刺繍を施した小さなテーブルクロス。このあたりでは有名な存在だった。父なる神の指——そんなふうに賞賛されてきた。ニーナも記憶にあるかぎり、毎年誕生日に一枚贈られた。無慈悲な女がこれほどの美と繊細《せんさい》さを表現できることにニーナは毎回驚いた。あの神経質な乾いた手がこれを紡ぎ出すなんて——。母親は二分後に戻ってきて、手紙を何通かニーナの前においた。

「言っておくと、ほとんどは返送してしまった」

ニーナは一瞬戸惑った。今ここで読んだほうがいいのだろうか。この白髪の女に自分の感情の昂《たかぶ》りを見られたくなかった。だから封筒を裏返しただけだった。私書箱。知らない町の名前。

「パパはどこにいるの?」

マーリットの顔から、ついさっきの表情は完全に消えていた。

「わからない。興味もない」

「わたしはもう子供じゃないのよ。それに捜査のことで会いたいの。人生で一度くらい不機嫌にするのをやめてよ」

「なぜわたしがあの男の居場所を知っていると思うの」

「なぜかって? だって、あなたは何もかも管理したい人だから」

マーリット・エリアンセンは娘の意地悪な言葉にも傷つく様子はなかった。二人はお互いを見つめていた。仮面をつけたままの闘いだった。

長年の間に、わずか数通——。

「いったい何通送り返したの？」

マーリットはあきれたように頭を振った。身体に戦慄が走ったかのように見えた。しかしそれは嫌悪と拒絶の表現でしかなかった。また幕が下ろされたのだ。マーリット・エリアンセンはもう目の前にいる娘を見てはいなかった。ニーナは急にそのことに気づいた。禁欲的な視線の女が見つめているのは、誘惑に負けた迷える少女。頭の振りかたに急に同情が宿ったからわかる。わたしのことを堕落した女だと思っている。見知らぬ少女、しかし救いの手を差し伸べるべき少女だと。それ以外に、突然その目に閃《ひらめ》いた同情の説明がつかない。善行として救済すべき相手。善、そして悪——ニーナがここで育つ間に受け取ったものすべて。ニーナは手紙をつかむと、玄関に向かった。

しかし玄関で立ち止まり、封筒を見つめた。振り返り、手紙を見せる。

「なぜこれだけ残したの？」

マーリット・エリアンセンは長いこと娘を見つめていた。彼女のほうも、もう後戻りできないことがわかったようだ。

「あなたたちはいつもそっくりだった。あなたがあの男のような終わりを迎えないことだけを願うわ。あなたのために祈ります」

37

ハンメルフェスト　八時三十五分

ニルス・ソルミは朝早く電話で起こされた。しかもそれは当惑するような電話だった。昨夜は〈ベッラ・ルドヴィガ〉という、メルク島《エイヤ》の工場近くに停泊している船上ホテルに泊まった。エレノールと一緒にいたくなかったからだ。今は木曜の朝で、船内にいるのは彼だけのようなものだった。この種の建設現場では常に工事が行われていて、二週間休みなく働いた労働者たちは家に帰って長い週末を楽しむ準備をしていた。翌日早く出発できるように、週末の前日は早い時間から働く。ニルスは退屈な食堂で朝食を食べていた。石油会社の重役二人が死んで以来ここに泊まるのは初めてだったが、普段よりさらに雰囲気が暗い。パウルセンはまだ食堂に姿を見せていない。照明を落とした食堂で、ニルスは独り、明るい色の木のテーブルに座っていた。

朝の電話はスタヴァンゲルの弁護士事務所からだった。こんな朝早くに？　驚いたニルスは、不審そうな声でそう訊いた。すると相手は、うちの事務所は迅速に効率的に、そして何よりも目立たぬよう動くのがモットーなのですと答えた。なんの用件かを聞く前に、ニルスはいくつも質問をして、弁護士の素性を確かめようとした。しかし弁護士は相手のペースに巻きこまれることなく、話を聞いてもらえますかとニルスに頼んだ。弁護士事務所にはあらゆる種類の顧客がいて、彼らのために日々対応を行っている。必ずではないが匿名性が求められることもありますが、その点についてはご安心ください。あなたが知るべきことはすべて知らせます。弁護士の長ったらしい前置きにニルスは苛立った。

「あなたが知るべきことというのは、あなたがある生命保険金の受取人になっていることです。そして顧客は匿名でいることを希望している。それは今後もずっとです。ただ、あなたに早急にお知らせしたかった。今週じゅうに正式な書類を郵送しますので、型どおりの確認がすめば保険金が振り込まれます」

ニルス・ソルミは朝食の盆を押しやると、しばらく黙ってコーヒーカップを睨みつけていた。周りでは何もかもがいつもと変わらず進んでいく。わずかにいた青とオレンジのオーバーオールの労働者たちも一人また一人と立ち上がり、食堂の出口の手前で盆を空にする。ニルスはとんでもない額の保険金を受け取ることになったのだ。雲の上を歩いているような気分だったが、電話の相手には悟られないように気をつけた。額は二百五十万ユーロ。ノルウェークローネにして二千万近くだ。彼ほどの高給取りでも理解を超えた額だった。十年分の年収だ。ニルスは困惑し、携帯電話で弁護士事務所の情報を検索した。どうやらスタヴァンゲルで一流とされている事務所らしい。ネット上で弁護士の名前がヒットしたことで安心できた。ニルスは弁護士に電話をかけ、もっとはっきり教えろと迫った。これが詐欺じゃないことを証明しろ。それでも弁護士はやはりお高く留まったままだった。

「先ほど言い忘れましたが、あなたには正式な書類とともに封蠟で封じられた手紙が届きます。顧客からの手紙です」

「いったい誰なんだよ。その顧客ってのは。突然おれに二千万くれるなんて!」

ニルスはすぐに、大声を出したことを後悔した。まだ残っていた労働者たちが立ち止まったからだ。ニルスのほうを見ている。

「イラクのディナールで二千万もらってもなあ……」ニルスは労働者に聞こえるように口に出した。「無価値だろ。そんな馬鹿みたいな額でおれに手間を取らせやがって……」

そしてダイビング・パートナーの船室へ走った。

スタヴァンゲル地方　八時四十分

マルガレータが淹れたコーヒーのよい香りがキッチンに広がった。ニーナはあれからまだ愛着があったわずかな所持品だけ携えてマルガレータの家に戻った。それからフィヨルドを長いこと散歩した。自分が今、人生のアルバムをめくっていることをはっきり自覚していて、それを少しは厳かな時間にしたかったのだ。深く息を吸い、自分の子供時代を形成していた牧歌的な風景を改めて胸に吸いこむ。きり立った高い山。緑の絨毯《じゅうたん》が急斜面の下半分を覆っていて、昔はそこで羊の周りを走り回ったものだ。木の柵にはさばいたタラが干され、大西洋の風にはためいている。村の子供は小遣い稼ぎにタラの舌を切って、珍味として売っていた。ニーナはフィヨルドまで行き、崖を見上げた。ここで人生最初の悲劇が起きたのだ。ニーナの仔羊がこの崖の下で潰れていた。ニーナが父親と一緒にこの世に生まれ出るのを助けた仔羊だった。一週間ほど、ニーナは嘆き悲しんだ。その日から父親は夜になるとニーナが眠れるように髪を撫でるようになった。ニーナは目を閉じ、また父親に髪を撫でられるのを感じた。開けた海からの風が、ニーナがこれまで幾度となく聞いた言葉をささやく。父親が去ったとき、ニーナはまだ中学生にもなっていなかった。

　マルガレータの家に戻ると隣の老婆はニーナにスープを飲ませてくれた。クレメットに電話をかけると、グンナル・ダールとマルッコ・ティッカネンのことをもっと調べてみるつもりだと言っていた。ニルス・ソルミのことも。ニーナは残ったエネルギーを振り絞って最後の一人だけはやめておいたほうがいいと忠告した。理由はもちろん平手打ちだ。

　ニーナはコーヒーカップの横に父親からの手紙をおいた。古びていて、角が折れているものもある。母親はなぜこの数通だけを取っておいたのか、他に何通捨てたのかは話してくれなかった。手紙はどれもニーナに宛てられていた。当時自分は何歳だったのだろう。十五歳？　十七歳？　最初の一通を開けてみた。ニーナの十五歳の誕生日の日付になっている。ここスタヴアンゲル地方の絵葉書だ。誕生日おめでとうというメッセージで始まっていた。完全に忘れられたと思っていたのに。父親はいつもニーナを面白い呼びかたで呼んだ。この手紙では〝パパの美しいニーナ《ニーナ・フィーナ》〟と呼んでいる。取り立てて言うことのない内容だった。〝誕生日おめでとう。

パパのニーナ・フィーナ。十五歳か。本当に大きくなったね。ぎゅっと抱きしめたいけれど、どうしても仕事でここにいなくてはいけない。大人になったらわかってくれるかな。でもパパがお前のことを考えない日は一日もない。どうか元気で。そして昔からずっとそうだったように、タフで意志の強い子でいておくれ〟

なぜこの手紙は取っておかれたのだろうか。他の手紙は返されたのに。だって、明らかにたいしたことは書かれていない。ニーナはまた絵葉書を見つめた。それから封筒の消印も。住所とは一致するが、もうかなり昔のものだ。

次の手紙も同じような感じだった。愛に溢れた言葉。フィヨルドの上の台地を二人で一泊二日の山歩きをしたこと。ニーナはそのとき初めてテントで寝た。そのときのことはよく覚えている。十歳くらいで、何時間も自分のリュックをしょって歩くのがすごく誇らしかった。しかし目の前に、父親の手紙には書かれていない思い出が広がった。テントで父親と一緒に眠っていると、父親が悪夢にうなされ始め、ニーナは恐ろしくなった。朝になり、非難がましくパパのせいで眠れなかったと言ったときの父親の目。その目を忘れることはないだろう。父親は答えずに、ただニーナの髪をくしゃっとやって謝り、笑いながら身体を洗うために川まで下りていった。ニーナもすぐにそのあとを笑いながら追いかけ、川の水の冷たさに悲鳴をあげた。住所はまた別の私書箱。今度はフィンランドの住所だった。フィンランドでいったい何をしていたのだろうか。その点については触れられていなかった。

どの手紙にも、自分のことは何も書いていなかった。〝こちらは順調だ〟毎回同じ文章。次の手紙でもそうだった。〝パパの大きなニーニス、誕生日おめでとう。十六歳だね。もう本当に大きいね〟〝世の中に出ていく準備はできたね〟〝こちらはすべて順調だよ〟手紙はこのときもフィンランドで投函されている。ウツヨキという町。携帯電話で調べてみると、ウツヨキはフィンランドのラップランドにある小さな村だった。ノルウェーとの国境近く。他の手紙も、たいした数ではないが、その小さな村で投函されている。最後の〝パパが愛してやまないニーナへ。二十年前からずっとだ。きっと立派な女性に成長したことだろう〟。ウツヨキの住所も私書箱のようだった。ということはサプミにいたのだろうか。でもサプミで何をしていたの。今もまだいるの？　そうなのかもしれない。こともあろうに、こんなに近くに——。

ハンメルフェスト　九時

トム・パウルセンは髭を剃り終えるところだった。ニルスは気分爽快で機嫌のよいふりをした。実際にはかなりストレスを感じているのに。警戒してもいた。電話がかかってきたことはトムにも話したが、保険金の額までは言わなかった。

「ともかくすごい額だ。だが問題はそこじゃない」

「誰なのかまったく心当たりはないんだな？」

ニルスは首を横に振った。

「今週じゅうに弁護士から手紙が届くらしい。あの石頭はそれ以外何も教えてくれなかった。

正直言ってさっぱり意味がわからない……だがともかく、高台に自宅を建てるプロジェクトには勢いがつきそうだ」

「金と引き換えに何か要求されるのでなければだが……。そのことを考えてみたか?」

「なぜだ。弁護士はそんなこと何も言ってなかった。生命保険だというだけで。どこかの親父が死ぬときに、気に入っていたやつにすごい額を譲るってだけだ。そういうことはよくある。引き換えに何か要求されるわけじゃない」

トムのほうは訝しげだった。何か疑っているのだろうか。

「で、死後にこんな贈り物をくれるようなやつの心当たりはまったくないんだな?」

「親戚に最近亡くなった人間はいないが」

トムがまたニルスを見つめ、その表情にニルスは困惑した。

「思っていることを言ってみろよ」

「いや、おれは減圧室の事故のことを考えていた。それとお前に送られてきた二通のメッセージ……」

「そういえば、その二日後にもまた来たんだ。まったく同じ内容のものが。一時間の間をおいてね。つまり最初と同じだ。それから二日後にも」

「謎のメッセージ、そして今度は大金か。ともかく気をつけろ。おれから言えるのはそれだけだ」

「それだけ? もっとはっきり言ってくれよ」

「だから、とにかく気をつけろって言ってるんだ。ここの人間は全員、テキサス出身の男がお前のことを気に入っていたのを知っているんだから」

38

スカイディ　十時三十分

ラーシュ・フィヨルドセンの葬儀は五月十二日水曜日に決まった。エレン・ホッティ警部はこれ以上ありえないくらいはっきりと、葬儀の前に市長の死の原因を判明させるのがいかに重要かを説いた。相当な数の政治家や、あらゆる種類のお偉方が参列するのだ。警部が質問攻めにあうのは必至で、相手が納得するような答えを返せなければいけない。クレメットは抵抗しようとした。これはトナカイ警察の仕事ではない。しかし警部は彼の反論を払いのけた。署の全員を動員する。だからクレメットもくだらないことで彼女の足を引っ張ってはいけない。

クレメットが叔父に電話をかけてみると、ニルス・アンテは先日言っていた女性に連絡を取ってくれていた。アルタに住んでいるニルス・ソルミの父方の叔母だ。アルタはトナカイ警察の小屋から約一時間の距離だから、ニーナが戻ってくる前に話を聞く時間がある。ニーナの到着はアルタの空港に十七時十八分の予定だった。クレメットは迎えに行こうと思っている。喜んでくれるはずだ。多分。

電話をかけてみると、曖昧《あいまい》にしか説明しなかったのにニルス・ソルミの叔母は訪ねてきてもいいと言ってくれた。少ししゃがれてはいるが感じのよい声。エヴァみたいだ――。しかしニルスのことを嗅ぎ回るのはリスクがある。しつこいと思われるかもしれないし、個人的な復讐だと誤解されるかもしれない。ましてやあんな平手打ちのあとでは。まずはニルスを殴り、それから自分の捜査を正当化するつもりなのか？「ほら、やはり最初からあいつは怪しいと思っていたんだ」と。クレメットは自分でも認めたくなかったが、ひとつだけ腑《ふ》に落ちない点があった。ソルミのダイビングスーツの袖についていた嘔吐《おうと》物の痕。凍った湖で和解のためにお互いの言い分を聞いたときにも、そのことを特に追及はしなかった。ほんの些細なことだが、石油会社が大事にしているお宝ダイバーの普段のイメージと一致しない。なんだか知らないがティッカネンと一緒に何かを企んでいる傲慢《ごうまん》な青年。なぜあのことが忘れられない？　ましてや自分は合理的な警官なのに。どうしてもあの嘔吐の痕が頭から離れない。

一時間運転して、小さいがきちんと黄色に塗られた木造の家のドアを叩いた。窓は白い枠で、カーテンがかかっている。とりあえずレスターディウス派ではないようだ。アルタにはレスターディウス派の住民が多いのだが。五十代くらいの女性がドアを開けた。クレメットのことを興味津々な目で見つめている。クレメットはすぐには口を開かず、濃いグレーのオーバーオールの制服とトレッキングブーツ姿の自分はどんなふうに見えるだろうかと想像を巡らせた。クレメットは毛皮の帽子を脱ぐと、ブーツの泥を落とし、紐を解いた。叔父の話は嘘ではなかった。黒髪の美しい女性だ。明らかに染めてはいるが。ニルス・ソルミと同様に自信に溢れているが、あの若造のような傲慢な印象ではない。愛する叔父の話では、このソニア・ソルミはずっと独身らしい。だからといって非常に充実した恋愛をしていないともかぎらないが、その場合はたいていは極秘に行われていることになる。この素敵な五十代女性の恋愛遍歴に叔父も含まれているかどうかは知りたくなかった。ソニア・ソルミはアルタにある機械工学専門の職業学校で料理を教えている。生徒たちにとって彼女の授業はよい息抜きで、彼女のほうもそれに異論はなかった。クレメットをキッチンに案内し、ポットに入った熱々のコーヒーをカップに注いだ。座ってクレメットに微笑みかけ、彼が話しだすのを待っている。

「ここだけの話にしてもらえるとありがたいんですが」

ソニア・ソルミは不思議そうにクレメットを見つめ返し、まだ彼に興味津々の表情だった。クレメットはしっかり準備してこなかったことを後悔した。だって、ニルスが何をしたっていうんだ?

エリック・ステッゴの死体を引き揚げた。

ティッカネンと連絡をとっていた。

減圧室が爆発したときに船上ホテルにいた。命を失った二人の男は、その直前に彼ともめていた。そんなニルスは減圧室の操作の知識ももっていて、事故を起こすことが可能だった。ロシア人の売春婦たちが顔を見たという男、狼湾《ヴァリギスンド》で溺死した男と共謀していたのか? なぜ今までそれを考えなかった? 向かいにはソニア・ソルミが座っていて、ちびちびとコーヒーを飲み、クレメットを急かす様子はない。

ニルス、エリック、ユヴァ——三人の幼馴染。

「ニルスがどんな人間なのか、もっと知りたくて」

「なぜ？　彼には何か容疑がかかっているの？」

「いえ、そうじゃないからここだけの話にしてほしいんです。大事にはしたくない。もし嫌なら、これ以上邪魔はしません」

「いいえ、どうぞ」

ソニア・ソルミはクレメットのコーヒーカップに手をおいた。

クレメットはそれに動揺した。まるで自分の手に触れられたような気分だった。彼女の手の温かさを感じるほどだ。

「彼は根にもつタイプですか？」

「何、その質問！　根にもつタイプ？」ソニアはあきれたように頭を振った。「わからないけど、他の皆と同じようなものなんじゃない？　ニルスはうちで暮らしていた時期もある。彼の両親が息子をサーミの世界から遠ざけようとして」

「遠ざけようと？」

「ええ、遠ざけようとしていた。それ以外の表現は思いつかない。兄とその奥さんはカウトケイノに住んでいて、ニルスもそこで育ったんだけど、わりと早くに沿岸部に送られた。つまりわたしのところにね。基本的には義姉がそうしたがったの。わたしはちっともかまわなかった。夫も子供もいないし。あの子が初めてダイバーを見たのも、うちで暮らしていた頃だった。すっかり夢中になっていたわ」

「アルタにもダイバーがいたとは知らなかったです」

「あの頃はわたし、まだハンメルフェストに住んでいたの。魚工場で働いていて。天然ガスが町を乗っ取る前ね。ニルスにとっては幸せな偶然だった。両親も彼がダイビングの世界に入るのを応援した。すごく喜んでたわ」

「息子をサーミ人の世界から遠ざけられたから?」

「ええ」

「よくわからないな」

「あなたもサーミ人?」

「見た目でわかりませんか?」

「いいえ、あまり」

「あなたの質問に答えなきゃいけないってことですね」

ソニア・ソルミは笑った。

「あなたは自分でもよくわかってないみたい」

「まさにそのとおりです」

ソニア・ソルミはしばらく黙ってクレメットを見つめていた。善良な、真剣な表情で。

「楽しい話ってわけじゃないけれど、あなたも都市系サーミなら、皆と同じようにいくらかは知っているでしょう。兄は優しい人だったけれど、かなり繊細《せんさい》だった。わたしたちの両親は誤解の中で育ったの。うちの一族はそれまでずっと祖先のことを誇りにしていた」

ソニア・ソルミはそこで一瞬黙りこんだ。心の中で数を数えているみたいに。

「ひいおじいちゃんあたりね、いや、もっと上だわ。その祖先がヨーロッパじゅうを旅したの。当時としては珍しいことなのはわかるわよね。父方の祖父母の家には旅行の写真があったし、旅の土産品もあった。だけど七〇年代、いや八〇年代にその反動が起きた。わたし自身はまだ子供で、兄のほうはわたしより少し上だった」

「反動？」

「ある日、アルタの水力発電所建設のデモで、活動家たちが兄のことを責めたの。当時はほら、サーミ人がそれまでになく政治意識が高かった」

クレメットは黙って聞いていた。その話なら知りすぎるほど知っている。

「活動家たちは昔の植民地的な時代のことを高らかに話した。その頃どんなことが行われていたのかを。活動家の一人が、有名な昔のサーミ人のことをもち出して……」

「なんだって？」

「ヨーロッパ各地のマーケットで見世物になっていたんですって。温厚な野生動物みたいに」

クレメットはうなずいた。

「あの頃は別の時代だった。でもうちの一族はずっと祖先のことを誇りにしてきた。曾祖父は選ばれてヨーロッパを回ったのだと。それをデモの参加者たちに完全に壊された。曾祖父は自ら進んで当時の人種差別的な体制の犠牲者となったと揶揄《やゆ》され、一族の恥になった。どう考えても一族の誇りではなくなった。そしてきつい言葉が飛び交った。あの頃はね。兄にとっては青天の霹靂《へきれき》だった。それで家に閉じこもるようになってしまった。すごく気の毒だったわ。もう外に出る勇気がなくなったの」

ソニア・ソルミはもっとコーヒーを注ぐために立ち上がった。クレメットにも彼女が感極まっているのがわかった。

「それ以来、祖先の話題は一族内でタブーになった。兄は自分が間違った情報の中で育ったことで両親に対しても怒っていた」

「両親のせいじゃない。時代のせいだったんだ」

「それを思春期の少年に説明してみなさいよ。兄はわたしよりずっとショックを受けていた。あいつらが当時なぜ兄にそんなことを言ったのかは知らないけど、兄はそれで死ぬところだった。兄はそれ以来、サーミやトナカイ放牧に関係することはなんでも、自分のルーツに関わることを毛嫌いするようになった」

「現在のニルスもそれで？」

「わからない。でもニルスはその話は知らないはず。とにかく、両親はニルスを家から、そしてトナカイ放牧の世界から遠ざけようとした。苦しみを味わわなくてすむように。一族の歴史の苦しみをね」

クレメットはソニア・ソルミの家から帰るのがちょっと残念だった。また会えたらいいのにと思う。ソニア・ソルミは写真を何枚かクレメットに見せてくれた。その写真にクレメットは心底気分が悪くなった。彼女に自分の一族の物語も語るべきだろうか。祖父がトナカイ放牧の世界から追い出されたという話を。それはまた別の理由だが。トナカイを失った、その理由もやはり辛いものだった。それに父親の物語も。サーミの世界で恥とされる環境で育ったこと。まったく皮肉な話だった。絶対に認めたくはないが、あの馬鹿なソルミ坊やと自分は非常に近い存在なのだ。

ソニアの家を出ると、クレメットは国道E6ぞいにあるレンタカー屋に向かった。空港へ行く道の途中だった。フィヨルドぞいの小さな工業地帯。ここのほうが内陸よりも雪解けが早い。航空機格納庫のような形の建物、その入り口にかかる看板の前で車を停めた。小さなドアの前にテーブルが出ていて、キャンピングチェアが二脚あり、臨時待合室のようになっている。建物には小さなドアの横に、車用の大きな出入り口もついている。男がタバコを吸いながら、クレメットがピックアップトラックから降りてくるのを眺めていた。帽子が目にかかっている。クレメットは挨拶をし、用件を伝えた。すると男はゆっくりと立ち上がり、フォルダを手に戻ってくると、それを不安定なテーブルの上においた。クレメットに椅子を指さし、コーヒーを注ぐ。男はまだ一言も発していないが、探していたフォルダの箇所を開いた。湾から引き揚げられたバンの貸出契約書はノルウェー人の名前になっていた。クレメットは店の男にバンに乗っていた三人の男の写真を見せた。タバコの先で灰が震え、写真に落ちたが、それを払うそぶりも見せない。黙って男の一人の顔を指さす。クレメットはその男の運転免許証写真を見つめた。パスポートと同じ写真だ。どちらも同じときにつくったのだろう。それはクヌート・ハンセンという名前の男だった。いったい何者なのだろうか。もう一人の男のパスポートも偽物なのか？　そしてアンタ・ラウラはこの二人と何をしていた？　アンタ・ラウラだけはとりあえず身元確認が取れている。トナカイ警察が捜査するのはユヴァ・シックの件と、トナカイ放牧がフィヨルドセンの身に起きたことに関係があるかどうかだ。それ以外には手を出さないこと。クレメットも同僚がすでにこのレンタカー屋の店主に電話をして、車を運転していた男の名前を確認したことは知っていた。そう、知っているのだ。だからここに来る必要はなかった。トナカイ警察の仕事ではない。しかし空港のすぐ隣なのだ。それにニーナを待っているところだし。まあだからちょっと寄ってみただけ。すぐ近所なんだから。

クレメットは残りの書類をめくり、車を貸し出した男を見つめた。まだ口の端にタバコをくわえている。クレメットはこの男が他の名前にも反応を見せることを期待していた。そしてまたフィヨルドセンのことを考えた。ハンメルフェストの市長はここに古い敵を何人もおびきよせたのかもしれない。しかしどの名前も店主の興味を引かなかった。聞き覚えもないようだ。それにバンを運転していた男が偽名を使っていたなら、もう一人も偽名だったのかもしれない。クレメットは名前をメモし、運転免許証のコピーをもらった。本物か偽物かはまだわからない。バンから免許証は発見されていないが、それでもどこかに存在するはずだ。例えば道で警察に止められた場合などに必要だし、免許証は必ずレンタカーの契約書の名前と一致していなければいけない。たかだか免許証ごときで捜査が壁にぶち当たっているなんて——。

「この男がバンを借りにきたとき、何か印象に残ったことはないか？」

この男も口を開けば、聞こえるような言葉が出てくるのだろうか。クレメットはわくわくしながら待った。

しかし男は首を横に振っただけだった。特に何も気づかなかったという意味だ。

「支払方法は？」

「支払っていない」

男が突然口をきいたのでクレメットは驚いた。ゆっくり話す、深い声だ。払わなかっただって？

「車を返すときに払うことになっていたのか？　じゃあ銀行カードのコピーを取ったのか？」

「銀行カードはもっていなかった。ある会社の名刺を見せた。そこにその男の名前が書いてあった。連帯保証人になる男の連絡先も残していった。上司のようだった」

「おかしいとは思わなかったのか？」

「このあたりではそうするものだ。下請けを使う会社はどこも」

「それで、確認したのか？」

「ここでは人を信用する」

「その名刺を見せてもらえるか？」

名刺は契約書の裏に貼ってあった。クレメットは名刺の写真を撮り、裏に返した。連帯保証人の名前が書かれている。その名前に目が留まったとき、クレメットは目を離せなかった。同僚たちはこれを見逃したのか――？

「このことは前に電話してきた警官には話したのか？」

「いや、契約書の名前を訊かれただけだったから」

「じゃあこの名刺は見てないんだな？」クレメットは名刺を手に取った。

「電話では無理だな」

「で、あんたも何も言わなかったと」

「訊かれなかったからな」

クレメットはしつこく追及しても意味がないと感じた。顔を上げてフィヨルドに目をやり、時計を見つめた。ニーナがまもなく着陸する。

クヴァールスンの高台　午後

アネリーは朝からラヴドヤルヴィ川にそった谷を通り抜け、ウンナ・イェアキラス丘とスコーレトッペン丘の間の峠を通過した。長時間スキーで滑った疲れに心が落ち着いた。凍ったハンドルヤルヴィ湖で止まり、氷を確認する。輝く太陽に、まだ湖を一部覆う雪が重く湿っている。雪はあちこちで解けてしまっているが、氷は彼女を運べるくらいは厚かった。解けかけている雪はシエブラと呼ばれるが、朝早く凍ってシャルヴァになり、日中にまた解ける。そして夜が寒いとまた固くなってシャルヴァになる。トナカイをよく見張っておかないと、雪が固いときには遠くまで移動してしまう。湾を目前にして群が分散してしまわないように、アネリーも他の皆と交替で夜の番をしていた。それから湾を渡って鯨島へと移動する。今朝も雪が柔らかくなるのを待って、やっと少し群から目を離すことができた。トナカイが餌を食べているこの小さな谷では、積もった雪がまだかなり厚かった。少なくともトナカイの腹のあたりまで積もっている。そのおかげでトナカイは長い距離を移動しない。だがそれももうあと数日の話だ。今朝は休むべきだったのだろうが、頭の中で色々な考えが回っていた。だからスサンのコタで皆と朝食を食べてから、アネリーはスキーをはいた。午後には戻ると言いおいて。

アネリーは雪の上を滑っていき、疲れのせいで足が止まることはなかった。天気のよい木曜、クロスカントリースキーをしにやってきたノルウェー人家族と何度かすれ違った。トナカイに近い場所ではあるが、少なくともスノーモービルは使っていなかった。アネリーがこの先に雌トナカイがいることを教えると、彼らは礼を言い、別の谷に向かった。みんながこうだったらどんなにいいか――。本当ならサプミには、世界じゅうの善意ある人たちのために充分な場所があるのだ。

アネリーはスキーで湖を横切った。ところによっては透明な氷しか張っていない。太陽の照り返しがつくる鮮やかな色彩に見惚れた。そこから湖を離れ、丘の斜面を登り始めた。そこに彼女の聖なる岩が無防備にそびえ立っている。わたしの岩。エリックとわたしの岩。二年前、エリックが初めてここに連れてきてくれたときは驚いた。あのときも春だったが、もっと穏やかな春だった。もっと素晴らしくて、暖かくて、二人の誓いの春だった。スキーで移動していたとき、エリックが理由も告げずに湖畔で自分のスキーの横に彼女のスキーを立てて、ついてくるよう言ったのだ。そして二人は斜面を登った。小さな丘の頂上まで。距離としては長くない。南東には湖の景色が広がり、まだ氷の張ったクヴァールスンも垣間見えている。北西を向くと、湾の向こうにはっきりと鯨島が見える。

エリックは秘密めいた表情で大きなリュックサックからトナカイの毛皮を取り出し、岩に積もった雪の上に敷いた。丘の頂上まではあとわずか数メートルだ。黄色と茶色の苔《こけ》が生えた大きな灰色の岩だった。エリックは最後に魔法瓶と白樺のコーサを取り出した。すべて計画してくれていたのだ。アネリーは幸せに満たされた。エリックはまたリュックサックを背負い、一言も発さずに彼女の手を取った。頂上の南側を回り、天を指すようなとがった岩、まるで頂上から離れたいみたいに、虚無へと軽く傾いているような岩へと導いていく。岩はエリックと同じくらいの大きさだった。周りには雪が積もっている。エリックはそこで跪《ひざまず》き、リュックサックからトナカイの角を出した。「これ、覚えているかい?」もちろんアネリーは覚えていた。数日前、カウトケイノのイースター・フェスティバルのマーケットを見て回っていたときのことだ。エリックの父親の叔父の一人が珍しい形のトナカイの角を売っていた。エリックはアネリーの手を取り、若い二人は角を様々な形に表現して楽しんだ。エリックは自分がアネリーのように詩人ではないことを残念がったが、アネリーは微笑みかけ、彼の謙虚さに感動していた。そこに美を見出す者こそが詩人よ——アネリーは優しくそう言った。美しさを感じるのに言葉はいらない。エリックは彼女の手を握った。見るからに感極まっている。アネリーは角先が絡み合いそうな形の角を指さした。エリックはそれから年老いた親戚と値段のことで口論になった。去勢された雄の角を、去勢されていない雄の角と同じ値段で売るなんてと非難したのだ。議論は長引き、アネリーは家系図のような形に広がった角に目を留めた。珍しいほど均整のとれた、柔らかな雰囲気の角だった。たいして大きくはなかったが、まさに芸術品だ。老人はいたずらっぽい光を目に宿し、エリックのことを頭のてっぺんからつま先までじろじろと観察し、アネリーにウインクすると、この角は売り物ではないと説明した。それでエリックは老人に飛びかかりそうになったが、老人は笑いだし、厳かな口調で、この角は去勢されていない雄のものだが、お前たちにやろうと宣言した。そして全員が笑いだした。エリックは逃げ回る老人を追いかけた。純粋な喜びに満ちた貴重な瞬間だった。そして老人はまた真剣な表情に戻り、エリックとアネリーに歩み寄った。この角は売れない理由がある。もうずっと前にフィンランド人の商人からもらったもので、その商人は罪悪感にさいなまれていた。というのもこの角を聖なる岩から盗んだからだ。ある年老いたトナカイ所有者が、酔って理性を失っていたときにその場所を教えたのだ。おまけにサーミ人に酒を飲むよう勧めたのは商人自身だった。エリックは父親の叔父を真剣なまなざしで見つめ返し、自分に預けてもらえればこの角は安全だと言った。その角を今、エリックはリュックサックから取り出した。この角はぼくたちのためにつくられた——そう言った。去勢されていない雄の角がほしかったんだ。真剣な子供のような表情でそう言い足す。そのほうが去勢された雄の角よりも固くて強いから。ぼくのきみへの愛と同じくらい強くあってほしいから。

その日エリックは決意を固めてアネリーに求婚した。そして角を聖なる岩の後ろに北向きに据えた。二人の聖なる岩――。

エリックが亡くなってから、ここには一度も来ていなかった。アネリーは手を伸ばし、角に触れた。胸に熱いものがこみ上げる。目を閉じ、そして祈った。かつての信仰を取り戻し、魂の奥深くで祈るサーミ人のように。世間の目から遠く離れて。

39

アルタ空港　十七時三十分

ニーナが辛い旅をしてきたのは、クレメットにも一目でわかった。疲れた顔をしている。青い瞳がグレーがかって、輝きが消えたかと思うほどだ。ニーナはクレメットに微笑みかけたが、それ以上の努力はしなかった。ニーナが感情を隠すことは滅多にない。取り繕ったり演じたりはしないのだ。

空港の建物を出るとニーナは立ち止まり、深く深呼吸をした。それから木のテーブルに向かい、スーツケースをベンチの上においた。

「喫煙者だったら、タバコを吸ってただろうな」

「コーヒーならある」

クレメットは熱々のカップを二個もって戻ってきた。

「あなたの両親は健在なの？」ニーナが尋ねた。

クレメットは今までにそのことを話したかどうか思い出そうとした。おそらく話していない。しかしニーナはクレメットの返事を待たずにこう言った。

「わたし、今日母親を失ったの。死んでないけど、失ったのよ」

ニーナは早口だった。クレメットは口を挟まずに彼女の話を聞いた。

「今までずっと、どうやって我慢してきたのかしら。クレメット、正直に言って。わたしのこと変だと思うことある？」

「変？　どういう意味だ」

「わかんないけど……おかしな反応をするとか」

クレメットは同僚をまじまじと見つめた。変——？　もちろん彼女のことは変だと思う。突然南からやってきた若い女。それだけで充分に変だ。それにいつもカメラを出してくるし、フェミニズム的な話になると必ず興奮するし、確かにあれこれちょっと変だが、それ以上に変だというわけでもない。

「うーん、よくわからない。きみは……普通なんじゃないか？」

「普通か……」

ニーナは長いこと目をつむっていた。そして目を開くと、じっとクレメットを見つめた。

「父親を捜す手がかりがひとつみつかったの。父なら誰よりもダイビングの世界を知っているはず。アンタ・ラウラがここで何をしていたのかも知っているかも。他にも情報をもっている気がする。そう感じる」

「ニーナ、だからきみの直感は……」

「もう、やめてよ。またその話」

「その手がかりを追いたいというより、父親に連絡を取りたいだけってことはないか?」

「全然ちがう。馬鹿なことばっかり言わないで。捜査はまだ同じ場所で足踏みしているだけでしょう。先に進まなきゃいけないのよ」

「じゃあこれはやはりきみの直感なだけか?」

「もうやめてよ、直感のことばっかり言うの。わたしは少なくとも怪しい人間を殴ったりしない」

クレメットはすぐには返事をしなかった。黙ってコーヒーを飲む。二人はそれぞれ機嫌を損ねていた。今日のニーナは頑固な子供みたいだ。すごく可愛い。クレメットは思わず口に出しそうになったが、顔に熱いコーヒーをかけられる危険性があるのでやめておいた。

「グンナル・ダールがバンを借りたんだ」

「え?」

「三人の男が溺れ死んだバンだよ。アンタ・ラウラとあとの二人が。アルタのレンタカー屋でグンナル・ダールが連帯保証人になっていた。今、きみが到着する前に調べてきたんだ」

「ダールが? 信じられない。彼はなんて?」

「まだ話は聞けていない」

ニーナは時計を見つめた。

「わたしにはラウラのことなんて知らないと言ったのよ。嘘をついたんだ。牧師のような顔をして……」

「そうかもな。だがそうじゃないかも。車に乗っていた他の二人と知り合いだったのかもしれないし」

「ともかくダールはスティールとビルゲがいなくなって得をする。手を下した男たちを処分したのかしら？　ラウラが車にいたのはたまたまかもしれない。そう考えることもできる」

「だが、ダールは採掘ライセンスを得るためにライバルを殺したりはしないとも考えられる。なぜなら今現在、ライセンスは無制限に供与されているからだ。政府がバレンツ海で原油と天然ガスの採掘を進めたいがために」

「なるほどね、すっかりその分野に詳しくなったってわけ」

「エヴァからちょっと教えてもらっただけだ」

「そりゃそうよね、あなたの大好きなエヴァですもん」

ニーナは眉間に皺《しわ》を寄せた。

「じゃあ、行きましょ」

ニーナはクレメットを待たずに車までスーツケースを運び、助手席に向かった。クレメットはその後ろをなるべくゆっくり歩いた。

「どこに送ればいい？」

まだ夜は早かった。ニーナは南ノルウェーにいた間に受け取ったメッセージのことを考えた。

「ハンメルフェストに行ってくれる？」

車でほんの二時間。途中、スカイディの小屋で素早く着替えた。今夜は何か別のことを考えたかった。

　アネリーが再びスキーで滑り始めたのは、まだ早い時間だった。狼湾にかかる橋まで来ると、橋を歩いて渡り、湾にそびえる岩に向かった。トナカイが泳いで島に渡るときに所有者たちが捧げ物をする場所だ。アネリーは数日前と同じように岩の周りをぐるりと回ってみた。岩に手を這わせ、何が起きたのかを理解しようとする。岩の下には部分的に雪が残っていた。太陽が当たる側は小さな水滴がぽとぽと垂れている。春の兆しだ。アネリーは石の小さなくぼみに硬貨がおかれていることに気づいた。岩がどんな秘密の祈りを隠しているのか、それをすべて見られるほど高いところまでは背が届かない。アネリーは跪《ひざまず》き、なるべく身体を小さくした。岩の二本の脚の間の空洞になった部分に入ってしまいたいかのように。そうしていると気分がよかった。目を閉じ、五感が感じるままに任せる。背筋を伸ばし、岩に視線をやる。手が傷つくのも気にせず岩にそわせると、手の平に縞模様がついていく。そのとき、小さな革の腕輪が目に入った。それがなんなのかに気づくまでに時間はかからなかった。アネリーはビーズのように小さな血の玉が連なった手で腕輪を取ると、しばらくその柔らかさを感じていた。それから携帯電話を取り出した。

40

〈ブラック・オーロラ〉、ハンメルフェスト　二十時五十分

ニルス・ソルミとトム・パウルセンは外のテラス席でビールを飲んでいた。ニルスは自分で購入したバーカウンターに肘をつき、ハンメルフェストの湾を眺めている。夜の間にやってきたスーパータンカーがメルク島に停泊していた。アークティック・プリンセス号、全長三百メートル近い天然ガスのタンカーで、遠くできらめく〈白雪姫《スネーヴィート》〉のガスを運ぶためにつくられた。船上で目を引くのは四つ並んだ巨大なオレンジの半球で、船体もオレンジで華やかだった。巨大プロジェクトが渾身の力を振るった結果だ。とはいえプロジェクトはまだ始まったばかりで、そのうちにバレンツ海全体が沸き始めるだろう。七〇年代の北海のように。すでに地震探査を行う船舶がひしめいている。彼らの番が来たのだ。二〇一一年の七月、ロシアとノルウェーが三十年も交渉を続けた結果、やっと海の境界線を定める協定に署名されたが、それをまんじりともせず待ちかまえていた人々がいた。協定が結ばれた数秒後には、地震探査を行うノルウェーのハリアー・エクスプローラー号が、原油が豊富にありそうな境界エリアへと舵を切った。そう、これでやっと彼らの番がきたのだ。

アークティック・プリンセス号の隣に並ぶと、四角い船上ホテル〈ベッラ・ルドヴィガ〉など地味なものだった。大きな靴箱が浮いているような感じだ。ニルス・ソルミはまた、海上ホテルの船尾のほうで起きた減圧室の事故のことを考えた。琥珀《こはく》色のビールを一口飲む。スティールとビルゲはおそらく苦痛を感じる間もなかっただろう。そう考えると、少し救われた気分になった。一気に減圧室の扉が開いたときの様子が映画のように目の前に浮かんだ。ビルゲは自分がどうなるかわかったはずだ。恐怖を感じる余裕もあったのかもしれない。スティールは？　スティールのほうは元ダイバーというわけではない。ビルゲは若いときダイバーだったから、急激な減圧によって自分の細胞が粉々になることに気づいたはずだ。ニルスも事故の写真を見た。皮膚は膨れてはがれ、割れずに残った頭蓋骨は恐ろしい仮面のようだった。どこかの先住民が彫ったような苦痛に歪んだ表情の仮面。

「例の保険のことを考えているのか？」トム・パウルセンが尋ねた。

「まったくとんでもないサプライズだ。本当にさっぱり意味がわからない。だが金はもらっておくよ。まかせろ」

「あのアメリカ人だと思うか？」

ニルスはスティールの顔の残骸の前に立っているような気分だった。頭の上部とその中身はみつからなかった。左の腕は減圧室から十メートルも飛ばされていた。脇のところでちぎれた状態で。

「スティールか？　確かにあいつはおれを気に入ってたが……まったくおかしな話だ」

「あいつがお前をサウス・ペトロリウム社のスターダイバーに仕立て上げたじゃないか。お前の実力を本当に評価していた」

「あの太ったテキサス豚はおれの女に手を出そうとしたんだぞ」

「あのときは酔っていたからな」

「おれを侮辱した」

「ニルス、外で発言するときはよく考えろ」

親友は落ち着いた声で言った。彼のために警告してくれているのだ。それはニルスにもわかった。トムは本気で心配してくれている。ニルスはまた考えにふけった。

「唯一爆発せずに残ったのはシカゴ・ブルズのキャップ帽だけらしい。まるでひどい冗談だ」

「メッセージのほうもまだ何も思いつかないのか？」

「〝深淵より〟ってやつか？　それと減圧室の事故が関係あるとでも？　関係ってなんだよ。つまりおれがあいつらの死に関係あると？」

「何もかもよく考えてみなくちゃいけない。お前の代わりに他のやつが考えつく前にだ。お前に大金が転がりこめば、皆が不審に思うだろう。特に警察がだ。だからお前が先に思いついて、自分で警察に報告するんだ」

ニルスは友人を見つめたが、自信がなかった。らしくないことだった。トムはこの世でただ一人、ニルスが完全に信頼できる人間なのに。誰よりも自分のことを理解してくれている。だが、何もかも理解してくれるだろうか。本当にすべてを？

「つまりだ」トムが続けた。「それである程度、疑惑を否定できるだろう?」

ニルスはしばらく黙っていた。二人は〈ブラック・オーロラ〉が混みあってきたのも気にせずに、ちびちびとビールを飲んだ。テラス席にちらりと目をやり、知り合いにうなずきかけたり、手を振ったりする。ニルスは音楽が耳に入らなかった。挨拶も。エレノールのことは考えなくていい。ここ数日ストックホルムに帰っている。遠く離れているときに彼女が何をやっているかなんて、どうでもよかった。ストックホルムのやつらはニルスのことを知らないから、ニルスのイメージが悪くなることもない。

「実は最近、あることが起きたんだ」ニルスはついに口を開いた。その目はじっとアークティック・プリンセス号を見すえている。トムがじっとニルスを見つめた。「数日前に……」

言うべきなのか——ニルスは悩んだ。トムならわかってくれるかもしれない。しかしまた躊《ちゅう》躇《ちょ》した。自分に起きたことをちゃんと言葉にできるだろうか。やってしまったことをうまく説明できるだろうか。友人にがっかりされたくなかった。しかしトムの目だけはまっすぐ見つめられる自分でいたい。どんな状況においても。それが海底で命とりになるかもしれないのだから。

そのときユヴァ・シックがテラス席に入ってきた。取り繕った表情から察するに、〈ブラック・オーロラ〉に入るのはこれが初めてのようだ。ニルスは目で相手を制した。ツンドラを走り回っているような男とここで一緒にいるのを見られたくはない。ユヴァはそれ以上距離を縮めずに、ニルスからの合図を待っている。

「一時間後に〈リヴィエラ・ネクスト〉で」ニルスはパートナーにだけ聞こえるように言った。それから顎をしゃくって、ユヴァを出口に向かわせた。

〈ブラック・オーロラ〉に足を踏み入れたとき、ニーナはあやうくトム・パウルセンにぶつかるところだった。ニーナはスカイディの小屋で着替えてから、クレメットと一緒にハンメルフエストにやってきた。クレメットは彼女を店の前で降ろしてから、ピックアップトラックを駐車しに行った。

ダイバーの笑顔を見ただけで、湖畔での感覚がよみがえった。彼からにじみ出る温かさ、信頼。きれいな形の目。美しい口元。

あれはいつだったか。昨日……え、昨日？ こんなに短い間に母親にも会いに行ったなんて本当だろうか。信じられない。悪夢だ。目の前に頬のこけた女の顔が浮かんだ。探るような目つきも。これが現実なのだ。母親は一言も発さずに相手に罪悪感を抱かせる天才だ。ニーナの表情が曇った。ニーナの様子が変わったことに気づき、トムの笑顔が消えた。

「強い酒が必要みたいだな。お父さんのことは何かわかった？」

ニーナは躊躇なくトムについてテラス席のバーカウンターに行った。ここでは噂になるほど顔を知られていない。それに今夜はそんなことはどうでもよかった。トムはジントニックをもってきた。好きなカクテルではなかったが、ニーナは飲んだ。窓ごしにクレメットが店内に入ってきて、アイコンタクトを取ろうとしたのが見えた。しかしニーナに連れがいるのを見ると、中のバーに腰かけた。ニーナはそんなクレメットに感謝した。そしてトムに微笑みかけた。

「また父親に会えるとは思っていなかったのに、すぐ近くにいるかもしれないの。もうすぐ会えるかもしれない。そう思っただけで頭がくらくらする」

「元ダイバーだと言ってたね」

「元は漁師で、それからダイバーになった。七〇年代半ばにね」

トム・パウルセンは口笛を吹いた。そして驚いたように口をすぼめた。魅力的な表情だ。それと同時に多くを語る表情でもあった。

「当時のことは想像するしかないが、今でもクライアントがどれだけプレッシャーをかけているかを考えると、あの時代にダイバーとして働くには尋常ではない勇気がいったはずだ」

「あるいは気づいていなかったか」

「あの当時の話は色々聞いた。信じられないような話だ。もちろん一部は作り話だろうが、事故がいくつもあった。ダイバーが死んだこともある。北海で十人ほど。それに人生を壊された若者たち。だけどそういうことは外からはわからない。業界が隠したから」

「隠した?」

「人間のモラルとして信じられないだろう?」

「ずいぶん批判的なのね」

「おれがこの職業を選んだのは給料がいいからだ。それを恥じてはいない。そしてここには特別な精神があることに気づいた。それはチームワークだ。ニルスとおれのようなダイビング・

パートナー。あいつのことは何とでも言えばいいが、あいつはおれのために命を懸けてくれる。一秒も躊躇することなくね。だがこれまで石油に命を懸けた男の多くが見捨てられてきた。今はもっとちゃんとしているが、業界のやりかたは正しくなかった」

ニーナは黙って空のグラスを見つめている。

「パパにもそんなパートナーがいたのかな」

「ああ。絶対にいたさ。信じろ。それにもしきみのお父さんが、おれがきみを通して想像しているような男だとしたら、彼もやはりパートナーのために命を懸けただろうな」

ニーナは眉をひそめてトムを見つめた。

「だけど、あなたはわたしのこと知らないじゃない」

トム・パウルセンはそれに微笑みで応え、優しく彼女をパブの外にいざなった。

クレメットはこのままパブにいようか、スカイディに戻ろうか悩んでいた。ニーナはニルス・ソルミのダイビング・パートナーと一緒に店を出ていった。嬉しくはない光景だ。金のあるダイバーは指さえ鳴らせば女がいくらでも……。一瞬、ドラマチックとはほど遠かった自分の青春時代を思い出した。パーティーがあったパブの外で、女友達が他の男とキスし終わってから、車で家に送らせてもらえるのを待っていた。クレメットはいい人。信用できる、忠実な友達。彼女たちはそう言った。お礼にちょっと額にキスしただけで満足してくれる。他の男たちは発情期真っ只中で、まずは身体じゅうをべたべた触ってからじゃなければ一瞬もじっとしていられないのに。

今夜はコーヒー、コーヒーだけにしておこう。クレメットはあの見事な平手打ちを思い出した。ニーナにうっかりキスをしてしまった夜にくらった平手打ちだ。そう、確かにあのときおれは酔っていた。普段は酔っ払ったりしないのに。ニーナにキスをするのは間違いなのか。もちろん間違いに決まっているだろう。ともかく酔った状態でするのはよくない。おれは馬鹿だ。同僚なのに、まるで地雷の埋まった原野だった。そう、ただの同僚。それだけだ。エヴァとはちがう。クレメットはエヴァのことを考えたが、目の前に浮かんだのはソニア・ソルミの顔だった。あのニルスの可愛い叔母さん。今夜一緒にいたかった。彼女にはまた会えるはずだ。まったく、なぜアルタなんかに住んでいるんだ。そういう自分はハンメルフェストのパブで何を待っている？　ニーナがＣＭみたいな笑顔の男とやり終わるのを待っているのか？　コーヒー、コーヒーだけだ。ソニア・ソルミ。彼女が語ってくれた物語にクレメットは憤慨した。祖先が動物のように見世物にされた話。ニルスはそのことをどう思っているのだろう。なんとも思っていない。だってその話は知らないはずなのだから。両親は息子が石油業界で働くことを応援した。その結果、ソルミ坊やは大いばりで水を得た魚のように楽しんでいる。ソルミ坊や――石油会社のスター。あいつの一族の過去を暴露できたらどんなに爽快だろうか。祖先はヨーロッパじゅうで見世物にされ、あいつ自身も今同じように利用されている。

「ずいぶん考えこんでるじゃない」

ニーナが隣に座っていた。からかうような表情を浮かべている。クレメットはちょっと驚いてニーナを見つめ返した。

「何？　金髪女を初めて見たの？」

クレメットは自分の驚きを強調するかのように首を傾げた。そしてニーナが何か言うのを待った。しかしニーナは何も言わず、微笑んだだけだった。この分では何も聞きだせそうにない。するとニーナの表情が曇った。何かを懸念しているようだ。ニーナの表情はわずかな感情の動きで驚くほど変化する。それも一瞬で。

「クレメット、パパが……」

「また直感か？」

ニーナは聞こえなかったふりをした。

「ウツヨキ、ここから三百キロよ。昼前には着ける。捜したいの。小さな村だもん、難しくはない。きっとパパに会えるはず。急いで捜せば、明日の夜には戻れる。退屈な金曜日の過ごしかたとしては魅力的でしょう？　キルナで予定がなければの話だけどね！　キルナのほうが倍も遠いけど」

「なぜ会えると思うんだ。第一、そんなにすぐにみつかるものか？　それにおれたちに協力してくれるだろうか。協力してくれる人なら他にもいるはずだ。当時もこの業界にいたやつら。そっちのほうがずっと頼りになるにちがいない。石油管理局やダイビング会社に情報をもらえるはず。だって、きみのお父さんがこの業界を離れたのははるか昔のことだろう？」

「それじゃあ時間がかかりすぎる。間に合わない。もちろんそうすることもできるけれど、正直言ってわたしたちの専門分野じゃない。それにパパはアンタ・ラウラが、なんだか知らないけれど実験に参加していた頃にダイバーだったんだから。わたしには話してくれるかもしれないでしょう？　だって石油会社が教えてくれるかどうかはかなり怪しい。グンナル・ダールだってあれだけきれいごとばかり並べて……」

「少なくとも警部に調査を頼むことはできる。捜査班が担当すれば、おれたちの負担は軽くなる」

「もちろん、もちろんそうね。親愛なる警部さんに頼みましょうよ。で、ウツヨキはどうする？」

クレメットは深いため息をついた。ニーナは笑みを浮かべているが、それが心からのものではないのは隠せていなかった。疲れて見える。目の下にクマができている。かなり動揺しているのだ。

「じゃあ早くに出よう。夜中に帰りたくないからな」

ニーナは両手でクレメットの顔をつかむと、額にキスをした。そしてクレメットがテーブルにおいていた車のキーをつかみ、鼻先で揺らしてみせた。

「さあ、帰りましょう」

41

木曜日はのけ者の埠頭が混みあう日ではない。パブは二軒とも平常どおりオープンしているが、常連客は家にいるか、〈レッドラム〉か〈ブラック・オーロラ〉で飲んでいる。しかしニルス・ソルミは〈リヴィエラ・ネクスト〉に座っていた。さっき〈ブラック・オーロラ〉の駐車場でユヴァ・シックと短い会話を交わし、プレッシャーをかけてきた。ティッカネンにわからせなければいけない。そしてニルスは自分の手は下さずに、ユヴァを利用しようと考えた。なるべく曖昧《あいまい》な言葉を選びながらも、しっかり意図が伝わるように話した。漠然と、しかし明確に。「わかるか、ユヴァ?」トナカイ所有者はニルスの問いにうなずいた。しかし心の中では葛藤しているようだ。馬鹿め。ユヴァが絶対に自分と仲良くしておきたいのが見てとれる。ティッカネンがその場にいれば、ユヴァは瞬時に殴っていたはずだ。そして馬鹿みたいに仁王立ちになり、誇らしげにニルスを見つめたにちがいない。ティッカネンはいくつも怪しい取引に関与している。売春婦を斡旋したり、減圧室を売春宿にしたり。信用できない約束。何よりもしゃべりすぎる。特に警察に。あらゆる人々とやっている取引を守りたいという気持ちが強いせいだ。おれとお前のために、ティッカネンにわからせてやれ——ニルスはユヴァに理解させようとした。「わからせるんだ、ユヴァ」ユヴァはニルスを見つめ返し、さっぱりわからないという顔をしていた。だからニルスは、ティッカネンが売春婦の送迎をしたユヴァの名前をすぐに警察にしゃべったことを思い出させた。「覚えているか、ユヴァ?」もちろん覚えているに決まっている。「それにあのデブのティッカネンは、お前にも何か約束したんじゃないのか?」ユヴァは居心地が悪そうな表情になった。自分に関する噂が広まっていることに気づいたのだ。どう決着がつくのかは想像もつかない。悩むユヴァの額に深い皺《しわ》が寄った。ニルスはそこで自分たちが幼馴染だということにも言及した。それで相手が自分の胸に飛びこんでくるとは思っていないし、こいつは自分が見下されていることにも気づかないほど馬鹿ではない。だがニルスはユヴァの承認欲求に賭けた。フィンランド国境にある農場の計画は知っている。それに投資してやってもいい——そう言った。お前のプロジェクトを信じているよ。するとユヴァの顔が輝いた。

ユヴァは白黒はっきりした性格ではない。途中であきらめることもありえるやつだ。どんな場面でも。それがユヴァの顔に見てとれた。子供の頃からそういうやつだった。よく考えてみると、それも遙か昔というわけではない。こいつは結局あれから変わっていないのかもしれない。別れぎわ、ニルスはおもむろに〈ブラック・オーロラ〉の会員カードを差し出した。「なあ、あいつにしっかりわからせるよな?お前を信頼しているから」ユヴァは笑顔のようなものを浮かべた。まったく誇らしげだな、この馬鹿。ニルスはユヴァの肩に手をおき、信頼と相互理解が伝わるようにぎゅっとつかんだ。まあともかく、相手がそう解釈できるように。そしてユヴァを車のほうへ連れていった。

ユヴァが帰った十分後には、ニルスは〈リヴィエラ・ネクスト〉の前に車を停めていた。ユヴァを言いくるめるのは楽勝だった。トム・パウルセンが中で自分を待っているのが見える。クッションを敷いたベンチのテーブルで。そのときまたある光景がよみがえった。気持ちのいいものではない。ビル・スティールが死んだときの光景だ。いや、ちがう――。ニルスはウエイターからビールを受け取り、トムの向かいに腰かけた。

「いったい何を企んでいるんだ？」トムがそう尋ねた。

ニルスは長いこと目を閉じていた。トムは自分のことをだめなやつだと決めつけたりしない。心配してくれているだけだ。何かが起きそうなのを感じているのだ。

「実はしばらく前にある男が訪ねてきたんだ。子供の頃に知っていた男だ」

光景――悪くない光景だった。ましてやそこにある感情は素晴らしかった。高まる興奮、歓喜、おののき、憧れ――冒険に出たい、自分を試したいと夢見る少年が流されてしまうような感情だ。そしてまた別の光景。最近のものだ。ニルスは自分がじっとビールグラスを見つめていることに気づいた。マックビールの琥珀《こはく》色の泡が彼を現実に引き戻した。他のやつらを思い出させる泡。ダイバーの命を奪うようなやつらを。

「その男がおれをダイビングの世界に導いたようなものなんだ」

「ああ、その話は聞いたことがある」

「そう、その男が戻ってきたんだ。だが……そいつだと気づかないくらいだった。トム、ひどい有様だった。自分の目が信じられなかった」

「ひどいって?」

「なんていうか……目が……ほら、もうコントロールがきかなくなった人間は見ればわかるだろう? 見た目にもわかる。動作から、身体じゅうが痛むらしいのもわかる。声、言葉、そして視線。あの男はもう別の世界にいた」

「お前になんの用があったんだ?」

「よくわからない。おれと話したいと。大事なことを、だが……」

「だが?」

「しつこく頼まれたんだ。おれのことが必要だと。自分たちは間違いを犯したから、だから……」

「間違いって?」

さあ、勇気を出してトムの目を見つめ返すんだ。今まで一緒に乗り越えてきた山場をすべて思い出そうとする。生きるか死ぬかの状況で、今も今後も、危機に直面する友人を絶対に見捨てないと互いに誓った——。

「なのにおれは追い返したんだ。帰ってくれと言った。話など聞きたくないと」

トムは黙っている。

「助けを求めてきたのに、おれはそれを拒否したんだ。トム、あれから数日間、そのことが頭から離れない」

「それで、彼が何を頼もうとしていたのかは本当にわからないんだな?」

ニルスは頭を軽く振っただけだった。

「そいつにはどこに行けば会えるかわかっているのか？」

頭が左に傾き、右に傾く。目はビールの泡に釘づけになっている。

「そいつをみつけたいのか？」

ニルスは顔を上げ、トムの目をじっと見つめた。

「わからない」

背筋を伸ばし、グラスに覆いかぶさるような姿勢になり、つぶやく。

「おれはすごく怖かったんだ、トム。突然、自分の二十年後、いや十年後を見た気がして。なぜだかわからない。なぜそんなふうに思うのか。だが本当に怖くなった。だからもうそれ以上見たくなかった。あの男はおれの子供時代の英雄だったんだぞ。なのに今はあんなにひどい有様で、なんだか知らないがおれに泣きついてきた。無理だったんだ、トム。おれには無理だった。それで背を向けてしまった」

トムはうなずいた。今度は彼のほうがビールを見つめながらじっと考えこむ番だった。

「なあ、そいつをみつけよう。そして何を頼みたかったのかを突き止めるんだ」

ニルスはゆっくりと顔を上げた。口の端を少し上げて謝意を示す。本当に嫌な気分だった。

二人は黙ってビールを飲み続けた。

「そういえばあのメッセージはそいつからだと思うか？」

「〝深淵から〟ってやつか？　それと発音できないもうひとつの言葉。考えてはみた。可能性はある。だが何を言いたかったんだ？」

「突き止めよう。どうやってかはわからないが、必ず」

42

五月七日　金曜日
日の出：一時五十一分、日の入：二十二時五十二分
二十一時間一分の太陽
ハンメルフェスト　六時三十分

可愛いステッゴ夫人の件で解決策らしきものを考えつくのに、二日しかかからなかった。ティッカネンは早朝に車を出し、彼女に会いに出かけた。ユヴァ・シックから少し聞いたところによれば、朝型らしいからだ。シックは怖気づいたようだった。そろそろあれもこれも終わりにしなければ。実際、皆が怖気づいている。市長フィヨルドセンの葬儀が莫大なエネルギーを奪ってもいる。それにこの光も。昼だけが果てしなく続く日々。びりびりするバッテリーのようだ。誰もが神経をとがらせている。皆ろくにわかっていないが、この光が心に負担をかけているのだ。幸いなことに、ティッカネン自身は強い精神力をもっている。倒れるような人間ではない。繊細《せんさい》な人間でもない。それでもこの太陽には苛立たせられる。

シックによれば、可愛いステッゴ夫人は今、群の残りを島に渡らせる準備をしているそうだ。

トナカイ飼育管理局の艀《はしけ》を借りるらしい。思ったより早く仔トナカイが生まれてしまい、湾を泳いで渡れるほど強くないからだ。ティッカネンにはむしろ好都合だった。そのほうが自分の目的と方向性が同じだからだ。トナカイを連れて島に渡るには相当なエネルギーを要するが、ステッゴ夫人にはもうそんなことをしなくてよくなるような提案をするつもりだった。そうすれば問題は片付き、全員が満足して幸せになる。おれはもちろん、何よりも人助けすることを考えている人間なのだ。亡くなったフィヨルドセンだってそれに異論はなかったはずだ。あんな場所で転ぶなんて本当に無駄死にだった。まったく非生産的だ。まあ、市長の後任も悪くない男だが。ティッカネンの車がトンネルを抜けた。夏の盛りにはトナカイが涼を求めてこのトンネルにやってくる。湾にかかる橋を渡った。ティッカネンはパンをこねるような仕草で髪形を整えた。唇に笑みが浮かぶ。フィヨルドセンだって、おれがステッゴ坊やという問題を解決したことを喜んでくれただろう。鯨島のトナカイ所有者が一人減ったのだ。死んだ市長へのいい手向けになる。ハンメルフェストの住民全員がそう思うはずだ。それに、おれが裏で操っていると批判する頑固でうるさいやつらを黙らせることもできる。操っていたらどうだって言うんだ？　おれのやることに文句をつけるのか？　ティッカネンはあきれたように頭を振った。するとまた髪が乱れた。おやおや、おれは自分で自分を苛立たせているじゃないか。おれは人助けをしたいだけなんだ。皆を助けたいだけ。野営地のコタが見えてきた。煙が上がっている。男や女がコタの間をうろうろしている。子供たちはまだ寝ているようだ。そのとき、片膝をスノーモービルのサドルにおいた牧夫が目の前を通り過ぎ、ティッカネンはあわてて急ブレーキをかけた。オレンジ色の投げ縄を肩に斜めがけにした牧夫で、口の端にタバコをくわえたまま、ティッカネンのほうは見ようともしなかった。ティッカネンはあちこち解けている雪を見つめ、それから自分の黒い革のローファーを見つめた。この場にふさわしい靴ではなかったな。普段、ティッカネンがオフィスから出ることは滅多になかった。しかしアネリー・ステッゴがポリタンクを手にコタから出てきたのを見て、ティッカネンは心を決めた。

太陽はもう数時間前から輝いているが、雪はまだあまり柔らかくなっておらず地面は堅かった。それでも一歩目で沈んだ。まあ確かに、普通の人より数キロ分重いかもしれない。可愛いステッゴ夫人はまたコタに入ってしまったが、ティッカネンがヒースの生えている箇所を選びながら跳びはねている間にまた出てきた。ティッカネンはジャンプするのに疲れて、彼女に合図を送った。これでやっと自分の計画を説明することができる。ティッカネンは誇らしかった。だってきっと気に入ってもらえるはずなのだから。自分が考えたプロジェクトを見せるために、ちゃんと地図ももってきていた。だがもちろん、まずは彼女に相談したい。決めるのは自分ではないのだから。そこは高齢の農民の土地だからぴったりだ。ナイヴオトナ近くの沿岸部。ティッカネンは、契約と名のつくものすべてを円滑に進ませるのが自分の責務だと考えていた。責務――ティッカネンはその言葉を改めて心に刻んだ。亡くなったヘンドリックに誓って約束します。え？　ああ、申し訳ない、エリックだったね。そうそう。本当に不幸な事故でしたね。まだ若くて、優秀な方だったのに。ティッカネンが話し続ける間、冷淡な女は彼のほうを見ることもなく、その視線は遠くの丘に注がれていた。やっとティッカネンを見たときには、なんと言えばいいのか……それまで誰も彼をそんなふうに見つめたことはなかった。普段なら、相手の目には必ず多少の軽蔑が見てとれるものだ。それによってティッカネンは自分と相手の役割分担に安心することができた。しかしこの女にはそれがない。ステッゴ夫人はどこか別の場所にいた。そしてティッカネンを見下してもいない。いや実際、ティッカネンにとっても悪くない感覚だった。自分を見下して、自分のほうが上だという態度でもない。ティッカネンは正直、当惑してしまった。自分を見下して、にやりと笑みを浮かべない人間がいるなんて——。この女と基本的な同意に達するつもりでここに来たが、なんだかおかしな気分にさせられた。ティッカネンはまた自分の車に座り、自分が何をしに来たのかよくわからなくなった。おまけに女のほうはほとんど口を開かなかったというのに。

不動産仲介業者は帰っていった。アネリーは話は聞いたが、返事をしたくはなかった。それで相手を傷つけてしまったかもしれない。あの男がどこへ話をもっていきたいのかは知っている。友人オラフ・レンソンからも、マルッコ・ティッカネンには気をつけろと警告されていたからだ。ああいうやつらが隙を狙ってやってくるだろうと。アネリーは悲しみを感じていた。あの男はトナカイのことを何も知らない。でなければ訪ねてきたりはしないだろう。人間の意志で群の習性を変えられるとでも思っているようだ。群が春になると毎年同じ餌場に戻ることを知らない。雌トナカイはそこでしか仔を産まない。鮭が産卵のために生まれた川に戻るのと同じだ。トナカイの群が新しい土地になじむまでには数年、そう、四年くらいはかかる。

あの男はわたしのことも何も知らない。でなければここに訪ねてきたりしないだろう。アネリーにとって、エリックにとって、この生活が別に伝統を受け継ぐためではないこともわかっていない。むしろ逆で、皆になんと思われていようと、アネリー自身は伝統が何よりも大切だとは思っていない。伝統の名の下に先へ進もうとしない者を多すぎるほど見てきたからだ。エリックと一緒に考えてきたプロジェクトとは正反対だった。狼湾にのみこまれて以来、エリックの魂はそこに残り、自分を正しい道に導いてくれているような気がする。わたしを脅かせると思っているなら、それは間違いよ――。湾の聖なる岩のことで皆がもめている。それは知っていた。オラフがいつもの尊大で乱暴な態度で、道路を拡張するために役所が岩を向こう岸に移動しようと計画していることを教えてくれた。とんでもない計画だ――オラフは理性を失ったように怒り狂い、アネリーのほうが彼を落ち着かせなければいけなかった。

アネリーはスサンにクヴァールスンまで行くためにスノーモービルを使わせてくれと頼み、そこからはモルテン・イーサックに車を借りた。モルテンは口の中で何かもごもご言っただけで、車のキーをアネリーに渡した。一時間後にはスカイディに到着し、ニーナ・ナンセンがトナカイ警察の小屋を出発するのに間に合った。ニーナは約束を守って彼女を待ってくれていた。アネリーは小屋に入り、二人の警官に挨拶をした。それからすぐに、ニーナに向かってトナカイの革の腕輪を差し出した。

ニーナは腕輪には触れずに、眉をひそめてアネリーを見つめた。

「これはアンタ・ラウラの作品よ。絶対にそう。彼の代表作だもの。聖なる岩でみつけたの」

クレメットがビニール袋を取り出し、そこに腕輪を入れさせた。

「わたしもキルナでまったく同じ腕輪を見た」ニーナも言った。「岩のどこでみつけたの？」

「岩が少しずれている部分で」

ニーナは腕輪を手に取り、裏返してみた。黒いトナカイの革と錫《すず》糸でできている。この素材の腕輪は最近人気があるが、これは特別だった。織りこまれた錫糸が立体的なモチーフをつくりだしている。

「これはおそらく、アンタ・ラウラが自分の昔のトナカイのマークをつかったモチーフなんだと思う」アネリーが言った。

「あの日、この腕輪は絶対になかった。あの日、エリックが……」

ニーナはそこで黙った。アネリーが微笑む。

「エリックが溺れ死んだ日、そう言いたいの？」

ニーナはうなずいた。アネリーが立ち上がる。

「土曜日にはあなたたちの助けが必要になると思う。残りの群を連れて湾を渡るから。トナカイを艀に乗せる間、道路を封鎖してもらわないと」

二人もアネリーについて外に出た。トナカイ警察の車が出ていくとき、アネリーにもニーナが腕輪を手に興奮気味に話をしているのが見えた。アンタ・ラウラは最後のメッセージを伝えられるのだろうか——。

パトロールP9のピックアップトラックは、もうすでに一時間走り続けていた。ポルサンゲルフィヨルドぞいを南に向かっている。フィンランドとの国境にあるウツヨキまであと二百キロだ。北極圏は道路が少なく、南北に伸びていることが多い。そのため、東西に移動できれば近い場所が非常に遠回りになることがある。しかしクレメットにとってはなんの問題もない。昔から車が大好きだからだ。カウトケイノで暮らす時期には、イケアに買い物に行くこともいとわない。いちばん近い店舗はまっすぐ南下したところにあるハパランダで、四百キロ離れているというのに。しかしサプミではちょっとタバコを買うために五十キロ走ったりもする。距離というのは相対的な概念なのだ。ニーナは両手で腕輪をもち、座ったまま外を見つめている。クレメットはニーナが細いトナカイの革の腕輪をそっと撫でていることに気づいた。無意識に指で錫糸の模様をなぞっている。

そのときニーナが急に飛び上がったので、クレメットは脱輪しそうになった。腕輪！　アンタ・ラウラの腕輪！　ニーナの脳裏に彼の死体が浮かんだ。溺れた男たちが乗っていたバン。事故が起きたときにアンタ・ラウラは腕輪をしていた。それも同じ腕輪だった？　まったく同じもの？　彼独特のモチーフが入った腕輪。そうだとしたら、アンタ・ラウラは何かメッセージを伝えたかったのだ。それに、エリック・ステッゴが死んだ日よりもあとに聖なる岩に来ていたということになる。

「戻って！　アンタ・ラウラの死体がつけていた腕輪を見に行かなくちゃ！」ニーナが叫んだ。

「おい、待てよ！」クレメットも叫んだ。「もちろん見に行くよ。だがハンメルフェストに帰ってからだ。今夜にだって行ける。だが今はもうここまで来たんだ。きみの希望どおりね。ちょっとは落ち着けよ。父親に会うので不安になっているのはわかるが……お願いだから落ち着いてくれ」

「不安？　不安になってなんかいない。わたしはまったく冷静よ。でもこの腕輪はいったい……」

「今夜行こう。な？」

「ちょっと待って。待って」

ニーナは何か考えこんでいるようだった。クレメットは何事もなかったかのように車を走らせた。

「わたしが知るかぎり、エリックが死んだ日にはこの腕輪は岩にはなかった。あのとき興味本位で岩を見て回ったの。あれは何日だったか……」

「四月二十二日だ」

「そう、それにこの腕輪を見たのは、あれは……いつだった？　またあの岩に行ったとき。そう、カウトケイノから戻って……ほら、叔父さんに写真を見せてもらったから。日曜に行ったでしょう。もう二週間近く前の日曜。写真を見ながら状況を特定するために、翌日にも岩に行った。そのときにわたしは初めて腕輪を目にしたんだと思う。その前には絶対になかった」

クレメットもやっとニーナが言わんとすることを理解した。

「つまり誰かが二十二日から月曜の間に腕輪を岩においたわけか。月曜は……何日だ？」

「二十六日」

「二十二日と二十六日の間か。それに、フィヨルドセンの死体が発見されたのは二十五日日曜日だった。おれたちがカウトケイノに向かっている途中に」

二人は車を停め、ラクセルヴでコーヒー休憩をとった。クレメットはニーナの興奮を鎮めようとした。腕輪がアンタ・ラウラの作品だからといって、岩の下においたのが彼だとはかぎらない。腕輪は売られてもいるし、誰でも買える。それに誰でもあの場所における。特に深い意味はないのかもしれない。

「ねえ、教えて」ニーナが急に言った。「フィヨルドセンの爪の間から採取したDNAの解析結果はまだ来てないのよね」

「ああ。それにフィヨルドセンの死の捜査はおれたちの担当ではないだろ？　興味があるのはエリックの死のほうだ」

「そうよ、捜査よ！　エリックの死、フィヨルドセンの死……今までにわかったことを教えて」

「今はその話をしてるわけじゃない」

「だけどキルナの友達に電話してくれてもいいんじゃない？　彼なら知ってるでしょう」

クレメットは議論を続けるよりも、電話することにした。法医学者はまだ寝ていた。今日は残業消化で休みらしい。クレメットの声を聞いて不機嫌そうに何かつぶやいたが、すぐに機嫌を直して、昨晩アルスヴェンスカン（スウェーデンのサッカーリーグのトップディビジョン）の試合でハンマルビィがユールゴーデンを破ったことを嬉々として語った。ゴールはひとつ決めただけ。それもペナルティキックで。しかしこのダービーマッチに勝ったことで、今シーズンの屈辱を払拭できる。サッカー以外のこととなると、法医学者の話は正確だった。フィヨルドセンの爪の間から採取したDNAは、バンに乗っていて溺れ死んだ男の一人のものだということに疑いの余地はない。ただしアンタ・ラウラではない。

「アンタ・ラウラはいつからバンの男二人と一緒にいたんだろう……」クレメットはニーナに法医学者からの情報を伝えてから、独り言のようにつぶやいた。

「いつから？　そうね、わたしはキルナで彼の回顧展を観に行った。あなたがエヴァと一緒に過ごしていたときにね。あれは三十日。アンタ・ラウラはレセプションに来るはずだったのに現れなかった。三十日はつまり、フィヨルドセンが死んだ二十五日の五日後。アネリーにエリックの死を伝えたのは二十二日で、そのとき野営地にアンタ・ラウラがいたのは覚えている」

「そうか。二十二日には岩に腕輪もなかったし、ラウラはまだスサンとアネリーの野営地にいた。フィヨルドセンは二十五日に死体で発見され、翌二十六日にきみが岩で腕輪を見かけた。スサンが最後にアンタ・ラウラの姿を見たのはいつだろう」

「アネリーは前の日曜日、つまり五月二日に礼拝のあとで、ラウラは数日前から行方不明だと言っていた。でも正確にいつからかは……。ともかく三十日よりは前ね。それにわたしは覚えている。新聞で読んだのか誰かから聞いたのかは忘れたけど……ああ、スサンが言っていたのかも。アンタ・ラウラが行方不明になったかもしれないと。アネリーから話を聞いた時点で、フィヨルドセンはその一週間前に死んでいた。そのときにもう一週間以上行方不明だってことはある？　皆の話によれば、アンタ・ラウラは今までにも姿を消すことがあったらしい。急にいなくなるけれど、また戻ってくる。何度も何度も。スサンたちの野営地ではいつも歓迎してもらえるのを知っていたのだから」

「どうやってあの野営地まで……。スノーモービル？　車？」

「誰かに送ってもらったのよ。移動の時期は常に誰かがあっちへこっちへ動いてるから」

「ということは、フィヨルドセンが死んだときにあそこにいた可能性もあるな。だが水につかってしまったから、靴の裏の土を調べるのは無理だ」

「靴痕くらいは？」

「死体がみつかったのは三日前だ。DNA解析の結果も昨日届いたばかり。まだ何も捜査は進んでいない。だが念のために警部に電話をかけて言っておくよ」

今度はニーナがハンドルを握り、クレメットはエレン・ホッティ警部に電話をかけて情報を伝えた。

「でも正直言って」長いこと経ってからニーナが言った。「アンタ・ラウラがフィヨルドセンの首を絞めようとしたなんて想像できる？」

「なあニーナ、きみは証拠だけで満足することを覚えたほうがいい。動機については、前にも言ったとおり、わかればラッキーという程度のものだ。それにラウラがずっと昔、鯨島から追い出されたトナカイ所有者だということを忘れちゃいけない。ダイバーになったのはそのあとだ。文字どおりその世界に飛びこんだわけだな。まあ、少なくとも実験に参加していた」

「でもフィヨルドセンはラウラが島を追い出された当時は市長ではなかった。だからフィヨルドセンのせいで追い出されたわけじゃないでしょう」

クレメットは黙りこんだ。妙な気分だった。誰のせいかって……誰のせいなんだ？　それを突き止めるのは警察の仕事ではまったくないとはいえ。サーミ人は自分たちの土地を追い出され、非サーミ人の隣人と同じ暮らしかたを強いられる運命だったのか？　祖父がトナカイ放牧の世界を去らなければいけなかったおれは不幸な人間なのか？　祖父は、相当辛かったことだろう。それに父は自分の父親が破滅するのを見て育ち、自分自身も屈辱に耐えなければいけなかった。それも辛かったはずだ。だがおれは？　自分はトナカイの放牧をする家庭で育ったわけではない。今ではほとんどのサーミ人が別の仕事で生計を立てている。ならば誰のせいということになるんだ？

クレメットは結局眠ってしまった。

そしてニーナに揺り起こされた。車は食料品店とカフェを併設したガソリンスタンドの駐車場に停まっている。最近はこういう店舗が北極圏のあちこちにある。福祉国家がその義務から解放されるにつれて増えたのだ。このガソリンスタンドは郵便局、土産物屋、雑誌売場、ビデオレンタル屋も兼ねていた。ウツヨキは人口千人強の小さな市だが、カウトケイノと同様に巨大な面積を誇る。クレメットはフィンランド国境の川を越えたことが心配だった。トナカイ警察には何かあれば国境を越えて介入する権利があるが、小さな町の警察官は怒りっぽいのだ。

ウツヨキの村は国境となる川の対岸にあった。まあ、言い訳ならいくらでもできる、とクレメットは思い直した。実際、そろそろガソリンを給油しなければいけない。ニーナは車のキーをクレメットに渡してから、意を決した足取りで売店に向かった。クレメットはガソリンの給油機に歩み寄った。とりあえず二人とも私服だから目立たないだろう。ところでニーナは最近撮影された父親の写真をもっているのだろうか。それを確認しなかったことを悔やんだ。そもそもドライブの間に父親の話題を一度も出さなかったことを後悔した。だがそんなことをしたら、ニーナはますます動揺していただろう。支払いをしに店に入ると、ニーナが店主らしき男と話している最中だった。ニーナは苛立っているようだが、笑顔をつくり、腕を振り回し、必死に何か頼んでいる。クレメットは今までそんなニーナを見たことがなかった。クレメットの姿が目に入るとニーナは落ち着きを取り戻し、会話をやめ、紙切れを取り出すとそこに何か書きつけ、男と握手を交わし、無表情のまま立ち止まりもせずにクレメットの横を通り過ぎ、車に乗りこんだ。男はまたレジの前に立った。ブーツをはき、マリンブルーのジャージのズボン、オレンジのフリースジャケット、ブルーとグリーンのネステオイル（フィンランドの石油会社）のキャップ帽の下から絡まった髪が覗いている。ここ十五年くらい口を開いていなそうな男だ。クレメットはあることを尋ねようとしたがやめた。ガソリン代を払うと、車に戻ってニーナの隣に座る。ニーナは何も言おうとしない。クレメットは念のためタナ川にかかる吊り橋のほうへと車を進め、またノルウェー側に戻った。裸の丘が二人を取り巻き、まだ山頂には白い雪が残っているが、このあたりも標高の高い場所ですら茶色の種が蒔かれたようになっている。岩の周りではヒメカンバが顔を覗かせている。道端は黄色いシミのようになっているが、ここ数カ月間雪に押しつぶされていた草はまだ命の片鱗を見せていない。春はこっそりやってくるのだ。サプミでは大自然が時間をかけて新しい力を蓄える。橋を渡ると、クレメットは道脇に車を寄せた。

「パパは本当にこの町にいるみたい。だけど私書箱しかなくて、あの男はわたしの話をろくに聞いてもくれなかった。ましてやパパがどこに住んでいるかは教えてくれなかった。それにパパは自分で郵便を取りに来るわけじゃないんですって。もう何年も見かけていないと……。別の男が取りに来て、パパに日用品も届けているらしい。人里離れたところに暮らしている。ノルウェー側の。いちばん近い集落はウツヨキだけど。クレメット、信じられる？」

「郵便を取りに来る男にはどうすれば連絡がつくんだ？」

「店の男は二時間以内に連絡をくれると言っていた。なぜ二時間なの？　パパはここから二時間のところに住んでいるの？　電話はないの？」

ニーナは今の時刻を確認した。ニーナは見るからに苛立っているし、疲れて見えた。どんどん眠れなくなっていく夜にも耐えられないのだ。

「あっという間に手がかりがつかめてすごいじゃないか。あとは待てばいいだけだ。コーヒーの準備をしてくれないか？　気が紛れるだろう？」

ニーナはクレメットに向き直り、笑顔を浮かべ、人差し指を左右に揺らした。そして向こうを向くと、丸まって眠ろうとした。

43

ハンメルフェスト　十一時三十分

沿岸急行船の汽笛が鳴り響いたのを聞いて、ユヴァ・シックは顔をしかめた。船はまもなく観光客という貨物を吐き出し、ハンメルフェストに一時間ほど停泊する。ユヴァはさっきからずっと自分のシュコダの運転席に座っていた。昨夜は寝ていない。眠ったところで休まらなかっただろうが。寝不足自体は気にならない。ツンドラで夜を徹して働くこともある。一昼夜ぶっ続けでトナカイの番をしなければいけないこともあるのだ。苦痛ならいくらでも我慢できる。かなりのことを我慢できる。ユヴァは上唇の内側に嗅ぎタバコを入れ、全身にニコチンが回るのを感じた。かつて、昔ながらの放牧をしているトナカイ所有者がいた。直接話したことはないが、遠くから見たことがある。その男はいまだにスキーでトナカイの番をしていた。理想の中に生きる男——エリック・ステッゴもちょっとそういう感じだった。テクノロジーを頑なに拒み、自分の世界に閉じこもり、社会の発展から目をそむけている。スキーや馬でトナカイの番だと？　そんなことをしてどうなる。温暖化や鉱山開発、石油業界の多国籍企業が何もかも無に還そうと全力を尽くしている状況なのに。ティッカネンのほうが正しい。農場でトナカイを飼えばいいんだ。自分だけが所有する土地で。確かに今より狭くはなるが、他の誰のものでもない場所。トナカイ放牧の未来はそこにある。ともかく、あと数年くらいはそうやって生き延びられる。放牧生活がロマンチックだなんて一度も思ったことはない。ツンドラの大地に存在するのは無慈悲な野生の掟だけだ。ユヴァはスキーでトナカイの世話をする男をわざわざ見に行った。その男は信じられないようなことをいくつもやってのけた。勤勉な牧夫であるユヴァから見ても、強靭な肉体をもつ勇敢な男だった。ユヴァの心に強い印象を残し、他のトナカイ所有者もやはりときおりその男を見に行っていた。エリック・ステッゴが遠くから見つめていたのを覚えている。アスラクという名前のトナカイ所有者で、ヴィッダの伝説的存在だった。エリックはあいつのせいでちょっと頭をやられたのかもしれない。それ以来おかしなことを言うようになった。色々なことをややこしくして、長老たちを怒らせるようなアイデアを思いついた。だが今は平和になった。伝説の男がヴィッダに消えてしまったからだ。昔のように。

ユヴァは〈ブラック・オーロラ〉の会員カードをちらりと見た。

ニルスのことはどう思えばいいのか。いや、思うことなどたいしてない。ニルスはニルスだ。

今はティッカネンに対して腹が立っていた。レヴァヨク方面にある農場を手に入れてくれると約束したのに。それに何より、ロシア人売春婦の一人か二人とやれるはずだったのに。それも減圧室の事故のことがあっておじゃんになった。その前にやっておくべきだったのだ。あれ以来、売春婦たちは消えてしまった。まだこの町にいることはいるが、福祉局が見張っている。何もかもがそしてユヴァが小さなごほうびをもらう間もなく、ロシアに送り返されてしまう。

おかしくなってしまった。ユヴァは歯茎の外側に舌を這わせ、くぼんだところにまた嗅ぎタバコを入れた。おまけにニルスには厄介なことを頼まれた。自分たちの友情のために。おれたちの友情？　あまり大袈裟《おおげさ》に受け止めないほうがいい。ユヴァは子供の頃ニルスと友達でいたかった。エリックや他の何人かとグループで仲がよかったこともあった。他の少年たちとはその後もう会うことはなかったが、エリックとはずっと付き合いがあった。当然だ。同じ地区に属するトナカイ所有者同士なのだから、顔を合わせる機会はいくらでもあった。秋には協力して交ざってしまったトナカイを分けたし、放牧の移動で一緒になることもあった。冬には交替で番をすることも。要するに、会う機会には事欠かなかった。だが老人たちの時代のような、結束とかそういうものではなかった。仕事の重圧が大きすぎて、誰も昔のように落ち着いて話す時間がないのだ。考えれば考えるほど、自分は正しい決断を下したと感じる。苛酷な放牧はやめて、農場に落ち着くのだ。トナカイ放牧に専念するようになって五年が経つが、すでに老いたトナカイ所有者のような気分だった。老人のような反応、老人のような発想。耳まで借金に埋れていて、この車だってリースだ。ユヴァは髭をかいた。明日は髭を剃る日だ。週に一度だけ。それ以上は剃らない。

レヴァヨクはここからかなり離れた場所だが、そこで一からやり直すのだ。

ユヴァは重圧に耐えかねていた。どうすればティッカネンに恨まれることなくニルスとの約束を実行できるだろうか。ニルスはあのフィンランド人にわからせてやれと言った。あいつはおしゃべりがすぎるから。そのせいで自分たち二人のことを大きな危険にさらした。確かにニルスは正しい。ティッカネンはしゃべりすぎだ。ちょっと揺さぶれば口を割るやつ。目の前に警官が立っただけで、何もかもしゃべってしまった。その理由は、世間に怪しい印象をもたれたくないからだ。根気強く築き上げてきた評判を危険にさらしたくないから。自分のビジネスを守るためなら、他のやつのことは警察に売る気満々だ。あいつはおれが売春婦を迎えに行ったことも話してしまった。信用できないやつだ。それにティッカネンはこの町の全員のことを知った気になっている。記録カードが自分に自信を与えてくれると。確かにティッカネンの情報収集力はすごい。皆の小さな秘密を把握している。ティッカネン本人がそう言っていたのだ。初めてティッカネンと会ったとき、まるでたった今ユヴァの銀行から出てきたところかと思ったほど、ユヴァの懐事情を完璧に把握していた。ユヴァはそれがすごく嫌だった。すごく、だ。まるで税務署員が目の前に立っているみたいで。あのフィンランド人は誰に対してもそうだった。誰よりも早く全員のことを知っているようだ。

ティッカネンを痛い目に遭わせるなら、自分だと気づかれないようにやらなければいけない。でなければレヴァヨクの農場とはさよならだ。だがどうやればいい？　用心深いやつだ、皆の秘密を知れば知るほど、敵が増えることは認識しているはず。暗くなるまで待つか？　だがこの季節は待っても暗くはならない。太陽が沈んだあとも、夜の闇は訪れない。それに驚かせたからってうまくいくともかぎらない。目出し帽をかぶっても無駄だ。ティッカネンはおれだと気づくだろう。ユヴァはそう確信していた。ではどうやって実行すればいい？　今までそんなことはしたことがなかった。

ユヴァは広場に面したティッカネンのオフィスにそわそわと視線をやった。白熊倶楽部からそう遠くない。白熊倶楽部は今、観光客を入れるためにオープンしたところだ。そして沿岸急行船が出港するとまた閉まる。オフィスの中は明かりがついている。海に面した通りのいちばん奥の建物の一階だ。ちょうどタクシー乗り場の前あたり。オフィスからは沿岸急行船が停泊する場所が見える。ユヴァの車は白熊倶楽部とティッカネンのオフィスの間に停まっていた。考えても考えても方法を思いつかず、ユヴァは頭が痛くなってきた。車を降りると、耳の下までニット帽を下げ、パーカーのフードもかぶり、サングラスをかけた。手はポケットに入れて身体を揺らすように歩きながら、角のタクシー乗り場へと向かう。沿岸急行船極光号《ポラリス》がちょうど埠頭に着いたところだった。あと少しで乗客が降りてくる。全員が甲板に立ち、ハンメルフエストの町を眺めている。指をさしたり、もうカメラのシャッターを押したり、双眼鏡でつぶさに観察したりしている。写真撮影タイムか。あいつらが、おれがティッカネンを痛めつける瞬間の写真を撮って土産にできたら面白いのにな。ユヴァはさらに深くフードをかぶった。ティッカネンは大きくて太っているが、勇敢なやつではない。正体を見破られてもたいしたことじゃないのかもしれない。あのでぶっちょに誰を相手にしているのかわからせることもできるのだから。確かにここでいったんわからせておかなければ、事態はもっと悪くなる。ティッカネンは意気地なしだから、それでうまくいくかもしれない。そう、本気でびびらせることができるかも。これはニルスからの挨拶だと言ったほうがいいだろうか。それともおれからだと？ いや、二人から？ ニルスからだと言えば、ニルスが責任を負うことになる。しかし二人からだと言えば、ティッカネンにもおれがニルスと友達であること、おれたちは同等だということ、これは二人で相談した結果だというのが伝わるだろう。ティッカネンもおれのことを見直すかもしれない。ユヴァはさらにオフィスのある建物に近づいた。角で立ち止まり、ティッカネンが彼のことなど目もくれずに、つむじ風のように通り過ぎるのを待った。ティッカネンは白熊倶楽部に向かっていた。まったく、おれはこんなところに馬鹿みたいにつっ立って……倶楽部内まで追いかけて痛めつけるわけにはいかないのに。ユヴァは仕方なく車のほうに戻り始めたが、ふと立ち止まった。来た道を戻り、不動産屋のガラス窓を覗きこむ。ティッカネンのオフィスは電気が消えていた。つまり誰も中にはいないということだ。ポケットに手を突っこむと、ティッカネンから先日預かった合鍵に手が触れた。何枚か書類を書かなければいけなかったのだ。国家トナカイ飼育管理局に送る千回目の申請書。そのためにパソコンとプリンターが必要だった。皮肉なことに、あいつは信用の証としておれに合鍵を貸してくれた。なかなか手に入らない農場のことでおれの機嫌をとるためにだろう。絶対にそうだ。自宅のようにくつろいでくれ——ティッカネンはそう言った。紙はここだ。そしてこれがパソコンの暗証番号。プリンターの電源も入れておくから、帰るときにしっかり施錠だけしてくれ。

ユヴァは鍵を開け、オフィスに忍びこんだ。ここであのでぶっちょを待ちかまえて、たっぷり痛めつけてやればいい。ニルスもそれで満足するだろう。ユヴァはオフィスの二部屋を回り、よさそうな場所を探した。ティッカネンが戻るまでどのくらい時間があるだろうか。観光客らしき人々が窓の外を通り過ぎていく。極光号が乗客を吐き出したのだ。ということは一時間ほど根気強く待てばいいということか。あのでぶっちょがその間ずっと白熊倶楽部にいて、土産物を売る手伝いをするつもりならば。ユヴァは周りを見回した。殴るのにちょうどいい道具はないだろうか。あちこちに視線をやり、目に入った物の威力を比較した。他に誰もいないのに、ときどき首を横に振ったりもした。「いや、それはだめだ。それだと死んでしまう。そうしたら農場も手に入らない」ユヴァは色々な物に触れたり、撫でたり、裏返したりして、最終的に金庫をみつけてしまった。おかしなことだが、絵画の裏というのは見てみなければ気がすまないものだ。特に壁に一枚しかかかっていない場合は。まったくあのティッカネンはとんでもないバカだ。で、どうすればいい――？　ユヴァは戸棚や箱の中も見てみたが、面白いものは何もみつけられなかった。だが金庫の中は？

ユヴァは金庫がどういう仕組みになっているのかを見ようとした。実利を重んじる性質で、人生をややこしくするつもりはない。他の人間もおれのようにすればいいのにといつも思う。ユヴァはティッカネンのパソコンと同じ暗証番号を入力した。すると金庫が開いた。

ユヴァにとっては当然のことだった。オフィスで一枚だけの絵画の後ろに金庫を隠しているようなやつは、その暗証番号にパソコンと同じものを使うと考えるのが自然だ。誰だってそれが普通だと思うだろう。ユヴァは自分が狡猾《こうかつ》だとすら思わなかった。おれがどうというよりも、ティッカネンがそういうやつなんだ。ティッカネンは誰もそんなふうには考えないと思いこんでいるようだが。ユヴァは金を盗みたい誘惑と闘いながら、靴箱のふたを開けた。

急にユヴァの全身が震えだした。金庫にあったのは、耳にたこができそうなほどしつこくテイッカネンが語っていた例の記録カードだった。ユヴァは箱にふたをしてもち上げた。自分が汗ばんでいることに気づく。今何時だ？　ユヴァは窓の外に目をやった。ここから見るかぎり、まだやつは道に姿を現してはいない。残念ながらこの角度からだと倶楽部のほうまでは見えない。しかしティッカネンは船が出港する前に倶楽部から帰ってくるかもしれない。観光客で混みあう最初だけ手伝うつもりなのだろうか。ユヴァは靴箱を脇に抱えた。ティッカネンのオフィスから出ると、左手にある倶楽部の入り口をちらりと見る。形がないほど丸々とした体型で、ポマードで髪を撫でつけた人影があわただしくこちらに向かってくる。

携帯電話が鳴り、ニーナははっと目を覚ました。ちょうど眠ってしまったところだった。着信音で深い眠りから起こされ、ちゃんと目を開けられない。しかし待っていた電話のことを思い出し、目をこすった。太陽に目がくらむ。クレメットは隣にいない。ここはどこ――？

「もしもし？」

「また会いたい」

ニーナは額をこすった。電話をかけてきたのは、ネステオイルのキャップ帽をかぶったフィンランド人ではなかった。トムだ――ニーナは思い出した。昨晩のこと。〈ブラック・オーロラ〉。駐車場の車の中。

「今は無理」

「きみの都合のいいときに」

ニーナもまたトムに会いたかった。あたりを見回すと、荷台のドアが開いていて、クレメットが車の後ろで何かしている。何をしているかは見えないが、話し声はクレメットには聞こえないかもしれない。寒かった。

「また電話する」

運転席のドアが開き、クレメットがコーヒーのカップを手渡してくれた。

「ほしければ、後ろにサンドイッチもあるぞ」

ニーナは今何時だろうかと時計を見た。ネステオイルのキャップ帽の男は電話してきていいはずだ。クレメットはニーナの考えを読んだようだった。

「忘れられたのかもしれないから、また行ってみるか。あまり遅くはなりたくないし。帰るのに三時間はかかる」

ニーナは夜じゅう運転することになってもかまわなかったが、これ以上待てなかった。父親がすぐ近くにいるかもしれないのだ。父親の存在が近いことを感じられなければいけないものだろうか。娘なら波動とか幻みたいなもので感じるもの？　ニーナはアネリーのことを考えた。時を超えて物語をささやく聖なる岩。アネリーならそんなふうに父親と意思の疎通ができたのだろうか。聖なる岩を通じて。今度訊いてみよう。ニーナはまた自分の時計を見た。さっきの男からまだ電話はない。ニーナは立ち上がり、チーズののったパンをもう一枚食べ、コーヒーを飲み干し、荷台を片付けた。クレメットは何も言わずに運転席に座ったままだ。五分後、ニーナはまたあのガソリンスタンドにいた。ウツヨキの警察署の前を通らなければいけなかったから、誰の機嫌も損ねないようにクレメットは国境のノルウェー側でニーナを待っている。ニーナはネステオイルのキャップ帽の男に歩み寄った。その顔はさっきから少しも表情が豊かにはなっていない。サーミ人なのだろうか。クレメットからはウツヨキはフィンランドでもっともサーミ色の濃い市だと聞いている。しかしニーナにはこの絶対に笑わない男がサーミ人かどうかもわからなかった。

「わたしのこと覚えてる?」

うめくような声。

「電話くれるって言ってたでしょ?」

表情ひとつ変わらない。

「連絡はとってくれたの?」

男がうなずき、ニーナの心拍数が上がった。この男からすべてを訊きださなければ。パパはもうわたしが来たことを知っているのだ。

「会えるの?」

またうめくような声。男はオレンジ色のフリースのポケットを探り、紙切れを取り出した。ニーナは興奮気味にそれを開いた。約束。明日の夜。カフェ〈トナカイの幸運〉で。カウトケイノとカラショークに向かう道路の交差点だ。ニーナは眉をひそめた。なぜ明日の夜? 他にメッセージは何もないの? ただ時間と場所だけ。本当にパパなの? ニーナは顔を上げ、キャップ帽をかぶったバッファローを観察した。この男にからかわれているだけということはあるだろうか。しかし選択肢はなかった。ニーナはクレメットに電話をかけた。

ニーナに電話をかける前に、トム・パウルセンは長いことためらった。しかしかけてしまった今、ニルスの制止を振り切ってこのまま進むべきかどうか考えていた。ニルスはとりつくしまもなかった。元ダイバーのフランス人を捜すために警察に助けを求めるなんて絶対に嫌だと言い張った。トムはニルスのことを熟知していた。考えかたも同じ。同じように意欲的で、まだ若いのにいくつもの思い出を共有している。トムは海上ホテル〈ベッラ・ルドヴィガ〉の船室に戻った。独りになりたかったのだ。窓の外を見つめると、太陽がメルク島の液化天然ガス工場や、スオロの油田にある石油ターミナルの工事現場を輝かせている。あと一世代後には、ノルウェー海域のこのあたりはノルウェーの新しい黄金郷になるのだろう。北海はこの国の工業叙事詩において過去の歴史になろうとしている。

今日はツンドラへのドライブには参加しなかった。しかしニルスはなぜあんなに頑ななのだろう。どうすれば友を裏切ることなく老ダイバーを捜し出せるだろうか。秘密裡にニーナに頼むなら完全に裏切ったことにはならないのだろうか。だがニーナのことは信頼してもいいのか? なにしろ彼女は警官だ。倫理に反してまで秘密を守ることができるだろうか。こんな頼みごとをしたら、自分が彼女を困った状況に陥れてしまうのかもしれない。ニーナはいい子のようだ。目の前に、駐車場の車内での瞬間がよみがえった。また会ったときになんとかしなければ。それまではニルスを手伝おう。もう金曜の午後だから、質問に答えてくれるような役所や企業とは連絡が取れないだろう。誰に訊けばいい？　ハンメルフェストならグンナル・ダールだろうか。ノルグオイルの重役は当時もこの業界にいた。しかし今はまだあの牧師のような代表者に連絡をとりたくはなかった。日曜の礼拝のあとに捕まえてみてもいいかもしれない。モエはどうだ。アークティック・ダイビング社で彼らの潜水作業指揮者を務めるレイフ・モエ。まだ四十代だから、ちょうど当時と今の間の世代に当たる。彼なら少なくとも自分やニルスよりは、昔のダイビング業界のことも知っているはずだ。プライドの高いニルスがモエに尋ねることはないだろうが、おれなら訊ける。モエには誰のために質問をしているのかを明かす必要はない。

トムはフェリーに乗り、のけ者の埠頭にやってきた。埠頭にはアークティック・ダイビング号が係留している。翌日に任務に出るのだ。モエは〈リヴィエラ・ネクスト〉が行きつけで、今日もパブの店内にいた。独りでビールを飲んでいる。いつもの席で。建設現場で働くために北極海に飛びこんできた何百人もの労働者と同じように。トムはビールを注文し、モエの隣に腰かけた。二人は黙ったまま乾杯を交わした。人のぬくもりを感じたくてここにやってきた二人の男。レイフ・モエはダイバーとして輝かしい過去がある。いくつもの戦闘に関わってきた退役軍人のようなものだ。北海、メキシコ湾、ギニア湾、それにベトナムでの協業プロジェクト。しかしブラジル沿岸の外海で任務を行ったときに、本気で恐怖を感じるような出来事があった。現在、世界で人間が潜っている中でもっとも深い場所だ。それも、非常に危うい条件下で。トムもモエの過去を知っており、それに敬意を抱いていた。モエが結局ダイバーを辞めて潜水作業指揮者になったことにもだ。ダイバーの経験をもつ彼だからこそ、作業指揮者になってからも多くの命を救ってきた。しかしニルスのことは甘やかされた子供だとみなしている。そう思っているのはモエだけではないが。トムは自分のダイビング・パートナーが勝手に石油会社にマスコット扱いされ、炎上しがちな存在であることは認識している。ポリコレというあだ名までついているのだ。見世物にされたサーミ人。ニルスが自分に流れるサーミの血についてどう思っているかを考えると、皮肉な話だった。確かにやりすぎな部分もあるが、問題はそこではない。どちらにしても、レイフ・モエには自分がニルスのために質問していることを悟られてはいけない。

「明日の心の準備はできているのか？」

トムはそれには答えずにグラスを掲げた。彼とニルスはいつだって準備万端だ。そのことはレイフ・モエも知っている。ただ会話を始めるためのフレーズだ。天気のことを話すのと同じで。二人はバレンツ海のダイバーの中でも最高のチームだった。各企業が奪いあうダイバーなのだ。その二人に潜らせれば大金を節約することができる。経験が浅く鍛えられていないダイバーのような失敗は犯さない。そう、先日のような危険を回避することができるのだ。ニルスが規則を破って、これ以上ありえないくらいぎりぎりの行動をとったときだ。しかしトムは自分の役割を務めあげた。自分に求められている役割を。ニルスが自分に期待していることを。

「最近は奇妙なことが色々起きているな」

トムは何も言わなかった。モエが話好きで、話を聞いてもらうのが好きなことを知っているからだ。

「だがもちろん、七〇年代ほどめちゃくちゃなわけじゃない。それに北極圏ではそこまでダイバーを使わないしな。昔の北海ほどは。今はどこでも潜水艦だ。よく聞け、おれは気にしちゃいない。安全基準を守らなくちゃいけないのは確かに面倒だが、七〇年代に潜っていた親父どもの話によれば、当時は信じられないような状態だったらしい。本物のワイルド・ウエストだったんだ。ルールなんかあってないようなもの。うまくいくときはいく。そこに生死がかかっている。そういうことは今でもあるとお前は思うか？　確かにある。これはクレイジーな男の仕事だ。それでもだ……今はルールが存在する。正直言って、おれはそれに文句はないよ」

レイフ・モエはもう同じことを繰り返し始めた。

「この業界には今はあまりフランス人はいない印象を受けるが……当時はフランス人がパイオニアだったんだろう？」

「ああ、そのとおりだ。おれの時代より前だがね。マルセイユにある企業から来ていたよ。あとはアメリカの海軍からも。いわゆるヤンキーどもだ、少なくとも初期は。たいていは元戦闘ダイバーだった。そいつらにとって安全対策は身体の一部のようなもの、当然のことだった。本物のプロだったよ。だが北海が発展を遂げ、すごい原油ブームが起きた。どこもかしこもその話ばかり。それであわてて人を雇わなくちゃいけなかった。ダイバーも足りなくて、泳げないようなやつらまで雇ったんだ。本当さ、この目で見たんだから。おれが始めたのはそのすぐあとだったから、それで潰れてしまった男も大勢見てきた。辞めたやつもたくさんいたし……

死んだやつらもいた」

レイフ・モエがグラスを掲げた。

「死んだやつらに乾杯。生きてるやつらにも」

トム・パウルセンもグラスを掲げた。モエは同じようなことをぶつぶつ繰り返したが、それでもトムは当時の話に夢中になった。

「それで、フランス人は？　当時会ったりしたのか？」

「何人か会ったな。ここはかなり奇妙な業界で、個人主義者だらけだ。大金を稼いでは消えていく。ぼろぼろになって消えていったやつらもいる。そんな状態の仲間を見たいやつなんかいない。いつ自分の番になってもおかしくない、その事実を常に突きつけられるんだから。おまけにフランス人は追い出されたようなもんだ。なぜかっていうと、契約が国際的になって、書面もすべて英語になった。ダイバーとしてはとんでもなく優秀なやつらなのに、英語に関してはどうにもお粗末だった。だからあっという間に騙《だま》された。ひどい話だろ？　だがそうだったんだ。今でも何人かいるのはいるんだろうが、多くはないな」

「最近フランス人に会ったりしたか？」

トムはしつこいと思われないか不安になったが、モエが不審に思った様子はなかった。首をひねっている。

「フランス人には会ってないな。昔潜ってたやつらは今は南のほうにいるはずだ。金がちょっとでも入れば、皆、南へと旅立つ。それ以外のやつらは……今いるところにいるんだろう。大半は南ノルウェーのスタヴァンゲル地方から来ていた。そういえば最近、ある男に再会したな。やはり元は水中戦闘員だったよ。ノルウェー人だが、かなりひどい状態だった。酒にタバコ、それに目に見える傷も負っていた……全身の関節が完全におかしくなっていて。顔もびっくりするくらい皺《しわ》だらけで……見て驚くほどだった」

「そいつとはどんな話を？」

「ちょっと昔話をしたかったんだろうな。今ここではどんなプロジェクトが進んでいるのか、それに関わっている若いダイバーたちのこと、当時の仲間とも会っているようだった」

「そいつはまだこのあたりにいるのか？」

「いや、生きているかどうかもわからん。念のために電話番号をもらった気はするが。ちょっと待ってくれ。興味があるんなら番号はもってる」

モエは上着のポケットを探り、レシートの裏に番号を走り書きしたものを取り出した。レシートを半分に破ると、電話番号を書き写し、片方をトムに渡した。

「当時のダイバーは他にもこのあたりにいるのか？」

「ツンドラの小屋で独りで暮らしている男のことを聞いたことがあるな」

「フランス人か？」

「お前はどうしてもフランス人の話をしたいようだな。いや、そいつはノルウェー人のはずだ。だがひどい状態らしい。元ダイバーが抱える傷は目に見えるものじゃないんだ。この中が壊されてしまって」

モエは自分の頭を撫でた。そしてビールを二杯注文した。

「トム、お前はいいやつだ。だからひとつだけアドバイスする……ひとつだけだぞ。この仕事は長く続けすぎるな。一度でも余分に潜るんじゃない。覚えておけ。一度でも余分に潜ったら、そのときには国も会社も頼りにはならないことを」

ビールが運ばれてきた。モエがグラスを掲げる。

「じゃあ、また乾杯。死んだやつらに。そして生きているやつらに」

44

スカイディ　午後遅く

クレメットはスカイディの小屋でニーナを降ろした。ニーナが疲れ果てていたからだ。クレメットはそこからさらに聖なる岩へ向かうつもりだった。腕輪のみつかった部分を調べたかったからだ。またフィヨルドセンが死んだときの様子を推察し、転落事故の手がかりを探してみる。途中、燃え落ちた小屋の前を通りかかった。瓦礫《がれき》の下から死体がみつかったという。その分析がハンメルフェストのラボで進められている。

小屋は全焼していたが、停まっていたフォルクスワーゲンのコンビはフランス系の名前の人間が借りていた。それは確認がすんでいる。元医師の老人で、理由は不明ながらこの場所に魅了されたフランス人。おそらく釣りが好きだったのだろう。フランスの家族にはすでに連絡がいっている。

警察のイントラネットの初期情報では、この悲劇はガスのせいで起きたということだった。ガス事故自体は珍しいことではない。厳しい冬の間に、人が住んでいない別荘のガス管や水道管が蝕まれてしまう。今回はガスボンベが爆発していたらしい。昔からよくあることだ。ガスコンロに火をつけようとしても、なぜかつかない。しかし小さな小屋にはガスが充満していく。そして火花が散った瞬間に、突然大爆発を起こす。

捜査報告書の筆致からは、捜査は打ち切られたも同然だった。燃え尽きた小屋を警察の封鎖テープが取り巻いている。しかし警官の姿はなかったので、クレメットは車を停めた。空はまだよく晴れていて、風もなく、太陽が輝いている。クレメットも川ぞいに小さな別荘でも買おうかと考えた時期があったが、結局買っていない。トナカイ所有者と関わることの多いクレメットは、別荘がキノコのようににょきにょきと生えてくることに迷惑しているのを知っているからだ。別荘をもったりしたら気まずくなる可能性がある。保険調査員は翌朝までここには来ないらしい。クレメットはそっと足を踏み出し、板や鉄くず、割れたガラス、灰、その他何かが炭化したものがぐちゃぐちゃになっているのを見回した。かなり広範囲に広がっているところを見ると、燃える前に小屋全体が爆発で吹き飛んだのだろう。クレメットは自分ならこの場所を気に入るだろうかと自問自答した。中流階級への憧れはとうに捨てたはずなのに。自宅の庭に建てたコタでも充分に癒されてはいるが、川のそばという立地も捨てがたい。クレメットはあたりを観察した。氷の下を流れる水。白樺はもう雪に埋もれておらず、景色の中で黒い点になっている。沈まない太陽が雪を解かし、雪解けの水が岩の間を勢いよく流れていく。爆発で飛ばされたものが雪の上に落ちている。ここに住んでいた男がどういう状態で発見されたかはわからない。警察のイントラネットにもはっきりとは記されていなかった。クレメットは何も手に触れないよう注意しながら歩いた。すると岩のそばに、緑色のプラスチックの破片が飛ばされているのが目に入った。元はブロック型だったように見える。

ストックホルムでパルメ首相暗殺事件の捜査チームにいた頃、必要に迫られて各種のテロ組織や武器に詳しくなった。今となっては古びた知識ではあるが、それでもクレメットは驚いた。プラスチックの破片が起爆装置の一部だとわかったからだ。電気インパルスによって作動する電気起爆装置。知識さえあれば簡単に爆発させられる。そんなものがここに偶然落ちているはずはない。

クレメットは燃え尽きた小屋へと戻り、キッチンを探した。ガスボンベはどこに設置されていたのだろうか。このがらくたの中でどうやって見分ければいい？　何もかもわかったわけではないが、ともかくパズルの一片だけはみつけた。

クレメットはエレン・ホッティ警部に電話をかけ、驚くべき発見を報告した。

警部はクレメットをからかった。トナカイ警察が破壊活動の専門家を雇っているとは知らなかった、と。

「ということは、おれが出した報告書をちゃんと読んでくれていないんですね。ツンドラではトナカイの囲いが爆破されることもあるんですよ」

「でも起爆装置まで……」

警部はすぐに捜査官を送ると約束してくれた。

「ところで、なぜそこにいるの？」

「水曜の大事な葬儀を邪魔するような、わからず屋のトナカイがいないかどうか確かめに来ただけです」

「それはご親切に。それよりも、あなたのデスク上にある捜査がどうなっているか教えてもらえない？　そうそう、ソルミとはもちろん会って話したのよね？」

「ええ、言われたとおりにね」

「そして謝ったかそれに近いことをした」

「ええ、それもあなたに言われたとおりに」

「でも被害届は取り下げられていないけれど」

「あいつめ、まあちっとも驚かないが……」

警部は笑いながら電話を切った。

なんという腹の立つ男！　ニルスはあのとき被害届を取り下げると約束したのだ。ただ、クレメットへの嫌がらせにまだ取り下げていないというのは火を見るよりも明らかだった。怒りを鎮めるために、ニルスの先祖がマーケットで見世物にされていたこと、そんな暗い過去を自分がニルスにばらすシーンを想像した。それなら平手打ちをくらわせるくらいの価値がある。

クレメットは今何時だろうかと時計を見た。聖なる岩は明日にしよう。どちらにしてもニーナと一緒に湾に行って、アネリーのトナカイが島に渡るのを手伝うことになっているのだ。クレメットは最後にもう一度、瓦礫の山を見つめ、あとはただただカウトケイノの自分のコタに帰りたかった。コタで馬鹿ソルミの叔母と夜を過ごしたい。それだって個人的な復讐になる。クレメットは携帯電話を取り出し、ソニア・ソルミの番号を出したが、そのままポケットに戻した。またあとにしよう――そう考えながら車でスカイディまで戻った。

ニーナはしばらくベッドに寝そべっていたが、携帯のメール着信でまどろみから引き戻された。メッセージには疑問符だけ。トムからだ。完全に忘れていた。ニーナは自分に腹が立ったが、どうにも疲れていたのだ。ニーナは短いメッセージを返したが、相手はあきらめる様子はなかった。ニーナが疲れているならハンメルフェストまで運転しなくてもいいように、スカイディのガソリンスタンドにあるパブまで来ると言う。時間は遅くなりつつあったが、日の光はまだ鋭かった。ニーナはもう身体が疲れているのか、精神的に疲れているのか、それとも両方なのかよくわからなかった。それともまともに食べていないせいだろうか。身体が重いし、自分が醜く感じられた。頭の中でニューロンが無計画にぐるぐる回っているだけ。ニーナは身支度をすると、歩いてパブに向かった。新鮮な空気に気分がよくなり、ハンバーガーを注文した。そしてトムが現れると笑顔になった。冒険心溢れるダイバー。笑顔の美しい青年。

トムはニーナの向かいに腰を下ろした。最初は少しとりとめのない心地よい会話を続けた。他の客の好奇心をそぐためでもあった。客はどうせほとんどいなかったが。

「明日パパに会うの」ニーナは急にそう言った。

トム・パウルセンはうなずいた。この人はなぜこんなふうなんだろう――とニーナは思う。真剣な表情。眉をひそめると、鼻の根本が軽く震え、抗《あらが》えないような魅力的な細い細い皺《しわ》を描き出す。

二人は同時に口を開き、それから笑った。二人とも同じくらい礼儀正しいようだ。

「お父さんね。長いこと会っていないんだろう？　今の連絡先を知っている仲間や友人はいなかったのかい？　この世界は絆が強いのに」

「わたしはあの頃まだ幼くて、それにすごく田舎に住んでいたから……。パパが友達を家に連れてきたことはなかったと思う。母が喜ばなかったでしょうしね。それにあの村にはパブの一軒もなくて……」

トムは考えているようだった。

「じゃあ、フランス人の仲間がいたとか聞いたことはないよね？」

ニーナはその質問に驚いた。

「ほら、前にダイビング・パートナーの話をしただろう。きみのお父さんのパートナーのことは知らないのかい？」

トムにとっては重要な問題のようだった。ニーナはなんとか思い出そうと努めた。当時の父親のこと。あまりに遠い昔のような気がする。父親がいなくなったとき、自分は何歳だった？　十歳くらいか。たったの十歳。家にはどんな人たちが来ていた？　隣のマルガレータ以外に。コーヒーを飲みながら礼拝の準備をする女性たち以外に誰かいただろうか。記憶にある男性は全員かなりの年寄りだった。まあともかく当時の父親よりはずっと年上だった。父親はあの頃まだとても若かった。いや、それほど若かったはずはないのだろうが、娘の前ではいつもふざけていて……そう、あの日までは。いや、日ではない。最初は夜だった。玄関が開いていて、家に冷たい空気が入ってきたせいで目が覚めたのだ。ニーナは一階に走り下り、また二階に上がった。母親は寝ているのに、父親はどこにもみつからない。ただ枕だけがドアのところに落ちている。ニーナはまた階段を駆け下りた。真っ暗で何も見えない。玄関の安楽椅子で丸くなり、父親を待った。どのくらい待ったのかはわからない。時計はなかった。しかし不安に押し潰されそうな子供にとってはとんでもなく長い時間だった。ドアを閉める勇気もなかった。何か起きたと——それがなんだったとしても——父親に思われるのが怖くて。ニーナは玄関の明かりをつけ、待った。そしてやっと父親が帰ってきた。娘が安楽椅子に丸くなっているのが目に入るまで、父親の瞳は自分のいる場所もわからない人間のようだった。その顔は疲れ果ててやつれきり、足取りは重く、細かく震えるような呼吸だった。ニーナは今までそんな父親を見たことがなかった。しかし何も訊かずに父親の胸に飛びこみ、抱きしめた。ニーナは怖かった。父親の身体は冷たかった。手を取ると、父親はそれを引っこめようとはしなかった。ニーナはその手を自分の頭においた。それで二人とも落ち着きを取り戻した。

パパのダイビング・パートナーは誰だったの？　父親の人生の中心的存在だったはずの人のことを、自分は何も知らないのだ。父親の命を何度も救ったかもしれない男の名前も知らないなんて。父親があんな状態になった理由を知っているかもしれないのに。ニーナは首を横に振った。トムはがっかりした表情になった。わたしほどじゃないけどね——それを見てニーナは思った。

「で、あなたは？　あなたも昔ダイバーだった人たちを知っているんでしょう？」

「もちろんだ」

「潜水実験のことも?」

「ああ、かつてはそういうことが行われていた。今はほとんどないが。かなりの数のダイバーが事故に遭ったようだ。特に北海でね。今ではもう社会的にもそんなことは許されないが。だから潜水艦のほうに力を入れていて、おれたちダイバーはそれを補完するための存在だ。万が一の場合だけ出るんだ。ダイバーの黄金時代はすでに終わった。あまりにひどいことが起きすぎて」

「ひどいことって?」

「深いところに長く潜るとすごく危険なんだ。何よりも減圧症がね。当時は各企業がこぞって減圧にかける時間を短くしようとしていた。ダイバーがなんの作業もしていない時間まで報酬を払わせられるんだから。ともかく、やつらはそんなふうに考えた。それでどんどん減圧時間を短くされ、ダイバーは高い代償を払わされた。身体の中を巡る気泡、潜水病、驚くほどの苦痛が数日後に現れることもある。海上ホテルにあった減圧室を見たことがあるかい? 先日二人の男が死んだ」

「写真だけは」

「ああいう部屋の中で気圧を下げていくんだが、水面に速く戻りすぎると、減圧室で再圧治療をしなければいけない。見たければうちのアークティック・ダイビング号の減圧室を見せてあげるよ、きみには特別に」

ニーナは冒険に出たい気分ではなかった。たとえそれが減圧室であっても。

「つまり、潜ったあとに慢性的な身体の不調をきたしたダイバーがいたのね」

「人によってはそう言う医者もいる。ダイバーもだ。問題は、症状がたいていは目に見えないこと。筋や肺、もしくはこの中で起きるんだから」トムはそこで自分の頭に触れた。「性格が変わったり、短期的に記憶を喪失したり、集中するのが困難になった人もいる。今挙げたのはあくまで一例だ。最悪の場合は命を絶とうとする場合も……」

トムはそこで言葉を詰まらせ、苦しげな表情のまま言った。

「だが誰もそのことを語ろうとしない。きみもお父さんを通じて少しはダイバーのことを知っているだろう？　この世界ではどんな小さな愚痴《ぐち》もタブーなんだ。常に最高のコンディションでいることを求められる」

ニーナは考えこんだ。記憶がなさすぎる。そのことで自分を責めた。

「ごめんなさい。今日はすごく疲れてて」

ニーナは立ち上がった。トムは座ったままだ。周りを見回している。右の横顔、左の横顔。そしてそれが正面で合わさる。疲れていて残念だ、とニーナは思った。トムは躊躇《ちゅうちょ》しているようだった。彼らしくない。

「最後の質問だ。きみは、このあたりにフランス人の元ダイバーがいるかどうか知らないかい？」

「フランス人？　いいえ、わたしが最近唯一話を聞いた元ダイバーは、ずっと昔に実験に参加していた元トナカイ所有者。だからノルウェー人よ」

「だがもし……ここにいたかもしれないダイバーを捜したければ、どういう方法がある？」

ニーナはなぜトムがこんなにしつこいのか不思議に思い始めた。

「考えておく。でも今は本当に疲れていて」

外に出ると、トムは愛情に溢れた態度になった。図々しくない程度にニーナの頰を撫でる。ニーナはそこから歩いて小屋に戻った。この日最後の弱々しい光に包まれながら。時刻は夜の二十三時で、ニーナは今日という日が何を意味するのかに気づいていなかった。明日には父親に会える。しかしそこで何が待ち受けているのか、ニーナには知る由もなかった。

45

五月八日　土曜日
日の出：一時四十一分、日の入：二十三時〇一分
二十一時間二十分の太陽
狼湾　五時

　クレメットとニーナは予定より早めに湾ぞいの道路に立った。その前にアネリーに会い、群が道路のどのあたりを渡るのかという説明を受けた。今二人が立っている場所のずっと下のほうで、小石の海岸に囲いがつくられている。トナカイは飼育管理局の艀《はしけ》に乗る前にいったん囲いの中に集められる。艀はもう来ていて、クレメットは操縦士と目で挨拶を交わした。昔から知っている男で、沿岸出身のサーミ人だ。昔は小さな船で漁師をしており、バレンツ海で測量が始まった頃には石油会社の輸送を手伝っていたこともある。今でもトロール船で漁をしているが、他にも石油会社やトナカイ所有者に頼まれて色々な作業を請け負っている。

　トナカイの群はまだ台地の上にいるが、牧夫がそれを囲みこんでいる。数時間前から少しずつ接近し、何百頭という群を小さなグループに分けて岸のほうに進ませていく。それ以外の牧

夫は囲いの準備をしていた。いくつもの段階を踏んで進める作業だった。群はリーダートナカイに導かれ、道路のある程度近くまではやってくるはずだ。囲いには全頭が入れるだけの広さがあった。

クレメットとニーナはそれぞれ道路の端に陣取り、車の通行を止めることになっていた。あとはアネリーの合図を待つだけだが、合図がくるまでに時間がかかる可能性もある。十分後かもしれないし、二時間後かもしれない。この早朝、景色もまだまどろんでいる。クレメットはニーナに携帯でメッセージを送った。〝疲れてないか？　今朝は目が閉じそうだったぞ〟返事はすぐに来た。〝今すぐコーヒーのお風呂に飛びこみたい！〟

昨晩ニーナがパウルセンと会っていたことは気に入らなかったが、質問攻めにはしたくなかった。それにフィヨルドセンの葬儀の四日前にトナカイが鯨島に渡るのを手伝うということをエレン・ホッティ警部に報告する勇気もなかった。そのせいで葬儀のさいにトナカイが町をうろうろする可能性が上がってしまうからだ。市民がそれを挑発のように感じるのは確実だが、トナカイ警察としては所有者の意思を尊重したかった。それに日取りはアネリーが独りで決められるわけでもない。彼女以外の所有者たちも関わってくるのだ。こういうことを実行するには、他にも多くの所有者を集めなければいけないので、市長の葬儀が終わるまで延々と待つことはできない。おまけにこの市長は生存中、トナカイが町に現れないようにフェンスを張り巡らせることに非常に力を入れてきたのだから。

アネリーから電話がかかってきた。群が近づいてきている。

クレメットは一キロ先にいるニーナに電話をかけ、二人は道路を封鎖した。この時間帯ならそれほど多くの車に迷惑はかからない。

そのままじっと十分は待っただろうか。やっと最初の群が見えてきた。クレメットのいる場所からは遠すぎて見えないが、エンジン音もいくつか聞こえてくる。まもなく斜面の向こう側からスノーモービルが現れて、台地を下りてきた。毛皮の帽子をかぶった運転手がサングラスを外すと、それはヨーナス・シンバだった。クレメットが挨拶をすると、シンバはエンジンを切り、タバコに火をつけた。もう十日前になるが、また同じ場所でこうやってシンバと会うなんて。しかも今度も祖先から受け継いだ餌場に向かうトナカイのせいで。シンバは不機嫌な表情だった。

「あの件はもう決まったんだろう？」

クレメットは意味がわからなかった。するとシンバは強気な表情でクレメットを睨みつけた。

「親切そうな面をしやがって……。だがどうせ聖なる岩を移動させるつもりなんだろう？　警察は今お前がやっているのとまったく同じことを、湾の向こう側でやるんだ。ブルドーザーが岩を動かすのに邪魔が入らないように」シンバはうまくクレメットの不意をついた。彼にはその権利があるのだ。自分が何をやっているかはわかっている。

「おれはそのことは何も知らない」クレメットは弁解した。それは本当だった。噂には聞いていたが、決定が下ったというのは知らなかった。決まったことなら尊重しなければいけないと言おうとしたが、シンバはもう吸殻を捨て、サングラスをかけ、またエンジンをかけると、ものすごい急発進を決めて、道路ぞいに走り去ってしまった。

クレメットはあきれたように頭を振り、双眼鏡を取り出した。

数分後には最初の群が道路を渡り始めた。そのまま囲いに追いこまれていく。そこまではあっという間で、あとから来たトナカイも群に追いついた。クレメットは双眼鏡ごしに、仔トナカイが母親の横を走るのを見つめた。仔トナカイはまだとても華奢《きゃしゃ》で、泳いで渡っていたら溺れていただろう。囲いが閉じられると、クレメットはニーナに車の往来を再開してもいいと連絡した。それから車でニーナを迎えに行き、二人でまた元の場所に戻ると、道路からトナカイが艀に乗りこむのを見守った。トナカイ警察の仕事はこれで終了だ。クレメットはニーナから艀が入るように写真を撮ってくれと頼まれた。ここからだと逆光が強く、どうせあとで別の角度から撮り直してくれと頼まれる羽目になる。クレメットはわざとニーナの頭で艀を半分隠した。おまけに少し斜めにしてやった。ニーナは不満げに唇をとがらせたが、仕方ないとあきらめたようだ。トナカイの群は冬の間に弱ってしまったが、今ではしっかり休養し、岩を舐めたり、白樺に生えた苔《こけ》を食べたりしている。二人の眼下では岸に停泊した艀にタラップがかかっていて、牧夫が立ってビニールシートを広げているのは、それを壁にして群を囲いからタラップまで進ませるためだった。クレメットにも艀を操縦するヨン・ミエンナの姿が見えた。艀の上に扉のついたブリッジに立ち、片手にコーヒーカップをもって成り行きを見守っている。ヨン・ミエンナが合図を出した。すた柵がいくつも立てられていく。そのうちに準備が整い、ヨン・ミエンナが合図を出した。すると牧夫が陸の囲いを開いた。数人の牧夫が囲いの中に入り、怯えてぐるぐる走り始めたトナカイを分散させている。四十頭くらいの小さな群に分けて、広げたビニールシートで壁をつくったタラップへと追いこむ。トナカイが開けた口から泡を垂らしながらタラップに飛びこむと、急に大きな音が響いた。トナカイたちはそのまま艀の上を走っていく。他のトナカイも次々と乗船し、柵板の後ろに隠れていた牧夫がそれに合わせて扉を閉めていく。その作業を何度も繰り返し、やっと陸の囲いが空になった。クレメットとニーナは急な岸を下りた。親指を立ててみせたミエンナに、クレメットは手を振った。向こう岸に渡るのにそれほど時間はかからない。

「岩の移動が決定されたなんて知っていたか？」

ニーナも知らなかった。

「気に入らないな」クレメットがつぶやく。

鯨島では雪をかぶった丘が太陽に照らし出されている。二人は艀がその方向に小さくなっていくのを見守った。この湾を艀でトナカイが渡る光景を見るのは、もうこれが最後の数回なのかもしれない。

「おれの記録カード！　誰かがおれの記録カードを盗んだ！」

絶望しきったマルッコ・ティッカネンはオフィスの中で叫んだ。まったく意味がわからない。誰がこんな仕打ちを？　ティッカネンは今朝、いつもどおり早い時間にオフィスに来てカードがなくなっていることに気づいた。その瞬間即死するかと思った。片腕を切り落とせと言われたほうがまだましだ。何よりも大切にしている何百枚ものカード。常にきちんとアップデートされているカード。そしてバックアップは存在しない。ティッカネンは疑念と怒りのあまりその場で跳びはね、どういう感情を感じればいいのかすらわからなかった。額の汗をぬぐい、強すぎる憎しみに体力を消耗した。誰？　誰がやったんだ？　これは大惨事だ。これ以上の大惨事はありえない。ああ、泥棒が文字が読めないことだけを願う――ティッカネンは神に祈り、また髪を直した。しかし文字の読めない泥棒がカードを盗んだ可能性は低いと思い直す。そもそも現在では文字の読めないやつなど存在しないも同然だ。まったく、誰もかれもが文字を読めるなんて悲劇でしかない。文字が読めないやつならば絵画を奪ったはずだ。絵画？　どうやったんだ？　どうやって中に入った？　おれがオフィスを出るまで中で隠れていたのだろうか。秘書のイソタロ夫人……彼女はどんな人間と付き合いがある？　あまり感心できないような人間たちと付き合っている気がする。最後にカードを見たのはいつだったか……金曜？　イソタロ夫人はおれが帰ってからオフィスに戻ったのか？　確かに彼女はここの鍵をもっている。だが暗証番号までは知らない。それは誰も知らない。ティッカネンは絶叫した。大きな部屋の道路に面したガラスの向こうを見つめ、執務室に入り、乱暴にドアを閉めてまた座った。しっかりしろ――ティッカネンは冷静な男だとして知られている。ティッカネンは絶対にあきらめたりしない。そのことでも知られている。今だってあきらめはしない。あのカードを奪って得をする人間は？　誰でも得をすると認めざるを得ない。だがあれの存在を知っていた人間は？……わりと大勢いる。それもやはり認めなくてはいけない。ティッカネンは普段からカードのことを愛娘のように周りに語っていた。いつもクライアントに見せ、彼または彼女のカードも常にアップデートされていることを誇らしく語る。ティッカネンはうめき声をあげた。ミーティングノートを取り出し、ここ数週間に会った人間に目を通し、どんなミーティングだったかを思い出そうとする。楽しいミーティング、緊迫したミーティング、誠意溢れるミーティング。会話の内容を率直に評価してみると、自分が誰とも良好な関係にはないことがわかった。しかしそんな見かたはすぐに否定した。誰だっておれに対して感じよく振舞ってくれる。最悪の場合、おれのパワーに圧倒されてしまうかもしれないが。母親からはいつも、お前の身体の大きさなら皆が大人しく従うはずだと言われてきた。そういうことなのだ。おれは人を圧倒する。だが心の底では皆、おれのことを好いているはずだ。だっておれは皆を助けるためにいるのだから。それだけだ。その後、根気よく知り合いを分類すると、十五人ほどの名前が残った。ティッカネンはつむじ風のようにドアを飛び出すと、犯人捜しを始めた。

46

トム・パウルセンは、最近レイフ・モエが会ったという悲惨な状態のノルウェー人の名前と電話番号を見つめた。クヌート・ハンセン——聞き覚えのない名前だ。トムは今、アークティック・ダイビング号の食堂で目的地点に到着するのを待っていた。今回の任務はそれほど遠い場所ではない。ほんの数キロ、スオロのターミナル建設現場のほうだ。ありふれた調査と試掘、たいして面白くもないし、危険はゼロだ。まだ携帯電話がつながるうちにクヌート・ハンセンに電話をかけてみたが、留守番電話につながった。電話会社の機械音声だ。トムは自分の名前と電話番号を残し、電話を切った。そして立ち上がり、ニルスに近寄った。

「で、あれから弁護士から連絡はあったのか?」

「いや、郵便を待っているところだ。保険金はスティールからだと思うか?」

ニルスは不安そうだった。彼にしては珍しい。

「前にも言ったとおり、お前のことはすごく気に入っていたからな。それにテキサスにも肉親はいないだろう。お前はあいつを誤解していたのかもしれない」

「さっぱりわからん。だが郵便が届けばわかるだろう。今はジャックに会いたい」

「昔ダイバーだったフランス人か?」

「おれをみつけるために他のダイバーとも会ったはずだろ?」

「レイフが最近元ダイバーの老人と会ったと言っていた。だがそいつはノルウェー人だった。かなりやつれているらしい。電話をかけてみたが、出ない」

「おれに何も言わずにかけたのか?」

「だって、今のところ報告するようなことは何もない。ノルウェー人だって言っただろう?」

「じゃあなぜおれに話すんだ」

「わからない。さあ、準備をしよう。今夜戻ったら郵便が来ているかもしれないし。フランス人も必ずみつけ出すから」


クレメットとニーナは橋を渡り、鯨島側に艀《はしけ》が到着するのを待った。二人はまたアネリーや他のトナカイ所有者と落ちあった。トナカイを艀から降ろす作業はすぐに終わり、トナカイたちはあっという間に島の奥へと消えていった。

全員がそれぞれの方向に帰ったあと、アネリーは二人の警官と一緒に聖なる岩までやってきた。どこで腕輪をみつけたのか教えてくれとニーナに頼まれたからだ。

「ここね」ニーナはクレメットのほうを振り返った。岩のつけ根をざっと観察し、他にも落ちているものがないかを確認する。何もない。ニーナは立ち上がり、輝く太陽に目をしばたたき、昨晩もよく眠れなかったことを思い出した。

「どうすれば二十四時間輝き続ける太陽に慣れることができるの?」

アネリーは微笑んだ。

「冬じゅう毎日のように光が戻ってくる日を待ち望んできたのよ。溺れるほどの光を与えられたのに眠ったりしたら、まるで裏切りじゃない？」

「じゃあわたしは本物の裏切り者ね」ニーナがあくびをしながら言った。

「これからどうするんだ？」クレメットが尋ねた。

アネリーは島の奥のほうを向いた。

「夏はナイヴオトナのほうにトナカイを連れていけばいいと提案された」

「誰に？」

「誰にかは関係がない。あんなところで何をすればいいの。ちがう場所に行ったら、別のトナカイ所有者の餌場を侵すことになるだけ。それが争いにつながることもある。わたしが思うに、それが目的なんでしょうね。所有者同士の結束が弱くなれば、わたしたちは自分を守ることができなくなる」

クレメットは黙っていたが、ニーナにも自分たちにどうにかできることではないのがわかった。そのときバンが一台やってきた。国の道路交通局の職員が二人降りてきて、彼らに挨拶をしてから、トータルステーションを設置した。その場にいる三人のことはそれ以上目もくれずに、職員たちは岩の測量を始めた。アネリーがそこに歩み寄った。いつもの柔らかなオーラは消えている。

「何をしているのか訊いてもいいですか？」

「何をしているって……測っているんだよ。もうすぐ道路を拡張するから。この岩も移動されるんだろうな。あと数日のうちに」

「本当にそんなことしていいと思っているの?」アネリーが穏やかな声で尋ねた。

「そう言われても……おれたちが決めたことじゃないし。おれたちは測量しに来ただけだ。工事は別のやつらがする」

「この岩にどんな意味があるか知っている?」

「いやあ……市にとっては厄介な岩らしいということくらいで」

その瞬間、アネリーがトータルステーションを乱暴に倒した。

職員二人は驚いて叫んだ。

「おいおい、気をつけてくれよ! こういう機械がいくらするのか知ってるのか?」

「じゃあこの岩は? わたしたちの民にとってどれほどの価値があるのか」

クレメットとニーナはあわてて駆け寄った。ニーナがアネリーの肩を抱き、少し下がらせる。

「アネリー、こんなことしちゃだめだ」クレメットが言った。「彼らは自分の仕事をしているだけなんだから。意見があるなら彼らの上司か市に……」

「あなたたちだって、あいつらが何を企んでいるかは知っているでしょう。なのに止めもしない。オラフ・レンソンは正しかったのね」

「一緒に帰ろう」

今度はニーナがアネリーを自分たちの車に連れていった。橋を渡ったところにあるモルテン・イーサックの家まで送り届けるために。車の中で三人は無言のままだった。

「アネリーは興奮しやすいのね」また車を出すときにニーナが言った。「これからどうする?」

「きみのお父さんに会うまでには時間がある。ハンメルフェストまで行こう。グンナル・ダールに訊きたいことが色々あるからな」

47

ハンメルフェスト

　石油会社の代表者は昼までは会えないということだった。クレメットとニーナは仕方なく警察署に向かった。エレン・ホッティ警部とカフェテリアで落ちあうと、彼女は書類の詰まったフォルダをもっていた。

「ここに四月中旬以降にアルタあるいはハンメルフェストの空港に到着した乗客全員の名前が入っている。沿岸急行船で来た人間も含めてね。捜査班のほうですでに目は通したけれど。国の諜報部がもっているデータとも照らしあわせた。それでも、フィヨルドセンがノルウェー・ノーベル委員会にいた頃の敵らしき人物は見当たらなかった。だからといって当時のことが関係ないとは言い切れないけれど、他の線でも捜査を進めなくては」

　クレメットはフォルダを受け取った。

「正直言って、早すぎやしないですか？　捜査班のやつらがもうノーベル委員会時代に関係のあった全員を排除できたなんて怪しいよ。飛行機や船でやってくる外国人はそんなに少ないのか？」

「クレメット、彼らは彼らがいつもやる確認をやったの。敵の多いノーベル賞受賞者をフィヨルドセンが選んだからといって、中東から来た一人目の観光客を拘束するわけにはいかないんだし。もっと具体的な手がかりを追いたいの」

「エレン、おれたちにたいしたことはできない。それはよく知っているでしょう？」クレメットはそう言って、フォルダを掲げてみせた。「うちはたった二人で別件を捜査中なんだ。だが、フィヨルドセンが発見された場所の靴痕に関して教えてもらえれば助かるな。あるいは携帯電話の発着信のことを……」

「はいはいはい」警部はクレメットを遮った。「それよりもっといい情報があるわよ。あなたたちには関係ないけどね。うちのスペシャリストが燃えた小屋から電話をしてきた。ほら、あなたがみつけた小さな起爆装置の破片の件で。あれから起爆装置を作動させる部品も発見されたの。被害者がそれを踏んだだけでバーンと爆発が起きたようよ。つまりあの小屋には爆弾が仕掛けられていた。県警犯罪捜査部も呼んだけど、誰がこの重要な発見をしたのかはちゃんと言っておいたから」

「で、そのフランス人医師は？　何かわかりました？」ニーナが訊いた。「このあたりにいるはずの元ダイバーのフランス人のことを最近訊かれたものだから」

「で、それは誰に訊かれたんだ？」

ニーナはエレン・ホッティの返事を聞くことに集中しているふりをして、クレメットの問いには答えなかった。

「今のところ名前だけね。レモン・デピエール。南フランス在住の元医師。マルセイユの近くの町よ。今もっと詳しく調べているけれど。奥さんに連絡がついて、あの別荘は七年前に買ったんですって。魚釣りをしに来ていたらしい。あとは友人と会ったり。奥さんはショックを受けているけれど、友人の名前を調べてくれると。デピエールはノルウェーで働いていたことがあるんですって。地元ではフランス警察も動いてくれている」

「フランスの医師がここで暗殺されたってことか？」

「本当に医師なんですか？」ニーナがしつこく訊いた。「もしかして例のダイバーと同一人物なんじゃ……」

「そんなに興味があるなら、何かわかったら教えるけど。その医師が昔ダイバーだったかどうかを調べるのは簡単なはず。それまでは文句言わないで。クレメット、フィヨルドセンの携帯の発着信のリストがフォルダのいちばん最後についているから。それに昨日の午後、またトナカイの盗難が発覚した。あなたたちは休みだったから連絡しなかったけど、スカイディの南。あとで寄ってちょうだい」

カフェテリアを出ようとしたとき、二人は警部に呼び返された。

「そうだ、狼湾で死んだ男がつけていた腕輪を見たいと言ってたでしょう？　ほら、受け取って！」警部は小さなビニール袋を投げて寄越した。「で、葬儀のことも忘れてないわよね？」

グンナル・ダールはリカ・ホテルのラウンジバーで二人を待っていた。ホテルは湾を見渡せる海ぞいに建っていて、沖には大きな炎を上げる人工島が見えている。ノルグオイルの本社はその島にあるが、ダールはハンメルフェストの中心部にあるトーン・ホテルで会おうと提案した。二人が島まで来るのは大変だろうからと。三人は他の席からは少し離れた、背の高いテーブルについた。ニーナは警察署に呼んで公式な取り調べをしたかったが、クレメットは無理強いはしたくはなかった。それでリカ・ホテルにしたのだ。少なくともホテルくらいはこちらで選びたかったから。

ニーナの頭にはいくつも疑問が浮かんでいた。狼湾で溺死したクヌート・ハンセンが借りていたバン。その契約書に連帯保証人として自分の名前が載っていたことをダールはどう説明するのだろうか。

ヤギ鬚で昔ながらの牧師のような風貌のせいか、ニーナはダールに母親の面影を見ずにはいられなかった。同じ種類の人間。表面的には善意に溢れているが、中身は無慈悲な人間。相手の首を狙っている。この男は石油業界で何をしているのだろうか。神の最愛の子のための世界ではないのに。普段ならその表現はトナカイ所有者に使われる。しかしツンドラは神の最愛の子のために存在するわけではない。ノルウェーの国営企業で働いているからといって、ダールが天使というわけでもない。では腐敗した役人なのだろうか。ニーナは母親から善悪を嗅ぎ分ける力を多少は受け継いでいた。善悪を分ける線を引くのは母親の得意とするところだった。そしてそこに点線は存在しないふりをするのだ。しかし父親への仕打ちを考えると、今のニーナは母親の判断を疑っていた。そしてこのダールは……？

ラウンジのほうから騒音が聞こえ、三人はそちらに目をやった。男たちが騒がしく議論しながらホテルの出口に向かっている。ニーナはその中に今朝艀《はしけ》にトナカイを乗せるときに会った人たちがいることに気づいた。地区のボスであるモルテン・イーサック、おまけにスペイン野郎オラフ・レンソンまで。スウェーデンのサーミ議会の議員がここで何を？　レンソンが彼らに気づき、すぐに近寄ってきた。そのあとにモルテン・イーサックら数人が続く。残りは出口に向かっていった。

「グンナル・ダール、ここにいたのか。さあ、今度こそ責任を取ってもらおうか。ここ数週間ノルグオイルの責任者に会いたいと要請してきたが、なんの返事ももらえていない。だが今ここにお前が座っている。ツイてるな」

オラフ・レンソンの声には怒りがこもっていた。

「きみとは知り合いだったかな？」石油会社の代表者が訊き返した。

レンソンはもったいぶった態度だった。下顎を突き出し、片手を腰にやる。ニーナもそのポーズには見覚えがあった。観客の視線を感じながら、雄牛を前に立ちはだかる闘牛士。さすがスペイン野郎。

「おれはスウェーデンのサーミ議会の議員で、スウェーデン・フィンランド・ノルウェーのサーミ議会で構成される調整グループのメンバーでもある。お前たちのやっていることは許容できない。だから至急お前に会いたかった。あの聖なる岩を動かそうとしているだろう。いったいどういうつもりでそんなことを？　もうすでにこの国や地球環境を破壊しているくせに。本当に何をやってもいいと思っているのか？」

「この国を破壊するだと？」グンナル・ダールは堂々と立ち上がった。「われわれはこの国にエネルギーと仕事を供給している。この国の富を築いているんだ」

「バレンツ海で採掘する天然資源でか？　ひとつ言わせてもらおう。お前らのせいでノルウェーは環境破壊国になっている。お前らの政府がどんなきれいごとを並べようとね。それにもうひとつ。世界の温暖化をプラス二度に抑えるなら——さもないと惨劇が起きるんだから——地下で発見された石油、ガス、石炭といった天然資源の三分の二には手を触れてはいけない。三分の二だぞ。なのに何事もなかったかのように採掘を続けている。おまけにノルグオイルは北極海の採掘の調査にこれまでの三倍投資しようとしている」

「われわれは他の企業よりもクリーンな生産をしている。そのエネルギーが今後発展する権利のある国々にも提供されるんだ」

「クリーンな生産？　馬鹿馬鹿しい」レンソンはモルテン・イーサックらを証人にして議論を続けた。「今の聞いたか？　すでに発見された天然資源の三分の二は地下に眠らせたままにしなければいけないんだ。すでにみつかっているものだけでだぞ。だがお前らはもっともっと新しい資源を探そうとしているじゃないか。おれの言っていることを本当にわかっているのか？」

「だがうちの生産はよそよりクリーンだ」ダールが繰り返した。「だったら他の企業よりましだろう？」

レンソンはまた仲間のほうを向き、あきれたように腕を広げた。

「こいつは本当にわからないらしい。お前の石油がクリーンに消費されるとでも思っているのか？　クリーンかどうかじゃない。地中から掘り出すものすべてが地球温暖化を加速させるんだ」

レンソンはダールを上から下までじろじろと眺めまわした。

「おまけに、ハンメルフェストをさらに拡大するために、道路脇にある罪のない岩までどけようとする。どんどん進めて順調なこった」

ダールは相手を落ち着かせようとする仕草をしたが、オラフ・レンソンは仲間にもう行こうと合図し、全員が出口へと向かった。ダールはまた腰をかけ、警官たちに向き直った。

「きみたちはどうだ。本当に六千億ユーロもの政府石油基金がきれいごとでつくられたと思うか？」

二人とも何も言わなかった。クレメットは手帳から顔を上げた。

「クヌート・ハンセンという男がアルタで借りたバンの契約書になぜあなたの名前が連帯保証人として書かれていたのかを説明してもらえますか」

ダールはさっぱり意味がわからないという顔でクレメットを見つめた。

「これはただの質問か？　それとも取り調べなのか？」

「答えてください、ダール。クヌート・ハンセンはラーシュ・フィヨルドセンが死ぬ直前に会っていた男だという可能性が非常に高いんです」

ニーナはじっとダールを観察した。ヤギ鬚の男。目つきが鋭くなる。ダールは何か知っているようだ。エレン・ホッティ警部も捜査班に彼のことを調べさせた。基本的には公的情報ばかりだったが。忠実な国家公務員としての長いキャリアをもつ、ノルウェー石油産業における優秀な兵士。クヌート・ハンセンという人物の調査からは何もわからなかった。この国にクヌート・ハンセンが数百人もいるということ以外は。

「クヌート・ハンセン？　わたしはそいつと知り合いなのか？　知らないが」

「だがあなたのことは知っていたようだ」

「わたしの名前ならしょっちゅう新聞に載っている」

「なぜあえてあなたを？」

「わたしがその問いに答えられるとでも？」

ダールは少し怒った表情になった。激しく怒っているわけではなく、理性の力で自分を抑えている。他の人間に責任を負わせる。ニーナの母親。ヤギ鬚の母親。ニーナは自分の時計を見た。パパと会うには何時にここを出なければいけない？　自分のことは覚えてくれているだろうか。

「もう一度だけ非公式に訊く。ダール、次は署で、県警犯罪捜査部による取り調べだぞ」

クレメットがこんな態度をとるのは、通常の手順ではないとわかったうえでやっていることだ。理由があるのだろうとニーナは感じた。きつく結んだ唇。怒りに光る瞳。ダールの不安が最高潮に達している。

「もっとはっきり言わせてもらおうか、ダール。ラーシュ・フィヨルドセンはクヌート・ハンセンと湾でもみあった。そのときに岩に頭をぶつけて死んでしまった」

ダールはもう不安に襲われてはいなかった。リスク評価に優れたプロとして、ダメージを計算していた。プラスの項目、マイナスの項目、差し引きは？

「もう一度言う。その名前には覚えがない」

「そうか。じゃあいい」クレメットは立ち上がった。自分の持ち物を集め、くるりと背を向け、出口へと向かった。ニーナはあわててそのあとを追った。

「写真はないのか？」

すでに十メートルほど進んで、クレメットはドアに手をかけていた。グンナル・ダールはテーブルに手をついて立ち上がり、そのせいで悄然としているように見える。がっくりしているのか？　敗北したのか？　それとも善意を表すための狡猾《こうかつ》で打算的な演技なのか。

「写真を見ればひょっとすると……」

クレメットはすぐに踵《きびす》を返し、クヌート・ハンセンの写真を取り出した。グンナル・ダールはじっくりと時間をかけて写真を見つめている。プラスの項目、マイナスの項目。そして頭を振った。

「確信はないが……どんなことにも。だが信じてもらうしかない。最近会った相手ではないのは確かだ」

クレメットはポーランド人とアンタ・ラウラの写真も見せた。

「この男は労働者のようだ。スオロの建設現場の。ズビグネフ・コヴァルスキという名のポーランド人だ」

「労働者は数多くいる」

「なのに建設現場でも海上ホテルでも誰も彼を見たことがなかった」

「だがそこで働いているとはかぎらない」グンナル・ダールが言う。「下請けで働いている人間も何百人もいるが、未来のターミナルの建設現場に入る許可はもっていない。町中にある工場の労働者かもしれないし、上司が住居を手配してくれたのかもしれない。すごい額で自分のアパートを貸し出している人も多いからね」

他人のアパートか——ニーナは考えた。もちろんそういう可能性はある。なのにティッカネンにまだそのことを訊けてもいない。

「それにこの男」ニーナも口を開いた。「前にわたしが訊いたのはこの人のことです。アンタ・ラウラ。昔の潜水実験に参加していたらしい」

「もう一人のサーミ人か」ダールが独り言のようにつぶやいた。「わたしは知らないな。名前も顔も。いったい何を知りたいんだ?」

「単なる好奇心です」ニーナが言う。「あの聖なる岩は移動する以外に方法はないんですか?」

「聖なるって言ってもね……昔使われていただけだろう? 市がもっと立派な場所に移動するつもりのようだ。もっと見栄えがするようにね。人が来やすくなるように、周りに遊歩道をつくって。ベンチやなんかも設置すれば、家族連れがピクニックできるだろう?」

「ここの人たちが本当にそんなことを望んでいると思います? つまり、あの岩を大切にしている人たちが」

「だがどうすればいいんだ。新しいターミナルが必要なんだ。それに新しい滑走路もね。これから建設する人工島に大型の飛行機が着陸できるように。ハンメルフェストの人口は一万人だが、今後十年で何千人と増える。今は北極海が熱いんだ。ここに皆が原油を探しにくる」

「トナカイ所有者が島に来なくなるなら、聖なる岩の意味も薄れる」ニーナが言った。

「そのとおり。だがわかってくれ。われわれはサーミの文化に最大限の敬意を払っている。例えば、栄えある芸術プロジェクトや文化プロジェクトに出資しているんだよ」

　ニーナは答えようとしたが、クレメットがその腕をつかんだ。

「会いに行く時間だ」ニーナの耳にそうささやいた。

　父親に会う——なぜそのことを思い出しただけで胃がぎゅっと縮むの？　約十二年ぶりに初めて父親に会うから？

「なんの時間だって？」グンナル・ダールが尋ねた。

「あなたには関係ありません、ダール。だが、あなたもまもなく人に会うことになる。もっと公式に、今度は警察署でね」

48

バレンツ海

レイフ・モエは長い大きなあくびをした。肘かけのついた椅子は座り心地がよすぎる。意識を失わないように、スツールを使ったほうがいいくらいだ。昨晩はトム・パウルセンが帰ったあとも、遅くまで〈リヴィエラ・ネクスト〉にいた。いや、遅くなりすぎた。モエは額をこすったが、頭痛は消えてくれない。なぜかわからない。普段より多く飲んだわけでもないのに。いつもと同じものを飲んだだけ。何を飲んだんだったか……ああもういい。どうせすぐに治るさ。今度は頬をこすった。今日は任務を見守るのにも飽き飽きしていた。

「トム、ニルス、そっちはどうだ？　問題ないな？」

パウルセンとソルミはそろそろ一時間近く海の底にいることになる。今日のは楽な仕事だ。ほんの数十メートル潜るだけ。タンクの中に入っているのも普通の空気だ。特別なガスは入っていない。複雑で面倒で、金のかかる減圧も必要ない。レイフ・モエは絶対に口には出さないが、うるさいヘニング・ビルゲがこの世からいなくなったことを嘆いてはいなかった。フューチャー・オイルの代表者が誰よりもうるさい男だったせいではなく、独特のスタイルを貫いていたからだ。レイフ・モエはビル・スティールのような男のほうがまだ好きだった。率直だからだ。一方のビルゲは冷徹なヘビのような男だった。おまけにとんでもない偽善者だ。モエはスピーカーの音量を上げた。海の中ではソルミとパウルセンが作業に徹している。

レイフ・モエも水中カメラで二人の動きを追うことができた。彼らのダイビングスーツは七ミリのネオプレーンシートがその倍の厚さのナイロンシートに挟まれていて、冷たい水の中で問題なく作業ができる。

人工島の建設は順調に進んでいた。スオロのターミナルは何もかも順調にいけば二十カ月後に完成する予定だが、まだ作業はたくさん残っている。この建設現場も混乱を極めていた。クレーンのついた船や浮桟橋、すでに固定された小さな島の陸部分にもクレーンがのっている。工事がどんどん進んでいる。すごい速さで。とんでもない時間がかかる工事のはずなのに。だがもちろん、そのおかげで長期契約が保証される。ソルミが試験管に水を詰めているのが見えた。今回二人は建設現場周辺の水質調査を頼まれている。あちこちで使われるやばいものが海に流れ出ていては困るのだ。まあともかく、なるべく少ないに越したことはない。漁業組合に目をつけられているのだから。バレンツ海は魚の種類が極めて豊富だと言いがかりをつけてくる。レイフ・モエは反論するつもりはなかった。魚ならうちのダイバーも嫌というほど見ている。モエは漁師の主張も理解できた。

つまり今回は型どおりの任務ということだ。しかし工事現場のあまりの混乱ぶりに、レイフ・モエは落ち着かなかった。驚くほど多くの船が行き交っているし、クレーンの存在は心底不安だった。頭の上に大きな機械があるのは嬉しいものではない。頭の上にあってかまわないものは海水だけだ。レイフ・モエは画面を変え、ソルミの頭についている小さなカメラの映像を映しだした。少し離れたところにパウルセンの姿が何度も映る。海底を調査しながら、コンクリートブロックや金属の網の上を進んでいく。海上と同じような混乱が海底工事でも起きているのだ。今も海面でクレーンが数台稼働していて、海底に資材を下ろしている。数日後にはダイバーが次の作業に取りかかれるように。くそっ、あいつらに言っておくのを忘れた――レイフ・モエは書類のフォルダをめくった。そしてあの馬鹿者どものほうも、今日のスケジュールの詳細を送ってくるのを忘れたようだ。まあ、いつものことだが。腹の立つクレーンめ！　この頭痛も腹が立つ！　何もかもが緩慢に感じられた。動きがスローモーションになり、時間ばかりかかり、次第に身体が冷えてきた。レイフ・モエは基本的にずっと北海で仕事をしてきた。あそこの海底は常にプラス四度だ。ここは北海よりずっと北だが、メキシコ湾流から派生した北大西洋海流が流れているせいで水温は三度。冬でも叢氷はできない。

レイフ・モエは立ち上がり、作業が始まって五杯目のコーヒーを注いだ。身体をほぐすような動きをしてみながらも、目は常に監視画面にある。まもなく今日の作業は終わる予定だった。

「おい、トム。例のフランス人はみつかったのか？」

「まだ何もわかっていない。教えてもらったもう一人のほうには電話してみたが……ノルウェー人のほうだ。かけ直してくれるといいんだが」

「ここでは静かに仕事もさせてもらえないのか？」

「落ち着けよ、ニルス。試験管は終わったのか?」

「あと二本だ」

「そっちはどうだ、トム」

「指定されたエリアはもう……」

その瞬間に響いた絶叫に、レイフ・モエは驚いて自分にコーヒーをぶちまけた。

「なんだ? どうした? トム、ニルス?」

鼓膜が破れそうな絶叫だった。レイフ・モエは制御パネルに飛びつき、カメラを次々と変えていった。ひとつは濃い闇だけが映っている。パウルセンのカメラが何も見えなくなっている。

「ニルス、トム、返事してくれ!」

「今行く、今行く」

ソルミの必死な声が聞こえる。

「ニルス、何があった。教えてくれ!」

「今行く、今行く、もうすぐだ」

ソルミのあえぎ声がする。

「ほら、着いた。着いた」

レイフ・モエはソルミの声に不安を感じた。ソルミがそんな声を出すのは今まで聞いたことがない。絶叫は止まっていた。

「トム、トム。聞こえるか? 答えてくれ、トム!」

「ああ、なんてことだ、あたり一面に血が……」

レイフ・モエはニルス・ソルミのカメラの粗い映像でその光景を見ることができた。暗い色の雲のようなものが、海底に横たわる身体を取り巻いている。

かすかに見分けられる程度の映像だが、見えているのはトム・パウルセンの身体だ。映像はソルミの頭の動きに合わせて動いているものの、パウルセンは身動きしていない。映像が粗すぎる。ひどいカメラだ——。次第にソルミの動きが安定してきて、レイフ・モエにもその光景が見えた。即座に緊急ボタンを押す。なんと金属のポールがトム・パウルセンを串刺しにしていた。潜水作業指揮者は目を疑った。

「生きているのか？　ニルス、トムは生きてるか？」

「わからない」

モエは制御室の窓に飛びついた。ダイバーたちがいるあたりを見ようとする。頭上ではクレーンのアームの動きが止まっている。資材がロープに吊るされたままだ。ここからずっと上のほうで、運転士は点のようにしか見えない。運転室の窓に顔を寄せて、資材が落ちた海の中を見ようとしている。

「クソ、クソ、クソ、なんてことだ……」

このポールはクレーンから落ちてきたのか——。

「ポールを抜かなければ……」

「ニルス、ニルス、抜いちゃだめだ。だめだ！　死んでしまう」

「ポールを抜かなければ……」

レイフ・モエは自分の見ているものに自信がなかった。カメラにはほんの一部しか映っていない。近すぎるのだ。

「待て、待て、医者を呼ぶから。ニルス、冷静になれ。待ってくれ。ああ、なんてことだ……トムは助ける、約束するから！」

レイフ・モエは電話に飛びつき、待機している医師に電話をかけた。

同時に制御ブリッジにも連絡を入れる。

「スタンバイのチームをすぐに呼べ！　医者め……さっさと出ろ！　出ろよ！」

「よかった、生きてる。生きてるぞ！」

しかし誰も電話に出ない。乗組員が数人、モエが潜水を指揮している船室に駆けこんできた。

「だがポールを抜かなければ、ここで死んでしまう」

ソルミが叫び、かすかに黒い霧が途切れた。モエにはパウルセンの顔は見えなかった。映像はいびつなまま動いている。ソルミが絶望してあたりを見回し、来もしない助けを待っているみたいに。来たとしても手遅れだ。

「おい、スタンバイのチームは⁉」

モエは声が割れるほど叫んだ。外から返事があった。

「海中だ。今潜ったところだ」

しかし間に合わないだろう。

レイフ・モエは何もできないまま、ニルス・ソルミが全力でポールを引き抜くのを見つめていた。

あたりは静まり返っている。モエは身体が綿のように柔らかくなった気がした。吐き気がする。乗組員が周囲に集まっている。誰も一言も発さない。緊迫した視線。音や呼吸が聞こえないか、固唾をのんで見守っている。

かりかりという音に、レイフ・モエは昏睡から覚めたかのような気がした。粗い音が電話から聞こえてくる。レイフ・モエの霧のかかった脳にゆっくりと情報が届いた。医者だ――。

・

ハンメルフェストからカウトケイノとカラショークへ向かう道路の交差点にあるカフェ〈トナカイの幸運〉に着くまでの三時間、ニーナはほとんど口を開かなかった。そのためクレメットはラジオだけをお供に運転することになった。ニーナは父親との思い出を再体験したい気持ちと、捜査に集中したい気持ちの間で揺れていた。クレメットなら最初から幻想など抱かないだろう。自分が再会するのはどんな人間だろうか。母親が正しかったらどうする？　娘を守るためにというのが正しかったとしたら？　クレメットが一度冗談で言ったことを思い出した。おれたちは警官だから合理的なんだ。合理的だから警官なんだ。

膝には革の腕輪が入ったビニール袋がふたつある。まったく同じ腕輪だった。アンタ・ラウラの作品だ。捧げ物として岩においたのだろうか。捜査に集中しなくては。グンナル・ダール、マルッコ・ティッカネン、ユヴァ・シック。それにニルス・ソルミ。あと例のクヌート・ハンセン。わかっていることは何？　ハンメルフェストの町がある鯨島の土地を巡る争い。誰もが自分の取り分をほしがっている。そして敗者は必ずトナカイの放牧をするサーミ人だ。ただしサーミ人が全員損をしたわけでもない。例えばユヴァ・シックはうまく切り抜けたようだ。運命論者的な考えかたなのかもしれない。原油というローラー車を止めようとしても無駄だという事実を受け入れたのだから。グンナル・ダールは？　彼はスティールやビルゲと同じく、自社の事業を拡張するための土地が必要だ。しかし何も尻尾をつかめていないし、あくまで推測にすぎない。動機がひとつあるだけ。ニーナはクレメットの反応を予測した。動機がひとつあるだけ？　本当にそれだけなのか、哀れなお嬢ちゃん。そんなのでこの職業を続けるつもりなのか？　ニーナは目を閉じた。なぜ父親は昨日すぐに会ってくれなかったのだろうか。ニーナはまた目を開いた。クレメットは運転に集中している。空が曇ってきたので、ニーナはサングラスを外した。

「緊張してるのか？」

「捜査のことを考えていたの。エリック・ステッゴの死……本当に何かわかると思う？　実際、どんな手がかりがある？　ユヴァ・シックが両腕を振ったという以外に。それで何が証明できる？」

クレメットはラジオの音量を下げた。

「きみ自身が、あいつが湾の携帯の電波のことで嘘をついたと気づいたんじゃないか。それが手がかりのスタートだ。ティッカネンはユヴァや石油会社の重役たちとの関係のことでうちの同僚に聴取を受けた。だが何も出なかった。ティッカネンには正式に容疑はかかっていないから、家宅捜索もできなかった。ホッティ警部が他の容疑で拘束できる可能性がないか考えてみると言っていたが」

「他の容疑？　アル・カポネ方式ね。殺人容疑をかけられないなら、脱税容疑で。本当にそうするつもりだと思う？」

「警部が何を考えているのかはわからない。だが彼女を信用しよう」

車はちょうどサーミの村マーゼを過ぎ、まもなくカフェ〈トナカイの幸運〉に到着するところだった。ニーナは自分の腕時計を見た。まだ早い。目的地までは沈黙が流れた。

数分後、クレメットがカフェのドアを開けた。店を切り盛りする女性がレジの前に身じろぎもせずに立っている。赤い刺繍《ししゅう》の入ったエプロンは青、緑、黄色のふちどりがされていて、青いサーミの帽子にも刺繍のふちどりがある。十人ほどの客がテーブルについていた。長距離トラックの運転手、トナカイ所有者、二人子供を連れた若い夫婦。そして隅のほうに、こちらに背を向けた身体の形があった。身体の形——それがニーナの頭に浮かんだ最初の言葉だった。なぜなら、その男は伸ばすような背筋がないように思われた。独り客は他にもいたが、ニーナはすぐにその身体の形が父親のものだとわかった。自分のほうが早く着いたつもりだったので驚いていた。ニーナはクレメットに目配せをした。ついにこのときがきたのだ。どうすればいいの？　ニーナはレジでコーヒーを注文した。

「あの人、どのくらい前から？」

地元のトナカイ所有者の妻であるサーミ人の女性は壁の時計を見た。

「二時間と十五分前からあそこに座っている。動いていない。来たときにサンドイッチを頼んだ。それに水。それからずっとあそこに座っている」

ニーナはまたクレメットのほうを向いた。しかし彼の視線をどう解釈していいかわからない。クレメットは自分のコーヒーを手に取ると、空のテーブルに腰かけた。そしてニーナにうなずきかけた。さあ、行け。

ニーナは父親に近づいた。そして身体の形の隣の椅子の前に立った。左から父親の横顔を見る。パパだ――。急に涙がこみ上げたが、なんとか抑えた。自分がどこにいるかわからないようなあの青い瞳。あまりに青く、あまりに不安なその瞳。顔には深い皺《しわ》が刻まれ、視線は窓の外へと消えている。ずっと遠くツンドラへと。ニーナはその瞳から目を離せなかった。その視線はどこで留まるの？　わたしには見えない何を見ているの？

顔が彼女のほうを向いた。そのゆっくりとした動きがニーナには拷問のように感じられた。わたしの中に何を見るのだろうか。あの瞳で何を読みとるの？　急に、最後にあの瞳を見つめ返してから十年経ったのか十五年経ったのかわからなくなった。父親は今でも髪を短く刈っている。いや前よりも短い。ちょっと生えている程度だ。細い白髪、しかも髪自体薄くなっているが、髭のほうは真っ白で豊かだった。老人――。

ニーナは微笑みかけた。無理矢理顔を歪ませたようにしか見えないだろうと思いつつ。しかし父親が微笑む気配はない。前におかれていた眼鏡をかけた。その横の小皿にのったサンドイッチは手がつけられていない。父親は長いことニーナを見つめていた。

「待った？」

なぜこんな馬鹿な質問を――ニーナはすぐに後悔した。

「わからない」

ニーナはその答えにうなずき、椅子を引き出して座った。

「もうわからないんだ」

あの声。どういう気持ちの声？　そんなことまでわたしは忘れてしまったの？

「急だったな。お前のママが死んだのか？」

わたしのママ？　今のニーナは母親から限界まで遠ざかっている。そうね、死んだ。死んでないけど死んだ。でもどう説明すればいい？　遠い視線。渡りきれない宇宙を思わせるような。

ニーナはクレメットのほうを向いた。クレメットはニーナを見つめ返したが、表情は変えない。ニーナは急にクレメットが隣にいてくれればいいのにと思った。あるいは頰にトムの手を感じたかった。ともかく何か生きたもの……この視線以外なら。この深淵のような視線以外。

だからニーナは話し始めた。手紙のこと、なぜ手紙の存在を知ったのか。母親が手紙を隠していたこと。娘を守るためにだと母親は主張した。どうやって父親をみつけたか。思い出そうとしたこと。父親はその場で身じろぎもせず、その瞳は雪のツンドラ、そして近づいてくる悪天候に閉じこめられた空をさまよっている。雪の混ざった雨が降りだし、ニーナは身震いした。父親は自分の話を聞いているのだろうか。まるでゾンビのようだ。そしてニーナは自分の仕事のことも話した。北極圏で働くという選択、同僚のこと、ほら今、後ろに座っている――。しかし父親は振り向きもしなかった。それに捜査のこと、ラウラというサーミの老人、彼が潜水実験に参加していたこと。父親は瞬きすらしない。ニーナは時間の感覚を失った。わたしはどのくらいしゃべっていたのだろう。パパは何か一言でも言った？　わたしのほうを一度も見ていない。長年連絡をしなかったから怒っているのだろうか。でも今説明したところじゃない。手紙は母親が隠していたのだと。そうね、もっと前に探そうとしてもよかったわけだけど……なぜわたしは探さなかったの？　ニーナはまた捜査の話に戻った。ラウラ、実験……。

「パパの助けが必要なの。当時その業界にいたでしょう。そこにいた男たちのことを知っていたんでしょう？」

ニーナは黙って待った。なんの反応も返ってこない。

しかしそのあとの展開に、ニーナは心から驚いた。重い涙が父親の頬を伝い、髭へと消えていったのだ。そして唇を嚙んだ。立ち上がり、ニーナに背を向け、一言も発さずに、言うことをきかない足で出口へと向かった。

ニーナはどう反応していいかわからなかった。立ち上がり、クレメットに走り寄り、どうすればいいのよというように両腕を広げ、自分もドアに向かった。すると腕に手がおかれた。それは同僚の手ではなかった。知らない男だった。いままで気づかなかった男だ。

「そっとしておいてやってくれ。きみと話せる状態じゃない。わかってくれ」

ニーナは意味がわからなかった。この男は誰？　クレメットもやってきて、必要ならニーナを助けるつもりだった。パパはどこへ行ってしまったの？　駐車場には車やトレーラーしか見えない。ニーナがドアを開けると、腕をつかむ手が強まった。振り払おうとすると、さらに強くつかまれた。

「きみが昨日ウツヨキに現れてから、激しく動揺しているんだ」

男の声は穏やかだった。脅すような口調ではない。男は手を緩めて先を続けた。

「それからずっと、きみと会う準備だけをしてきた。少しは人前に出られる状態になるようにね。無理矢理眠ろうともした。薬で。考えなくてすむように。悪夢を見ずにすむように。無理に食べようともした。めまいを治すために。信じてくれ。尋常ではない努力をしたんだ。普段なら人と会うためには少なくとも三日は必要だ」

「あなたは誰？」

「外界との唯一のつながりだ」

「それどういう意味？　あなたはなんなの？　トロール？　エルフ？　それともホビット？」

ニーナは男から駐車場へと目をやった。

「かつてきみの父親に助けられた男だ」

ニーナは男を見つめた。それほど背は高くない。スノーモービル用のオーバーオールを着て、もみあげがあり、額は禿げ上がり、髪を後ろでひとまとめにしている。皺の寄った顔。神経と筋肉だけでできているように見えるが、その目には深い落ち着きが宿っていた。そして善意も。

「パパと話したいの」

男の手がまだ腕にあった。

「少し時間をあげてくれ。彼がどんな目に遭ってきたか、今どんな状態なのか、きみには想像もつかない」

ニーナはやっと父親の姿をみつけた。駐車場をふらふらとさまよっている。ときどきつまずきそうになりながら、不安定な足は片方ずつ上げたり下げたりするのも難しいようだ。片足をもう片方の前に出す。目をこする。髭も。泣いている。それとも雪混じりの雨のせい？

「きみの電話番号は知っているから、明日電話する。ここはわたしに任せてくれ。お願いだから」

男は店を出ると、そっとドアを閉めた。ニーナの父親のところへ行き、その肘をつかみ、車へと誘導した。その車もまもなく雪混じりの雨のカーテンの中に赤い光になって消えていった。

ニーナはドアのところで立ち尽くしていた。クレメットもやってきて、黙って隣に立っている。

ニーナは車が曲がった方向を確認した。カラショーク方面、その先はフィンランドだ。

サンドイッチはテーブルに残されたままだった。ここしばらくで初めて、空が暗くなった。

ニーナは急に、ひどく疲れを感じた。

49

五月九日　日曜日
日の出：一時三十一分、日の入：二十三時十一分
二十一時間四十分の太陽
ハンメルフェスト　六時三十分

ニルスはその光景を忘れられなかった。血だらけの大きな穴が口を開けている。身体の表と裏のどちらにも。落下したポールがトムの胸を貫いたのだ。今、友人はすぐ横で眠っている。ハンメルフェストの小さな病院は、トムを救うために全力を尽くしてくれた。そして奇跡が起きた。片側の肺を貫通しているが、他の内臓は無事だった。奇跡——医者たちは何度もその言葉を口にした。「そしてきみが彼の命を救った」外科医はそうも言った。ニルスは意味がわからないまま相手を見つめ返した。この医者はニルスが過呼吸を起こして水中にいることを忘れてしまったときに、呼吸を元に戻すのを助けてくれた。それ自体は奇跡でもなんでもない。「ポールを引き抜いたからだ」と外科医は続けた。ポールが刺さったまま輸送されていたら、その動きで他の内臓まで傷ついてしまったことだろう。それに身体に吸いつくようなダイビン

グスーツのおかげで、両側からの激しい出血を止めることができた。「本当に奇跡だ、正直言って」医者はまたそう言い、白い病室に二人を残して出ていった。

そのとき、何かが動くのを感じた。トムが指でニルスの背中に触れたのだ。トムは鎮痛剤のせいで朦朧《もうろう》としているが、ニルスに笑顔のようなものを向けた。半分は感謝、半分は痛みの表情だ。前日に最初の手術が行われ、そのあと十四時間眠り続け、今、初めて意識を取り戻したのだ。

「奇跡的に助かったらしいぞ」

ニルスは部屋を埋めつくす花束を見せた。

「すぐに回復するそうだ。医者がそう言ってた」

また苦しそうな笑顔。深くゆっくりした呼吸。安定した呼吸ではない。努力しているのだ。

「しゃべらなくていい。黙ってろ。休むんだ、トム」

トムはゆっくり、やっとこう言った。

「何があった？」

ニルスは説明した。クレーン、事故、ポール。レイフ・モエの怒声、そして自分が胸からポールを引き抜いたこと。

「お前を殺してしまうかと思って怖かったよ。だが蝶の標本みたいに海底に刺されていたから……。お前を水面まで連れていき、そのあとは皆が駆けつけた。深くない場所の作業でよかったよな。おれは肝を冷やしたが」

トムはニルスの手を握った。その手は弱々しく、顔は麻布のように真っ白だ。

「ひどい顔色だ。なあ、この病室は女の看護師でごった返していたんだぞ。なんでだろうなあ」

トムはまたかろうじて笑顔を浮かべた。それから顔をしかめ、少し身体を起こそうとしたが、また顔をしかめることになった。大きく息を吸う。

「警官……電話を……」

ニルスは驚いて目を見開いた。

「どうした、トム。急になんのことだ？　誰かが故意にあのポールを落としたとでも？　さあ、もうひと眠りしろ」

「ポールじゃない。ニーナ……とその同僚。ダイバーを捜せ。フランス人。助けてあげてくれ。彼も事故に遭ったのかもしれない」

それが今できる最善の努力だった。

「おれのことを助けてくれただろう。彼のことも……」

トムは力尽き、目を閉じた。ニルスは友人に布団をかけ直した。それから長いこと、窓ぎわで考えにふけっていた。


スカイディの小屋とクヴァールスンの間の道路で、クレメットとニーナは盗まれたトナカイの残骸をすぐにみつけることができた。モルテン・イーサックがフィヨルドぞいの道路脇で待っていて、二人を十メートルほど斜面を下った場所に連れていった。二十三地区のボスは機嫌の悪さを隠そうともしなかった。昨晩は他のトナカイ所有者と、群から離れてしまったトナカイを探して群に戻す作業をしていた。こんなに朝早くに盗難の場所を見せてもらうために、クレメットは彼を説得しなければいけなかった。もちろん自分たちで現場をみつけることもできたが、モルテンとも話がしたかったのだ。

ニーナがトナカイの毛皮をもち上げた。

「毛皮は残っている。状態はよくないけど。それに頭、耳もついている」

「角と肉だけ盗ったんだ」モルテン・イーサックが言う。「腹の立つクズ野郎だ」

「ああ、そうだな。だがともかく耳は残っているから報告書を書くことはできる。保険金の請求に必要だ」

クレメットもニーナと同じように青いビニールの手袋をはめ、飼い主を特定するマークの入った耳を調べた。

「無駄なことするな」地区のボスが言った。「これはステッゴ坊やのトナカイだよ。悲しいことにな」

「じゃあ保険金はアネリーに入るんでしょう?」

「そうだといいがね」

「いつからここに放置されていたと思う?」

モルテン・イーサックは毛皮を調べた。

「数週間」

クレメットはニーナに向き直った。

「あのドイツ人二人組か、クヌート・ハンセンとポーランド人であってもおかしくないな。数週間前からこのあたりをうろついていたのかもしれない」

「でもドイツ人たちはもう帰ってしまった」

「そうだな。ところで」クレメットはモルテン・イーサックのほうを向いた。「水曜にフィヨルドセンの葬儀がハンメルフェストで行われる。お偉いさんがたも来るし……そのときにあたりをトナカイがうろうろしているとかなり厄介なことになるんだ。わかるだろう？」

「当たり前だ」

「特に気をつけて見張っていてくれ。トナカイ警察からも支援のパトロールを送るから」

「ああ、そうしてくれ。ご立派な面々に、われわれの場所が奪われたことを隠すのを手伝ってくれるんだな。丘はトナカイのもので、この沿岸はわれわれの沿岸だ。ここの豊かな自然はわれわれのものだ」

「モルテン、これは葬儀だ。参列客は静かに弔いたいだけ。だからそこにトナカイが現れないように見張る。それだけのことだ。それ以外のことについては市や県に連絡してくれ」

「市だと？　馬鹿馬鹿しい。フィヨルドセンの後継者はもっと最悪だ。今後トナカイ所有者は毎回負けることになる」

「水曜は何人集められる？」クレメットは相手を遮った。

「大丈夫だ、ちゃんと見張るから心配するな」

「モルテン、これはデモをするタイミングではないぞ」

「じゃあ道路局のやつらに、今は聖なる岩の周りをうろうろするタイミングじゃないと言ってやれ」

モルテン・イーサックは踵《きびす》を返すと、道路のほうへ上がっていった。

二人はトナカイの残骸の元に残った。ニーナは不安そうに携帯電話を確認している。

「なぜ電話をくれないの？　忘れちゃったのかしら」

「きみはしっかり寝たほうがいい」

「寝たほうがいい？」

ニーナは笑いだし、雲間から顔を出した太陽を指さした。

そのとき携帯電話が鳴った。クレメットは自分の電話を取り出すと、申し訳なさそうな顔をした。

「エレンか、どうしました？　日曜は休みじゃないのか？」

クレメットは黙って立っていた。ときどきうなずくと、通話を切った。

「分析結果だ。まずは狼湾の靴痕。クヌート・ハンセンのものと一致した。だがコヴァルスキのものもあった。ラウラのはなかったようだ。岩の周り以外には。それに血液の分析結果、バンを運転していたコヴァルスキのほうだが、アルコールは検出されなかった。一方で血中は色色な薬のカクテル状態だったそうだ。薬のリストを送ってくれるらしい。運転していたとき相当ハイになっていたようだな」

「そのせいで事故に？」

「法医学者がそのあたりを調べ上げているところだ。だがこれが普段から飲んでいる薬の量だとしたら、よほど精神的な問題を抱えていたんだな」

「あとの二人は？　薬は……」

「警部はそのことは言っていなかったが、まだ分析や司法解剖が終わっていないのかもしれない」

「事故なら、コヴァルスキが眠ってしまい、運転を誤ったのか……」

「ああ、警部はバンの状態はよくなかったとは言っていたが、工作された形跡はないようだ」

「ダールとの関係は……本人が否定したとはいえ」

ニーナは太陽に顔を向けた。まるで光に抵抗するみたいに。

「雲の陰に隠れた太陽まで、わたしに嫌がらせをしている気がする」

今度はニーナの携帯電話が鳴った。ニーナはクレメットのほうに顔をしかめてみせた。さっきのクレメットの通話と同じくらい口数が少ない。

「じゃあ、そうしましょう」そう言って、通話を切った。そしてあきれたように頭を振る。

「昨日パパにつき添ってきた男は、わたしたちのことをよく知っているみたい。スカイディに宿泊していることまで知っていた。今夜そこのパブで会おうと」

「きみが自分で話したんじゃないのか？　昨日人生のことをあれこれ語ったと言ってたじゃないか」

ニーナはため息をついた。

「わからない。もう覚えてないわ」

50

ユヴァ・シックはこの二日間かくれんぼをしているような気分だった。どこへ行ってもマルッコ・ティッカネンが現れるのだ。シックの神経は最高潮に昂《たかぶ》っていた。フィンランド人の不動産仲介業者が町じゅうを走り回っている。あっちへ行ってはこっちへ行き、通りかかる人に何か尋ねたかと思うと、急に自分の車に飛び乗り、どこかへ走り去ってしまう。もちろんあの記録カードを探しているのだろうが、みつかる危険はない。あの悪どいブタめ——心の中でそうつけ足した。あいつを殴るよりも、記録カードを奪うほうがニルスに喜んでもらえると思ったのだ。フィンランド人が蚊の群のようにぶんぶん走り回っているのを見たとき、正しい選択だったことを確信できた。ティッカネンがくらったお仕置きは、拳《こぶし》で殴られるよりもずっと苛酷だった。今カードは安全な場所に隠されていて、シックはそれをめくるのを待ちきれなかった。普段なら無用な書類の山はあまり好きではないのだが。試しに何枚か読んでみたところ、記録カードのシステムはいまひとつわからないものの、あのフィンランド人を本気で殴ってやりたくなった。なんという邪悪な人間なんだ！

シックは髭をかいた。昨日剃ったばかりだ。嗅ぎタバコのケースを取り出すと、上唇にひとつ突っこむ。歯茎にできた嗅ぎタバコ用の穴に問題なく収まった。

自分の記録カードを読んで、ユヴァはショックを受けた。ティッカネンが自分の懐具合をすべて、つまり銀行のローンや、分割払いで買った二台のスノーモービルに四輪バギーのことなど、何もかも把握していたからだ。ティッカネンは銀行の職員とよほど親しい仲にちがいない。くそっ、じゃあ銀行員どもはロシア娘とやれたのか？　おれはやらせてもらえなかったのに。ティッカネン――なんて悪どいブタなんだ。いちばん気に入らないのは、ユヴァの一族の歴史が詳細に書かれていたことだ。何十年もかけて鯨島の土地を失っていった事実。最悪なのはユヴァ自身、なぜそんなことになってしまったのかわからないことだった。しかし自分の歴史をはっきり文字で書かれると、かなりショックだった。一方で、約束された土地の契約についてはかなりいいところまで進んでいるようだった。シックにわかるかぎり、その点に関してはプロらしく仕事をしているわけだ。余白に書かれた小さな記号の意味はわからなかったが、ある男の名前とその連絡先も書かれていた。農場の売り手なのかもしれない。シックは最初、自分のカードだけ抜こうかとも思ったが、まだ今後どうなるかわからなかったし、それにティッカネンがカードを取り戻したときに、シックのカードだけがなくなっていたら、誰が盗んだのかすぐにばれてしまう。だから内容だけ書き写し、カード自体は元の位置に戻した。

シックは結局ニルスに電話をかけた。電話はしないと約束させられていたのに。

ニルスはそっけない対応だったが、シックが詳細には踏みこまずにすごいものをみつけたと話すと、耳を傾けた。シックは自信をもち直し、ニルスに暖かく着こんでくるようアドバイスした。スノーモービルでヴィッダに出るからと。ニルスは驚いていたが、言い返すことなく同意した。通話を長引かせたくなかったからだ。

一時間後、倉庫代わりに使っている小屋の前にシュコダを停め、ユヴァ・シックは手つかずの雪にスノーモービルを走らせた。こんな有名人を後ろに乗せていることを誇らしく思いながら。できればこのまま町を一回りして見せびらかしたいくらいだった。ニルスはきっとこの結果に満足してくれるはずだ。

ニーナは事故のニュースをラジオで聞いた。そして病院に寄ってくれとクレメットに頼んだ。クレメットは嬉しそうな顔はしなかったが、ニーナは気にしなかった。病院の入り口で降ろしてもらい、クレメットはそのまま警察署へと向かった。トム・パウルセンの病室はすぐにみつかった。病室には医師がいたが、まもなく部屋から出ていったので、ニーナとトムは二人きりになった。

トムは微笑んだ。しかし辛そうなのがわかる。ひどく青い顔で疲労の色も濃く、目の下には黒いくまができている。病室の鋭い蛍光灯の下では余計にそう見えた。

「かなりましだよ。もうそれほど頭がぼーっとはしていない。今朝はまだほとんど話せなかったんだ」

「どこか痛い？」

「薬をたくさん流しこまれていてね。今はそれほど感じない。だが、けっこうな大怪我だったようだ。ニルスがとっさに命を救ってくれたんだ。ニルスから連絡は？」

た。

トムは自分の携帯電話をつかもうとしたが、顔をしかめた。ニーナは携帯電話をトムに渡した。

「わたしに？」

「この番号だ。うちの潜水作業指揮者レイフ・モエがくれた番号なんだが、このあたりにいるはずのノルウェー人の元ダイバーにつながる。きみも興味があるみたいだったから……。きみなら彼を捜し出せるんじゃないかな。おれが電話をかけてもだめだった」

「あなたはフランス人のダイバーを捜してるんじゃなかったの？」

「それは別の話なんだ。ニルスから聞くといい。あいつがちゃんときみに電話してくれればだが。フランス人は彼が捜しているんだ。だからおれからは話せない」

51

ニーナから電話があったとき、クレメットは思わず自分はタクシー運転手じゃないんだと文句を言い始めた。しかしニーナが遮った。

「捜査にとって興味深い電話番号を手に入れたの」

そしてニーナはクレメットに説明した。

「アークティック・ダイビング社に行って、パウルセンとソルミの潜水作業指揮者に写真を見せましょう。何か知っているかもしれない。トムの話では職場にいるはずだと」

「その情報は間違っている。その男なら今警察署だ。パウルセンの事故の被害届を書いている。迎えに行くから、そこで話を聞こう」

二十分後、二人はレイフ・モエの前に座っていた。元ダイバーは二人から受け取った写真を見つめた。

「こいつだよ。おれのところに来た。写真だともっとひどい顔をしているが」

「死んでるからかもね」ニーナが説明した。

レイフ・モエは即座に状況を理解した。ニーナはクヌートがどのように死んだかを説明した。

「薬……。まあ、元ダイバーの多くが大量に飲んでいるようだが。本当にひどいな」

他の二人の写真については、レイフ・モエは何もコメントすることがなかった。ポーランド人についてもアンタ・ラウラについても。レイフ・モエが帰ると、クレメットとニーナは何本か電話をかけた。県警犯罪捜査部がすぐにクヌート・ハンセンの携帯番号を調べ始めた。

アネリーはモルテン・イーサックから電話を受けた。まだ何頭か群から遅れているトナカイがいるという。地区のボスはアネリーに、いちばん懸念すべきことだけ対処すればいいからと念を押した。遅れているトナカイを捕え、必要なら助けを求めるようにと。迅速に作業を進められるように自分のスノーモービルを一台貸すとも申し出た。アネリーはイーサックに逆らいたくなかったので、提案を受け入れた。場所の情報はかなり正確で、数時間のうちにヨーナス・シンバ他、数人のトナカイ所有者がほとんどのトナカイをみつけ、その中には仔トナカイも交じっていた。母親とはぐれてしまった仔トナカイには苛酷な未来が待ち受けている。ヨーナス・シンバが少し前に電話してきて、あと一頭だけ、双眼鏡で仔トナカイが見えたと伝えてきた。アネリーはその仔トナカイが谷のどこにいるのかはっきりわかった。隔絶されたエリアで、放牧路からも離れている。スノーモービルの観光客がそんな奥地にまで入りこみ、小さな群を怯えさせたのだ。まったくいつになったら学んでくれるのか――。アネリーとエリックは何度か、トナカイ放牧に縁のないノルウェー人の友人を招き、耳にマークを入れたりトナカイを分離したりするために、トナカイの群を追いこむ作業に参加させた。そうするとノルウェー人も、トナカイ放牧がどういう条件下で行われているかをちゃんと理解してくれた。しかしアネリーとエリックのオープンさをトナカイ所有者全員が好ましく思ったわけではない。多くの所有者が、サーミ人の悩みに北欧人が首を突っこまないほうがいいと考えている。

アネリーはそれでも少しは希望を感じていた。トナカイ所有者は丘に生命を与えている。ヴィッダの魂との対話を継いでいく。サプミじゅうに点在する聖なる岩で祈りを捧げるとき、アネリーはその場所の霊と自分の願いを分かちあうのを忘れなかった。そんなときエリックは微笑んだ。きみだけの小さなツンドラの秘密だね、と言って。エリックはそういうことをすべて信じていたわけではないが、「でもきみを信じるよ」と言った。その思い出に、アネリーの顔がほころんだ。そんなエリック自身、岩に小さな捧げ物をするのを決して忘れなかった。祖先に敬意を示しているだけ、と言いながら。死んだ者と今生きる者が常に同じ道を旅してきたのだ。エリックはトナカイ牧夫としての祖先の栄光を語った。自然に感謝すべきことを理解していた祖先たち。誰しもそれぞれに小さなツンドラの秘密がある。アネリーはそんなエリックを愛していた。しかしそれでも二人から自然が奪われていった。トナカイ所有者の誇りも。土地とともに生きる権利を奪われたら、ヴィッダに生きる者にどんな栄誉が残るの?

アネリーはスノーモービルの荷物入れに投げ縄が入っていることを確認してから、最後の一頭を捜しに出かけた。

ユヴァ・シックが谷をいくつも抜けて走る間、ニルス・ソルミはその景色に見覚えがあることに驚いた。他の人間の目には非現実的な迷路としか映らないだろう。どれほど違うと言い張ろうと、ニルスにとってここは馴染み深いエリアだった。任務明けに友人たちとこのあたりを走り回ることがあるのだ。人里離れたこの場所はずっと昔、子供の頃の遊び場でもあった。ダイビングの世界を知る前のことだ。フランス人に出会う前。ああ、くそ——ニルスは思わずつぶやいた。ついこの間、まさにその子供の頃の英雄が目の前に現れたのだ。そのとき胸にこみ上げたパニックは、ニルスが今まで感じたことのない感情だった。

トムには夕方見舞いに行くからと約束した。トムは調査の結果を知りたがっていた。約束どおりニルスが例の老ダイバーに連絡をとるのを待っている。ニルスは友人のことが心配だった。医者は安心させようとするばかりだが、ニルスには別の懸念が芽生えていた。トムはまた潜れるようになるのだろうか——。彼のダイバー人生はここで終わってしまうのでは？　ニルスはその考えを振り払い、周囲の雪に覆われた丘の景色を堪能しようとした。ユヴァ・シックは川の一部を避けて運転していた。そこは氷が薄すぎると判断したのだろう。ここ数日暖かかったから。ユヴァはニルスが知る誰よりも巧みにスノーモービルを操った。それは認めるしかない。こんなくだらない大人になってしまったのが残念だ。スノーモービルはニルスの知らない谷を抜けていった。ユヴァはパワフルなスノーモービルで急な坂を果敢に攻め、カーブをきり、そびえ立つ岩を回り、ヒメカンバの生えたエリアを丘の中腹まで上がった。尾根を走り、高台に出る。フィヨルドの上に広がる台地だ。そのとき、スノーモービルが急に海に飛びこむような角度に傾いた。しかしそれは目の錯覚だった。実際には緩い傾斜を数メートル下りただけで、風から守るように隠された小さな場所に出た。二台のグンピが目に入る。その後ろには人を数人あるいは資材を運べるくらいの小型トレーラーも見えている。

「これは普段使っているグンピじゃないんだ」ユヴァ・シックはエンジンを切り、ニルスを安心させるように言った。「女をナンパしたらここに連れてくる。女たちはこういうのが好きなんだ。本当だ。景色もきれいだし」

「この場所は誰にも知られていないんだな?」

「ああ、今までに連れてきた女たちも二度と道を思い出せないさ。絶対にね。ちょっと散歩に連れ出して、方向をわからなくさせる。つい最近ロシア人の女たちもつれてきた。警察にはどこに隠していたのかと訊かれたが、他のグンピだと答えたよ。群の見張りをするときに使うやつだ。やつらにはわかりっこないだろう?」

ユヴァ・シックは自分に満足しているような話しぶりだった。ニルスを片方のグンピに招き入れたが、中はとんでもなく悪趣味な安っぽい売春宿みたいだった。まったく周囲の景色に合っていないとニルスは思った。だがユヴァがこの部屋を居心地よくしようと努力したのは見てとれる。通常グンピには二段ベッドがあるが、そこにはグンピの幅と同じくらい大きなベッドがおかれていた。ベッドの上には青紫や金色のクッションが積まれている。壁紙も金色だった。ヘドの出そうな趣味だ——。

「これを見せたかっただけさ」ユヴァはウインクした。「よかったらいつでも貸すよ」それからユヴァはニルスをもう一台のグンピに連れていった。こちらは倉庫として使っているようだ。二段ベッドに寝袋やオーバーオールや服が満載されている。ユヴァは細長いテーブルとベッドの間にあるベンチに座るよう勧め、すぐにストーブに火をつけて鍋で雪を溶かし始めた。それから箱をいくつか動かし、大きな靴箱をテーブルにおいた。

ニルスはシックを見つめた。中身当てクイズをするつもりはない。

「初めはみっちり痛めつけてやろうと思ったんだ。お前が望んだようにね。だが考え直した。ティッカネンにとっては殴られることよりも、このカードを失うことのほうがずっと辛いはずだ。信じろニルス、痛めつけられるよりもだぞ。今日もティッカネンを見かけたが、頭がどうかしてしまったみたいにハンメルフェストじゅうを走り回ってこれを探していたよ」

ニルスは箱のふたを外した。何百枚という記録カードが整理されている。アルファベット順だった。

「おれの名前のカードは見たのか？」ニルスが尋ねた。

「お前のは探してない、本当だよ。自分のは見たさ、もちろん。だが誓ってお前のは見ていない。なあ、しばらく一人にしてやるから……」

「ああ、いい考えだな。だがまずはコーヒーを忘れるな」

シックががちゃがちゃと音を立てながらコーヒーを準備する間、ニルスは箱の中のカードをめくった。そして、目にしたものに心底驚かされた。

52

「わざわざパスポートを偽造したくらいだから、警察の手を煩わせるつもりだろうとは思っていたけど」

エレン・ホッティ警部はクレメットとニーナが署内にいるうちに呼び出した。そして自分の驚きを隠そうともしなかった。

「この男は何かがおかしいわよ。本名はペール・ペーデルセン」

「なぜわかったんです？」

「ちょっとしたテクニックがあってね。実はけっこう簡単なんだけど、通話を調べたの。まず驚いたのは、携帯はプリペイド契約ではなくて普通に契約された番号だった。もちろん偽名で契約しているけれど、契約確認のためにメールアドレスを入力しなければいけないようになっていて、そのメールアドレスが他のサイトでも使われていたから、IPアドレスとパソコンをたどることができた。そうすると、わりと簡単に種々の情報を得ることができる。支払い履歴や銀行のカード番号、それ以外も想像がつくでしょう？　アルタでバンを借りて、スウェーデンまで行っていたこともわかった。キルナとユッカスヤルヴィにね。そこに二日滞在してからここに戻ってきたみたい。フィンランドを通る道路を使っていた。カレスアンド経由の。不思議よね。捜査班のメンバーも、なんと言ったらいいのか……古風な人間だという印象を受けたみたい。時代においてきぼりにされたような。まだ冷戦時代に生きているような。あるいは昔のスパイか悪党が、技術が進歩したことを理解しようとせず、追跡される可能性も考えていない。新聞を読めばプライバシーの侵害や盗聴のことがいくらでも書いてあるのにね。完璧な偽造公的文書は用意できたわけだから、それだけの人脈はある。でも、自分がピエロの赤い鼻をつけて人混みに紛れているくらい、警察が簡単に追えるということはわかっていない。それがペール・ペーデルセンという男。ほら、写真も同じでしょう？　南ノルウェーの出身。七〇年代に戦闘ダイバーの訓練を受けた男。県警犯罪捜査部も最初からそう推測していた。それで小屋に工作してデピエールを殺した方法も納得がいく。感動するくらい古風な方法だったからね」

「戦闘ダイバーとしては何年くらい働いていたんです？　その後は何を？」

「ノルウェー海軍には三年いた。それから民間のダイバーに転身し、そのまま北海へ。今、色調べ上げているところ」

「それでも、なぜアンタ・ラウラがそんな男と一緒にいたのかわからない。ラウラもかつて潜水をしていたから、そのときに知り合ったのか……」

「そういうこともありえる」

「じゃあポーランド人のコヴァルスキは？　写真を見て……どう思う？」

ニーナはそう言いながら、また写真をじっくりと観察した。

「ペーデルセンとコヴァルスキ。一人は山のような大男で、隣に小さな痩せた男。目を引くコンビね。ペーデルセンはおそらく百二十キロはあった。今でも筋肉の塊。ぼろぼろの身体なのに。飲んでいた薬の量を考えれば驚くことではないけれど」

「コヴァルスキのほうも、司法解剖ではやはりぼろぼろの身体だというのがわかった。おまけにタバコと酒もやっていた。信じられないような量の薬もね。そしてマッチ棒のように細い。彼も昔ダイバーだったんだと思う？」

「コヴァルスキもダイバーだったのなら、例のフランス人ダイバーの存在がますます気になる。捜しているのはダイバーの一団なの？　フランス人のダイバーがデピエールの死に関与しているの？　だって、ペーデルセンはデピエールが亡くなったときすでに死んでいたんだから」

「誰のためにデピエールを殺したんだ？　どこかの企業か？」

「捜査班が先ほどからダールを盗聴している」

「教えてくれてもよかったじゃないですか！」クレメットが思わず叫んだ。

「落ち着いて。あなたはトナカイ警察でしょう？」

「それがどうした！　どっちも警察じゃないか。あなたもおれたちがこの捜査に巻きこまれていることは知っているでしょう。しかも、指摘しておくと最初の最初から」

「クレメット、もっと知りたいなら言うけど、オスロから特別捜査班も来ている。市長の死に減圧室の事故まであり、ここの人たちは動揺しているの。警察には市民に答えを与える義務がある」

「主要な容疑者がいるじゃないですか。そのペーデルセンという男。だけどもう生きていない」

「でも他は一人ではなかった。それに謎のフランス人ダイバーがどこかにいる……まだこのあたりにいるのか？　どんな役割を果たしたのか……」

クレメットは反抗的な表情のまま警部を見つめている。ニーナはクレメットの注意を引こうとした。

「思いついたことがあるの。来て」

クレメットは不本意な表情のまま、ニーナのすぐあとについていった。すると、エレン・ホッティ警部の声が廊下まで彼らを追いかけてきた。

「どうぞ、行ってちょうだい。ただ、わたしのことを忘れないでね。フィヨルドセンの葬儀は水曜日。あなたたちも大歓迎よ」


クレメットは内心怒り狂っているがそれをぐっと我慢している。ニーナはそれがわかるくらいはクレメットのことを理解していた。だから他のことで気を紛らわせてほしくて、クレメットの注意を引こうとしたのだ。

「ペーデルセンは流れ者みたいにバンでうろうろしていたし、携帯電話もみつかっていない。だからって携帯をもっていなかったとはかぎらないけれど、警察はみつけられていない。ノートパソコンをもっていた痕跡もない。それも捨てた可能性はあるけど。でもメールアドレスが存在することは判明している。インターネットにつなげられる状態にもあった」

「インターネットカフェか？」

「ここはハンメルフェストよ。ストックホルムでもオスロでもない。この町にインターネットカフェ？　わたしは図書館だと思う」

二人はペール・ペーデルセンの写真を図書館の司書に見せた。すると彼女は見覚えがあると言った。

「すごくいい体つきの男で……おまけにハンサムだった」

六十代くらいの司書は目を輝かせた。

「ええ、何度か来たわ。いつもあそこに座っていた。おしゃべりな人ではなかったけど。新聞を読んで、あとはインターネットもけっこう見ていたと思う」

「それが何日のことだったかわかります？」

「すぐ確認できます」

女性はパソコンを叩き、付箋《ふせん》に日付をいくつか書き留めた。

「彼が使ったパソコンを借りられます？」

「彼が何かしたの？」

「単に形式的な確認です」

ニーナはすぐに、付箋に書かれた日のインターネット閲覧履歴を画面に出した。何百というサイトがリストになっているのは、図書館のパソコンが多数の人間によって使われるせいだろう。

「何時頃に来ていました？」

「毎回開館直後に来て、一時間くらいいたかしらね。朝のコーヒーをもっていってあげてたの」司書は嬉しそうに言った。「それでもあまり言葉を返してくれなかったけどね」

ニーナは閲覧されていたサイトをいくつかプリントアウトし、また司書のほうを向いた。

「彼が読んでいた新聞も見せてもらえますか？」

女性はため息をついた。

「あなたはまだサンタさんを信じているタイプね。わかる？　そんなのすごく簡単なことよ。ここ数カ月の地元新聞を読みたがっていた」

「すぐ取ってくる」ニーナが言った。

そしてニーナは一目で気づいた。

「見て」自分の肩ごしに新聞を見ているクレメットに語りかけた。「採掘プロジェクトの記事が多いわね」


ニルス・ソルミはその後、数時間グンピから出てこなかった。その間天気は穏やかで、ユヴァ・シックは何度もグンピに顔を出し、何か必要な物はないかとニルスに尋ねた。おそらく褒めてもらえるような情報をみつけたかどうかを知りたかったのだろう。眠そうな顔だったので、待っている間に隣のグンピで昼寝していたようだ。ニルスのほうはユヴァに何も教えなかった。

ティッカネンは全身全霊をかけてこの記録カードのシステムを構築したのだろう。誠心誠意、どんなに小さなことだろうとミーティングや頼まれごと、事後調査の成果などを書き残していた。記録カードは定期的に補完され、新聞の切り抜きや小さな広告が貼りつけられていることもあった。稀に見るほど立派な人脈を構築し、情報をそれぞれ誰から得たかということまで丁寧に書き添えてある。ニルスはカードをすべて読む気力も必要性もなかったが、自分に関する複数のカード、そして知り合いのカードを読んでみて、控えめに言っても衝撃を受けた。陰気でつかみどころのない見た目とは裏腹に、ティッカネンは驚くような才能を備えていたのだ。ともかく今、あのでかいゴミはニルスのために高台の土地を手に入れようとは一度も考えていなかったのがはっきりした。カードをもう一度確認してみると、それが市長のカードであれ、市長の代理であれ、地元の公務員であれ、ティッカネンがニルスを騙《だま》したのがはっきり見てとれた。あのデブは自分のカードが好奇の目から守られていると思い、メモになんの安全対策もとっていなかった。ニルスがある土地をほしがっているという記述の横には、正確な日付となんと場所まで書かれていて、余白には〝不可能〟と記されていた。はっきりと、市に連絡しても無駄だとも書いてある。あの土地には何も建てられない。何を企んでいたのかは想像するしかないが、あのデブは自分の市の人脈が脅かされるとでも思ったのだろう。期待だけさせておいて、ニルスの人脈を利用し続けようとしたのだ。

ニルスは考えた。ティッカネンにはしっかりこのツケを払わせてやる。何か方法を考えよう。そしてまたカードに集中し、再度様子をうかがいに来たユヴァを手で追い払った。

午後が過ぎ、クレメットはニーナがまた緊張し始めたのがわかった。父親と会う時間が近づいているからだ。クレメットはあまりいい結果を期待していなかった。あの男は壊れてしまっているし、何か訊き出せるのかどうかは疑問だ。ただ、ニーナが父親に会いたい気持ちは当然だろう。ペール・ペーデルセンの経歴が明らかになった今、強くそう感じる。だがエレン・ホッティ警部からは水曜の葬儀のことで重圧をかけられてもいる。地元やオスロからやってくるそうそうたる参列者の前で笑いものにはなりたくないからだ。彼らにしてみれば、こののどかな北極圏の町は、ガス田の煙突で燃える炎が空を汚染する以外に問題など起きようがない。そんな町を誰がめちゃくちゃにしたのかと問われるのだけは避けたいのだ。

クレメットはニーナの望みどおりに動くつもりだった。それに異論はない。若いニーナとパウルセンの間で何が起きているのかはよく知らないが、トムが入院して、二人の小さなロマンスには邪魔が入ってしまった。そのニーナはたった今、コピーをとったネット記事を読むことに集中している。

クレメットのほうはフィヨルドセンの携帯電話の発着信リストに目を通していた。ハンメルフェストの市長は携帯電話を頻繁に使っていた。しかし人生最後の日となった四月二十五日の通話は数えるほどだった。早朝に死んだことを考えればおかしなことではない。おまけにその日は日曜日だった。リストを見始めるとすぐに、ペーデルセン、つまり元戦闘ダイバーが市長が死んだ朝に電話をかけているのが目に入った。それより前には一度もかけていない。通話はごく短いものだった。名を名乗り、会うことで同意するために必要な時間。ペーデルセンはもともとフィヨルドセンと知り合いだったのだろうか。石油会社の重役二人の命を奪った減圧室の一件で、ロシア人たちがこのペーデルセンを事故の少し前に見たのも偶然ではないだろう。しかしエレン・ホッティ警部の発言が気になっていた。戦闘ダイバーとしての訓練を受けたような男、つまりエリート部隊に属していた男が、なぜこれほど多くの痕跡を残しているのだろうか。もちろん偶然は色々と起きる。不運に見舞われることもあるだろう。悪党というものは狡猾《こうかつ》で、急な事態もすべて予測して動いていると思うのはテレビドラマの見すぎだ。クレメットは自分の経験から、犯罪者の頭がきれることは稀で、大失敗を犯すことが多いのを知っていた。しかしこのペーデルセンはまたちがうような——しかし具体的にどうちがうのかがわからなかった。また大量の薬物のことを考え、キルナの法医学者に電話をかけた。まるで休憩時間はトナカイ警察のために働いているようなものだ——法医学者はぶつぶつ文句を言いながら、薬のリストをとり出した。何かつぶやいている。ときどき、強調するみたいにクレメットにも理解できる言葉を発した。

「……脳の活動を助ける精神刺激薬、うつによる記憶障害にフルオキセチン……リスペリドンは抗精神病薬で、不安を和らげフラッシュバックを防ぐ。ジアゼパムは不安障害や精神的緊張に効く薬で、おやおや、不眠のために処方されるゾルピデムまで。そのうち複数の薬が向精神薬に指定されていて依存性があるし、嬉しくない副作用もある。ヘヴィーなブツばかりだ。詳細は省くが。どうせきみにはわかりやしないから」

「どうもご親切に」

「ともかく、この男はひどく状態が悪かったようだな。うつ、行動障害、記憶障害、それに集中力にも問題があったのだろう。ＰＴＳＤのようなものだが、それよりもっとひどかったはずだ。すごいのを引き当てたな！」

クレメットはまた発着信のリストを取り出した。フィヨルドセンは知り合いが多かった。ロシアの番号もある。クレメットはエレン・ホッティ警部に電話をかけ、ロシアの番号を調べてくれるよう頼んだ。それに加えてもうひとつ海外の番号も。

答えはあっという間に出た。ロシアについては、ムルマンスクの公的機関だった。警部の説明では、ハンメルフェストとコラ半島最大の都市ムルマンスクの間で共同プロジェクトが進んでいる。もうひとつの番号はレモン・デピエール、フランス人医師の携帯電話だった。つまり二人は知り合いだったのだ。

ニーナがクレメットに合図をしたので、クレメットは電話を切った。

「意味がわからない。ペーデルセンはハンメルフェストで進んでいる工事に興味があったみたい。スオロのターミナル建設にね。でもネットで何日もサーミの神話やサーミの信仰における特別な岩のことも読み漁っていた」

「ラウラが関係しているのか？」

「かもしれない。でもだからどうなの？　それになぜ？」

「鯨島の岩にも興味があったのか？」

「いや特にそういうわけでは……記事からわかるかぎりはね。あの岩は本当に今でもサーミ人にとって意味があると思う？　わたしが会ってきたサーミ人の多くは近代社会で満足して生きているように見えたけど。トナカイの放牧をしているとは言っても」

「そうだな。だがアネリーにも会っただろう。彼女だけじゃない、エリックだってそうだった。他にもいるはずだ。サーミ人の多くが公言はしなくても、いまだにこだわっているようなことがある。彼らにとって神聖なものすべて――それはまさに北欧人が何百年もの間、サーミ人から奪おうとしてきたものだ。サーミのシャーマン、ノアイデやその太鼓、聖なる岩やヨイクなんかは、キリスト教の牧師にしてみれば悪魔であり、異端だった。太鼓は燃やされたが、聖なる岩は燃やせなかった」

「そうね。でも、聖なる岩を動かすことは太鼓を燃やすのと同じこと、そう感じている人もいるみたい」

53

アネリーは目的を果たせずに帰路についた。かなり正確な位置情報をもらっていたのに、仔トナカイをみつけることができなかったのだ。母親に見捨てられた仔トナカイは普通ならトナカイ所有者が優先する対象ではなかった。ほとんどの場合、あっという間に他の動物に襲われてしまうからだ。しかしアネリーにとって、その仔トナカイには計り知れない価値があった。だからリスクを冒してでもここに来た。身体の状態を考えると無分別だと思われてもおかしくないのに。しかし彼女の中に宿る命が逆に力をくれた。アネリーは数時間走ってやっとスノーモービルを停めた。皆が野営地で待っている。戻らなければいけない。約束したのだ。帰り道は、例の岩に続く湖畔を通った。アネリーとエリックの岩。アネリーが勢いよく丘の斜面を上がると、そこには二人のとがった岩が天にそびえていた。岩に近寄り、身体を丸める。あのトナカイの角に触ろうと、岩の後ろに手を入れる。触ると心が温かくなり、アネリーは落ち着きを取り戻した。そのまま心臓の音が普段の速さに戻っていくのを聞いていた。わたしはなぜあの仔トナカイのことでこんなにうろたえているのだろう――。また吐き気が襲ってきた。アネリーは呼吸を整えるために岩に寄りかかった。

しばらく待ってから立ち上がり、丘の連なりを眺める。ここでは完全に一人きりだ。ここ数日比較的暖かったのが自然の中にはっきり痕跡として残っている。雪の解ける速さが増している。アネリーはふたたびスノーモービルにまたがった。戻らなければいけないが、まだやることが残っている。

自称〝外界とのつながり〟からはスカイディのパブで会おうという提案があり、クレメットはどうしても今回もついていくと言ってきかなかった。目立たないようにしているからと。約束の時間より早めに着いたが、今度もまたニーナは父親の身体の形がそこにあるのに気づいた。前回と同じ印象だ。形のない形、打ちのめされた形、激しく疲れきった身体を立てておく力もなくなったような。父親も薬を大量に飲んでいるのだろうか。素性が少しわかってきたペール・ペーデルセンのように。石油業界で闘った挙句に落ちぶれた男？　ニーナの父親は着古されてはいるが清潔なアノラックを身につけていた。パブ全体に背を向けるように座り、手をポケットに入れてうつむいている。前のテーブルにはコーヒーカップ。例の友人は入り口近くのテーブルに座っていて、ニーナがそちらを見ると、うなずき返した。ニーナは男に歩み寄った。

「あなた、名前はあるの？」

「電話番号だけで充分だろう？　おれの名前を調べたければ調べればいい。だからってきみの希望が叶うわけじゃない。おれはトッドの意思に反するようなことはしない」

「そんなこと頼んでない」

ニーナは男が躊躇《ちゅうちょ》したのを感じた。

「父とは十二年も会っていなかったの。それが会ってみたら、あんなふうで……意思の疎通もできない。薬を飲んでいるの？　何かに苦しんでいるの？」

「それは彼の口から直接聞いてもらいたい」

「でも昨日はあんなことに……」

「昨日は初回だった。きみが突然人生に現れた。何を期待していたんだ？」

ニーナは知らない男に説教をされるつもりはなかった。父親は同じ姿勢で座ったまま、背後で交わされている会話には気づいていないようだ。訊きたいことが山ほどあった。なのに時間は足りない。

ニーナは椅子を引き出すと、男の向かいに座った。

「昨日あれからどんな様子だったの？」

「夜じゅう眠れなかったことは知っている。朝になってやっと、疲労に打ち負かされるようにして眠ったが、悪夢で目を覚ました。まあそれは昨日だけではないが。新鮮な空気を求めて険しい岩の荒野に出た。今まで、そこでひたすら生き延びてきたんだ」

ごつごつした恐ろしい風景の中を、理性を失ったかのようにさまよう父親の姿を想像し、ニーナはいたたまれない気持ちになった。その光景を頭から追い払う。

「あなたはその場にいたの？」

「遠くにいたが、知っている。彼の人生がどんなふうか知っているんだ」

「なぜあんなふうになったの？　病気なの？」

「きみは本当に何も知らないのか？」

「父がいなくなったときわたしはまだ十歳だった。そんな子供に何がわかるっていうの？　母は何も教えてくれなかったし。わたしを守るために教えなかったんですって」

「ではお母さんに厳しく当たらないほうがいい。きみの父親を襲う苦痛は外からは見えないんだ。彼自身、かなりあとになってからそれを理解した。そのときにはもう遅すぎた」

それで、わたしはそれとどう闘えばいいっていうの？　ずるい——失われた時間を取り戻すことは永遠にできないのかもしれない。昨日初めて父親と再会し、どうすることもできないと感じた。あまりにも壊れてしまっている。

「それで、父はどういう問題を抱えているの？」男はニーナの反応を待っている。

「本人が話す、かもしれない」

「今日ここに来る前はどんなふうだった？　何をしていたの」

「持ち物の中から何か探していた。だが基本的にはきみと会うための準備をしていたよ。無理に少し眠り、少し食べた。何もかも、今日何時にきみと会うかによって。きみが向かいに座る瞬間にいちばんましな状態でいられるように。昨日は早すぎた。それでも来ようとしたんだ。今日は一日じゅう、きみが現れないかもしれないと怯えていた。昨日あんな状態を見られたから」

ニーナはまた喉に何かが詰まるのを感じた。

「彼は自分と闘っているんだ。くる日もくる日も、一時間ごとに。それ以上に恐ろしい敵はいない」

「でも、普段は何しているの？」

「時間はすべて、生き延びるために使っている。期待をひとつひとつ消すことでね。この絶望の只中でも存在意義を何かみつけなければいけない」

ニーナは男がもうそれ以上話したくなさそうなのを感じた。

「なぜサプミに住んでいるの？　スカイディとウツヨキの間のどこかに住んでいるんでしょう？」

「わからない。静けさ、人がいないこと、隔絶された世界の果てだから……。さあもう行きなさい。彼はきみと会うために準備してきたんだ。だが時間はあまりない。それに彼に対して腹を立ててはいけない」

「なぜ腹を立てるの」

「いいから」

ニーナは肩をすくめ、立ち上がった。クレメットに合図を送り、父親のすぐ横に立った。その肩に手をおく。

「パパ」

父親は顔を上げた。そしてニーナが目に入ったようだ。

ニーナは向かいに腰かけた。

無精髭が伸び、目はくぼんでいる。

「写真……」

「ああ、昨日写真をもっていないか訊いたわね。でもそれより、具合はどう？　ちゃんと眠れた？　わたしは無理だったけど」

ニーナは笑顔をつくろうとした。

「すべて燃やした」

「なんのこと？」

「写真だ。昔の。潜水をしていた頃の。何もかも燃やした」

ニーナは写真があれば父親が色々と思い出せるかもしれないと思って訊いたのだ。それで人物を特定できるかもしれない。しかしその考えは甘かったのがわかった。まさかこんなことになるとは想像もしていなかったのだ。父親は限界まで気を張りつめていた。

「大丈夫よ」

「大丈夫？　誰がだ？」

「ほら、ママは絶対に……」

「あの女の話はするな」

「そうね」

父親は紺と緑の革表紙の小さな本、そして小さなケースを手に座っていた。それをすべてニーナのほうへ押しやった。

「当時のもので残っていたのはこれだけだ」

ニーナは小さな本をひっくり返した。金色の文字が表紙に刻まれている。〝プロフェッショナル・ダイバーズ・ログブック〟。〝アソシエーション・オブ・オフショア・ダイビング・コントラクターズ〟というロゴも刻印されている。

「さあ、ぼやっとしてないで開けてみろ」

ニーナは父親の口調に傷ついたが、それは口に出さず、本をめくった。プロのダイバーなら誰もがもっているものなのだろう。ダイビングレポートのようなものがあって、個々の潜水任務について何行にもわたって克明に記されている。ニーナはケースに入っていた紙も素早くめくった。黄ばんだ書類は、水面下での苛酷な労働が濃縮されたようなものだった。今ここで父親を質問攻めにしていいのだろうか。それとももっと待つべき? まずは絆を結び直したほうがよさそうに思えた。書類に集中しようとしても読めない。ニーナは父親の視線を避けようとしてしまった。すさみきった状態の父親を見るに堪えなかったのだ。クレメットのほうをちらりと見ると、クレメットはどうしたんだという視線を返してきた。そう、捜査。待っている時間はない。

「パパが近くにいると知ってすごく嬉しかった。パパの家を訪ねてもいい? 一緒に過ごしたいの、二人だけで」

「そうなのか?」

厳しい口調だった。ニーナは入り口近くに座る男から注意されたことを思い出した。

「もちろんパパがそうしたい気分のときでいいから。近くに住んでるのがわかったんだから」

「一緒にいて楽しいかどうかわからんぞ」

父親の緊張がわずかに高まった。右手でテーブルをこつこつと叩いて、片目のまぶたが震えている。視線はまるでテーブルをつぶさに観察しているかのようだった。これ以上時間を無駄にはできない。

「ペール・ペーデルセンというダイバーを知っている?」

父親ががばっと顔を上げた。悪い兆しだ。目がうるんでいる。

「昔のダイバーは思い出せない。思い出したくない」

「なぜ? 写真を見せたら思い出せる?」

父親が突然立ち上がり、椅子が倒れた。皆がこちらを振り向く。さっきまで攻撃的だった声が今は懇願するような口調だった。

「お前にはわからない。潜水のことを考えると、死んだ人間が見える。助けられなかった仲間たち……」

ニーナも立ち上がった。父親に近づき、腕を取ろうとする。しかし父親はそれを払いのけた。

またニーナをおいて去っていく。連れの男が駆けつけてきた。

「大丈夫だ、トッド。さあ帰ろう。ニーナ、またすぐ連絡するから」

54

ニルス・ソルミは何時間も経ったことに気づいてもいなかった。トムには夕方に寄ると約束していたのに、もう遅すぎる。グンピから出ると、こんなに遅い時刻なのに太陽が強く照っていることに驚いた。何がどうなっているのか、幸いある程度のイメージをつかむことができた。ティッカネンの企みが見えてきたのだ。不動産仲介業者は邪悪かつ大胆だった。そして良心というものが完全に欠落している。ここ一時間ほど、露見した事実の上にエリック・ステッゴの顔が揺れていた。エリックの死体を引き揚げて以来、溺れたのが誰だか気づいてなぜ自分が吐き気に襲われたのか不思議だった。今はそれがわかった。邪悪な陰謀に巻きこまれたエリックの純真さのせいだったのだ。

ニルスの青春はサーミの世界と伝統からずっと遠く離れたところにあった。それで何か失っただろうか。そうは思わない。ダイビングを心から愛してきたし、恐れたこともなかった。今でも愛している。しかしトムの事故に衝撃を受けてもいた。

記録カードを読みこんでわかったのは、丘の斜面の土地はニルスが期待していたように家を建てるのには使えないということだった。そのことをあのフィンランド人は初めから知っていて、まったく別のことを計画していたのだ。ニルスはやっと理解した。ティッカネンはハンメルフェストとクヴァールスン橋の間の土地全体を狙っていたのだ。新しい工業地帯が計画されているエリアだ。自分が問題なく不動産ビジネスを進められるように、島からトナカイ所有者を追い出そうとしたのだ。石油会社の代表者や市と一緒になって。頼まれたわけでもないのに、彼らのために汚れ仕事を引き受けたのだ。エリックの命はその汚い取引の中で犠牲になった。そんなことになっていたなんて、ニルスは何も知らなかった。自分もティッカネンに操られていたのだ。そのことに何よりも腹が立った。

ユヴァ・シックがもう一台のグンピから出てきて、ニルスが外にいることに驚いている。ニルスはユヴァにうなずきかけた。今初めて相手が目に入ったかのように。こいつは？　こいつにはなんの得がある？　ニルスはユヴァのカードも見た。何事もなかったようなふりをしているが、ひょっとするとこいつがいちばん得をするのかもしれない。フィンランド方面の農場が手に入るのだから。ティッカネンは他のトナカイ所有者にも同じ提案をしていたが、他からは断られていた。

「これからは農場でトナカイを飼うのか」

ユヴァはうなずいた。まるで現場を押さえられたような表情だ。

「それがトナカイ放牧の未来だ。工業の発展や温暖化には逆らえない」

「他のトナカイ所有者はそうは思っていないみたいだが」

ユヴァは手を払った。

「他のやつらは……だってあいつらに何が残る？　あいつらはトナカイ放牧は職業ではなくて

生きかたそのものだと言う。栄誉なのだと。彼らの誇りなんだ。だが栄誉では食べていけない」

ニルスは自分たちの足元に広がる丘の連なりを見つめ、夢見るような目つきになった。

「確かに食べてはいけないな……」

「お前もそう思うだろ？」

「……だが美しい」


クレメットとニーナはトナカイ警察の小屋に戻った。遅い時間だったが、ニーナは自分が疲れているのか興奮しているのかよくわからなかった。身体の外側に神経が張り巡らされているみたいに過敏になっていて、一瞬で気絶しそうな気もしたし、あと二十時間起きていられそうな気もした。

父親との対面を細かい点まで分析する。害はないだろうと思ってした質問、倒れた椅子、目に溢れた涙。夜はもう存在しなかった。太陽はほとんど沈まない。常に輝いているかのようだ。自然が沸きたつ——空気中にそれが感じられた。クレメットは最高の同僚だった。先を見越してニーナのためにコーヒーを淹れ、独りで食事をつくった。その間にニーナはトムに電話をかけた。トムは今夜独りぼっちだったが、ニーナが見舞いに来られないことを怒ってはいなかった。ニルス・ソルミからも電話があり、今夜は行けないが、寂しくないようにストックホルムから戻ったエレノールに行かせるからと言われている。だからニーナは心配しなくていい。トムは早口で話した。息を切らせている。ニーナが父親との再会のことを話すと、トムはニーナの幸運を祈ってくれた。

食事がすむと、ニーナとクレメットはトッド・ナンセンから預かった書類に飛びついた。

ニーナはまず事故後に書かれた潜水レポートをめくった。そのときクレメットが添付書類を差し出した。そこにははっきりと、レポートの必須事項として、応急処置を施す担当医師の名前や、状況の細かい報告、緊急の医療処置が必要になったときの対応、医師や作業監視者の名前や連絡先が記されていた。考えてみれば当然必要な事務的な内容だ。しかしクレメットの指はある一カ所を指していた。担当医師の名前がレモン・デピエールだった。

ニーナはさらに書類をめくった。別の書類には疾病休暇の日付や期間、休む理由を証明する医師の診断、診断書を書いた医師の名前が記載されていた。診断書は従業員の健康や労働環境を監査する企業医が書いたものだ。これもやはり、どんな職業にもつきものの形式的な事務書類だ。レモン・デピエールという名前がまたそこにも現れた。

クレメットはニーナの隣に座り、ノートパソコンにどんどん入力している。デピエールという名前で検索もした。ニーナはまた書類の確認を続けた。父親は写真をすべて燃やしたと言ったが、ケースの中身はちゃんと見ていなかったのだろう。ノルウェーの石油産業の中心地スタヴァンゲルの朝刊紙であるスタヴァンゲル・アフテンブラードやハンメルフェストの朝刊紙フィンマルク・ダーグブラードの古い新聞記事の切り抜きがあった。記事は潜水の契約や記録のことだった。笑顔で減圧室の前に立つ男たちや、深淵へと下りていく直前にダイビングベルの前で脇にヘルメットを抱えるダイバーたち。ニーナは自分の父親を探そうとした。しかしそれにはまず網膜に張りついたイメージを払わなければいけなかった。すっかり落ちぶれ、うつむいて座る老人のイメージを。誇らしげな笑みを浮かべ、健康そのもので自信に溢れる若者たちとはなんの共通点もないように思われた。トッド・ナンセンよりはトム・パウルセンを思い起こさせる。十二年前に最後に見た父親の顔はさらに曖昧《あいまい》で、ニーナは確信がなかった。そして最後に父親の発言が引用された記事をみつけた。イギリス企業が非常に期待のもてる油井をみつけたことを語っている。記事に名前が出ているニーナの父親は、他の三人のダイバーそして石油会社の人間と一緒にポーズをとっていた。トッド・ナンセンは豊かな口髭を生やし、その目は楽しげで、潜った直後で髪はぼさぼさ、最盛期のハンサムな男だった。ニーナはほっとした。一瞬とはいえこの写真が父親の本来のイメージと一致したからだ。なぜ父親はあれほどひどく落ちぶれてしまったのか――。

スタヴァンゲル・アフテンブラード紙は潜水実験のことを賞賛していた。一九八〇年の記事で、ニーナはその任務がどんな労働条件だったのかはまったく知らなかったが、記事の内容からすごい仕事だというのはわかった。ダイバーたちはベルゲンの試験センターNUIでディーペックス1と呼ばれる水深三百メートルの潜水実験を行った。実際にその水深まで下りたのではなく、陸上の減圧室でその深さの気圧に身をさらしたのだ。ニーナはグンナル・ダールの言葉を思い出した。「多少は柔軟にやらなければいけなかった」しかしノルグオイルの代表者はすべての実験結果が認可されたとも請け合った。そこに疑問の余地はない。今では実際にそこで採掘されているのだから。記事には実験はこれが初めてではないと書かれていた。前年にも水深百五十メートルでの実験が二回行われていた。ニーナの知るかぎり、父親はテストダイバーではなかったはずだ。しかし興味はあったのだろう。記事にもはっきり書かれていたが、実験では潜水装備や水中での溶接、新しいダイブテーブルといったものを試し、さらには高圧にさらされたときに人間の肉体や精神がどう反応するのかという基本的な知識も蓄えようとした。あるダイバーの話では、三百メートル潜ってまた浮上するのは、月に行って戻ってくるよりも苛酷だそうだ。ディーペックス1に関する別の記事の写真では——それは業界誌だったが——技術チームと医療チームが揃い、場にふさわしい笑顔を浮かべている。ニーナはクレメットを肘でつついた。レモン・デピエールの名前がまたここにも現れ、ノルグオイル勤務の医師の一人ということだった。ノルウェーの国営石油会社がこの実験に出資していたのだ。記事によれば、デピエールがディーペックス1の実験結果を認可した三人の医師の一人だった。

　しばらくすると今度はクレメットがニーナを肘でつついた。ダーゲンス・ナーリングスリーヴ（ノルウェーの経済紙）の記事では、石油管理局の担当者がディーペックス1のおかげでノルウェー海域の深海で天然ガスと原油の調査が続けられると発言していた。それによって石油王国ノルウェーの未来が保証され、全員が笑顔になる理由があったわけだ。石油管理局の担当者の名はラーシュ・フィヨルドセンだった。フィヨルドセンは九〇年代に石油管理局を率いるようになるずっと前からそこにいたのだ。

　ニルス・ソルミは大人になって初めて、ツンドラの大地で夜を過ごすことにした。ユヴァ・

シックからは町まで送るか、ここに泊まるかどちらでもいいと言われた。ダイビング・パートナーのことはエレノールが面倒をみてくれる。だからニルスはここに留まることにした。ユヴァの顔から険しい表情が消え、まるで世界一のプレゼントをもらったように輝いた。現実だとは信じられないみたいに。それから二台のグンピを行ったり来たりして、食事や寝床を準備した。

「快適に過ごせると保証するよ」

ユヴァはニルスによく冷えたビールを渡し、二人は乾杯を交わした。ニルスはその乾杯を断りきれなかった。ユヴァはもう自分たちが世界一の親友だと思いこんだだろう。幼い頃のように。あれだってエリックがどうしてもと頼むから入れてやっただけなのに。乾杯のあとニルスは地平線のほうを向き、ユヴァのことはほうっておいた。まだ明るいとはいえ、夜が降りてきている。ニルスは今になってやっとトムの事故、そしてそのあとに起きたことの実感が湧いてきた。冷えた空気を胸に吸いこむ。石だらけで雪の解けた箇所にユヴァが薪と白樺の枝を集め、火をおこしてソーセージとパンを焼いた。食べ終わると、ニルスは急に立ち上がった。

「お前の群を見せてくれ」

ユヴァは驚いた様子だったが、何も言わなかった。二人は暖かく着こみ、ユヴァがスノーモービルを運転して丘の反対側に向かった。谷のそちら側にはもうほとんど雪がなくなっている。

そこからは歩いた。ユヴァは低い声で話している。

「群の大半はもう島に渡った。でもほらあそこ、川の近くに……」

ニルスにも見えた。子供の頃、トナカイの分離のときには自分も囲いのそばにいた。しかし両親からその道に進めと奨励されたことはない。今でもトナカイ所有者の人生を羨ましく思うことはない。そう思ったことなど一度もない。ニルスはティッカネンの記録カードのことを思い出し、今後トナカイ放牧がビジネスとして上向くことはないだろうと考えた。トナカイの数を減らさなければいけない、とにかくそうなのだ。しかし仕事を失ったトナカイ所有者は石油産業で必ず仕事がみつかる。人手が足りないのだから。だから敗者にはならない。ユヴァはオーバーオールから双眼鏡を取り出した。ニルスはまた記録カードのことを考えた。エリックの顔を、ヤマウズラを狩ったことを、そしてトムの胸に刺さったポール――。

「エリックとは親しかったんだろう？　よく一緒に仕事をしたのか？」

「ああ。だが、なぜそんなことを？」

ユヴァはいつもの彼らしく、警戒態勢に入った。

「ティッカネンのことを考えていた。おれの理解が正しければ、あいつはお前にフィンランド近くの土地を探すと約束したんだろう。農場を」

「ああ、約束してくれた。そして全力を尽くしてその約束を……」

「何と引き換えに？」

ユヴァはその質問を予期していなかったようだ。不安そうにニルスを黙って見つめ返している。ニルスへの心象を悪くしたくないのだ。〈ブラック・オーロラ〉の会員カードも取り上げられたくない。

「何も引き換えにはしてないさ。ただおれたちのトナカイに島に来てほしくないだけ。だから……」

視線をそらす。ニルスは相手をじっと睨みつけた。

「だから、あの頑固なエリックを説得してくれとも頼まれた」

「説得？」

「わかってもらうためだ」

「わかってもらえたのか？」

「まさか。あの頑固者だぞ」

「じゃあどうやって説得したんだ」

ニルスは声を荒らげて怒鳴った。その場に立ったまま、トナカイ所有者に顔を近づける。ユヴァは筋骨隆々だった。力には自信があるが、そういう性格ではない。少なくともニルスに対しては。ユヴァは後ずさり、雪の上に倒れた。

「しーっ、トナカイが怯えるじゃないか。臆病な動物なんだ。腕を振っただけでも逃げてしまうことが……」

ユヴァはそこで言葉をのみこんだ。

「で、お前は何をしたんだ？」

「何って？」

「湾でだよ。お前は何をした。つまり噂は本当なんだな。わざと腕を振ってトナカイを脅かし、向きを変えさせた。そうなんだろう？　エリックにわからせるためにか？　それで何もかもがおかしくなってしまったのか？」

ユヴァは立ち上がり、雪を払ったが、幼馴染の目を見ようとはしなかった。

「なんのことだかわからない。あれはただの事故だ。それにおれだって大切な白トナカイを失ったんだぞ。信じてくれないのか？」

55

五月十日　月曜日
日の出：一時十九分、日の入：二十三時二十三分
二十二時間四分の太陽
スカイディ　八時

ニーナとクレメットはトナカイ警察の小屋をオペレーションセンターへと様変わりさせた。基本的にはニーナが独りでやったのだが、壁に小さな書類や写真や付箋《ふせん》も貼った。クレメットは前にもニーナがこんなふうに立ち働くのを見たことがあった。

「この小屋の壁がアメリカのドラマほど大きくないことをわかっているか？」クレメットがからかった。

「いいからこの記事をスキャンしてきて。関係者の顔写真も貼りたいんだから」

スキャン、プリントアウト――クレメットはニーナの秘書になった。

「この捜査には関係ないが、モルテン・イーサックらトナカイ所有者とのミーティングがあるぞ。フィヨルドセンの葬儀の日の見張りの計画だ」

「これも。あとそれとあれもね。スキャナーは写真モードにしてよ。書類モードにしたらなんの写真だかわからなくなるから」

クレメットはため息をつき、ニーナの手から記事を奪った。

「グンナル・ダールは今日署に呼ばれているの？」

「担当検察官も決まったから、きっと正式に聴取するはずだ」

二人は作業を続けた。クレメットがスキャンして、ニーナがプリントアウトする。コーヒーの香りが小屋に満ちた。

「きみはいつか、おれがきみのことなど何も知らないと言ったね。覚えているかい？」

「いいえ、でも言ったかもね」

「本当だった。おれはきみのことを何も知らない」

ニーナはあきれて天を仰いだ。

「知ったところで全然ドラマチックじゃないかもよ」

「いやただ、きみのお父さんは……」

「ちょっと、これ！」

「どうした」

ニーナはちょうどクレメットがスキャンした写真をパソコンに保存したところだった。顔認識機能が作動するとごく小さな顔まで認識されるようだ。背景に溶けこんでしまうほど小さくて、見ても気づかないような顔まで拡大されていた。

「これ、誰だと思う?」

「アンタ・ラウラだ……若い頃の。この写真はどこで撮られたものだ?」

ニーナがキーボードを叩くと、写真全体が映し出された。スタヴァンゲル・アフテンブラード紙の記事だ。水深三百メートルでの実験、ディーペックス1が成功。一九八〇年に実施され、結果が認可された実験。アンタ・ラウラの姿がその写真の背景に溶けこんでいた。ノルウェー水域における天然ガスと原油の採掘許可に尽力したパイオニアたちの後ろで。


ニルス・ソルミはもうこれ以上ツンドラでやることがなくなり、ユヴァ・シックにハンメルフェストまで送ってもらった。ニルスは安全を考えて、ユヴァのグンピにこのままカードを隠しておくことにした。非常にデリケートな内容のカードだ。何か問題が起きたらユヴァに責任を負わせればいい。マンションの近くで降ろしてもらうと、ニルスはそのままアークティック・ダイビング号に向かい、船内に入った。ダイビング船は新たな任務に出かけるための準備が整っていた。今回は削岩機のメンテナンスだ。潜水作業指揮者のレイフ・モエは共用エリアでニルスを迎えたが、ひどい顔をしていた。昨晩は相当飲んだのだろう。モエは辛そうに顔をしかめて言った。

「トムはもうおしまいだと思う」

「おしまいだと?　おれは昨日電話で話したが」

「おれは昨晩医者と話した。もう潜れない。プロのダイバーとしてのキャリアは終わりだ。おしまいなんだ」

「おしまい？　トムはまだ二十七歳だぞ。終わりなわけがない。馬鹿を言うな」

「ニルス、あいつはもう潜れない。おれたちにとっては終わりだ」

ニルスは立ち上がり、舷窓《げんそう》に向かった。のけ者の埠頭、そして停泊している小さな漁船を見つめる。漁師が数人、網の手入れをしている。少し先には石油会社が金を出して建てたご立派な北極圏カルチャーセンターがそびえている。また空が曇ってきたが、強い光が海を銀色に反射させている。

「じゃあ、おれはこれから誰と潜るんだ？」

レイフ・モエは仕事の話に戻れてほっとしたようだった。

「今空いているのは一人だけだ。エイナルセンはつい先日ブラジルに行ってしまったし……」

「まさか……」

「ヘンリック・カールセン、非常に優秀なダイバーだ」

「あの口の臭い馬鹿野郎か？　最初の任務であいつを殺してほしいのか？　問題外だ。わかったか」

「ニルス、待てよ。ちょっと待て。何日か休みをとるといい。それからまた話し合おう」

ニルスはすでに乱暴にドアを閉めて出ていったあとだった。

車に戻ると、ニルスは人工島のメルク島にあるノルグオイルのオフィスへと向かった。車で約二十分の距離だ。

「おや、ニルスかい。可愛いニルス坊や、恐ろしい事故の話は聞いたよ。皆、気の毒なトムのために悲しんでいる。だが助かったようで本当によかった。ほっとしたよ」

グンナル・ダールは大きな執務室で立ち上がってニルスを迎えた。片側の窓からはメルク島の建設現場を、反対側の窓は遠くにスオロのターミナルの建設現場を監視できるようになっている。ターミナルの最大の株主はノルグオイルで、経営権も握っている。

「あいつにどう償うつもりだ?」

「ノルグオイル社がパウルセンにということか? よく意味が……」

「お前らの工事のせいだろう。めちゃくちゃな進めかただ。トムの頭上にクレーンがあったのはお前らの手落ちだ。水中にダイバーがいるときにはクレーンは使ってはいけないのに、どうしても最速で工事を終わらせたいからって……もっと金を稼ぐために。それで安全管理を怠ったんだ。だからもう一度訊く。トムにどう補償するつもりだ。ダイバーとしてのキャリアは終わったんだ。まだ二十七歳だぞ。ダイビングがすべてだったのに」

「まあまあ、あいつは元気になるさ。それに確実に保険でカバーされる。これは労働災害なんだから、社会的な手順を尊重しないと。大事なことだ。何もかもちゃんとうまくいくはずだよ。きみたちの会社がしっかりやってくれるはずだ」

「こんなことになったのはノルグオイルのせいだぞ。お前もわかっているだろう。トムにどう償うつもりだ」

「きみは今感情的になっている。その気持ちはよくわかるが、大丈夫、うまくいくから。人生はこれからも続いていく。きみやわたしたち全員の前に素晴らしい未来が広がっているじゃないか。ほら、もっとこっちに来て見てみなさい。またひとつ油ガス田が発見された。今日の午後に正式発表があるが、ヨハン・カストベリ・ゾーンでだ。ほら、ＰＬ５３２のスカヴルのペリメーターで。素晴らしいニュースだろう？　さあよくごらん。ウエスト・ヘラキュレスのプラットフォームで採掘される原油は二千から五千バレルにも及ぶ。われわれはその油田の五十パーセントを所有しているんだ。だから……」

「つまりトムには何もしないつもりか」

「彼のような賢い青年なら、きっと新しいことを思いつくさ。わたしはちっとも心配していないよ。さあニルス、帰って休みなさい。トムにはくれぐれもよろしく伝えてくれ。そしてきみは最高の状態で戻ってきてくれよ。われわれはきみが頼りなんだから。きみのようなレベルのダイバーで、おまけにサーミ人。会社のイメージアップにもなる。もちろんきみにとってもメリットになる。それはわかっているだろう？」

　グンナル・ダールの最後の言葉はニルスには届かなかった。外に出て深く息を吸うと、またトムの胸に深く刺さったポールの映像が浮かんだ。何が起きたかわかっていないトムの瞳。ビル・スティールとヘニング・ビルゲの残骸の映像も流れていく。グンナル・ダールが減圧室にいたらどんなふうになっていたかを想像しようとした。急速に気圧が下がって爆発が起きる。そう考えると少し怒りが収まった。そしてまた車に座ったとき、自分がやるべきことがはっきり見えていた。

クヴァールスン　十一時十五分

パトロールP9はモルテン・イーサックの小屋で二十三地区のトナカイ所有者一同とミーティングをすることになっていた。クレメットは彼らを苛立たせないよう、なるべく公式な雰囲気は出さないでおこうとした。彼らの間で不満がくすぶっているからだ。聖なる岩が移動されるというニュースが広まっていた。多くの人が信じていなかったが、道路交通局の職員が来たのを見た所有者は怒り狂った。一人が携帯で写真を撮り、それを皆に見せて回ったが、それでも市が本気で実行すると思う者は少なかった。今までもトナカイ所有者に何かを強いるために圧力をかける、というのは市の常套手段だった。長いことこの業界にいる所有者はそう言った。アネリーが機材を倒したことも地区内で広まり、皆がその行動を賞賛した。何人もが自分を岩にくくりつけると言い出し、トナカイ警察が部屋に入ったときも、強い感情の共鳴が濃密なざわめきになっていた。制服姿の警官を見てそれが静まる間、クレメットは部屋に広がる雰囲気をつかもうとした。緊張感が張りつめている。コーヒーの準備をしているモルテン・イーサックの他には、ヨーナス・シンバ、ユヴァ・シック、アネリー・ステッゴそしてあと五人の所有者がいた。何人かはアネリーに歩み寄り、心をこめて手を握った。クレメットはシックが一人だけ皆の輪に入らず、シンバが怒った顔でシックを見つめていることに気づいた。モルテン・イーサックは見るからに疲れた顔をしていて、動きが普段よりさらに緩慢だった。彼はこれまであらゆる相手と闘ってきたのだ。役所、密猟者、事業者、観光客、おまけに同じサーミ人のトナカイ所有者とまで。四十年間そうやってきたのだ。モルテン・イーサックは静粛を求め、状況を説明した。島にいる群とまだ本土で移動中の群がどうなっているか、フェンスがあってもハンメルフェストの町にトナカイが入れてしまうこと、どの場所を特に警戒しなければいけないかを説明した。それからクレメットに場を譲った。クレメットはできるかぎり正確に簡潔に話した。トナカイ警察のパトロール隊が明日火曜日から支援に入ること、各場所に散らばり、所有者と協力する。クレメットは軍用地図を取り出し、特に重要な箇所を示した。市とも相談した結果、二十キロにわたるフェンスの状態を市が責任をもって確認することになった。そのための専用チームまでつくったらしい。だから難しい話ではない。

「全員が協力すれば、何もかもうまくいく。それで馬鹿馬鹿しい衝突を避けられる」クレメットはそう締めくくった。

またざわめきが広がった。所有者たちは衝突が起きるのは市と石油会社の責任で、自分たちのせいではないと考えていた。部屋の中をコメントが飛び交った。

「こっちは車が発明される前からここでトナカイを放牧しているんだ」

「それに、地球上に原油が一滴もなくなったあともここで放牧をしている」

「それはわからんぞ。このまま勝手に進められたら」

モルテンが皆に静まるよう頼んだ。

「もうひとつ問題がある。今日ここに来てくれているアネリーが、国の機材を壊したとして役所に訴えられている。職員たちは攻撃を受けたと感じ、それ以来精神的な苦痛に苦しんでいるそうだ。詳細は省くが。役所は今回の例を見せしめとして、強く圧力をかけてくる」

全員が怒りだした。しかしシックだけは隅で黙っている。まるで別の世界にいるみたいに。

モルテンがまた静かにするよう頼んだ。

「アネリーの件はいい方向にはいかないだろう。容疑を否認してもなんの得にもならない。われわれは全力を尽くして彼女を支援しなくてはいけない。わたしは考えてみたんだ。もうずいぶん長いことこの世界で闘ってきた。そしてその時代はそろそろ終わるのだと」

全員が静まり返った。クレメットとニーナは心もち後ずさり、なるべく存在感を消そうとした。

「そのために、そしてわれわれがおかれている状況を踏まえても——アネリーのことも地区全体としても——次の会合でアネリーをこの地区の代表に推薦しようと思う。つまり彼女を責めるなら、われわれ全員を敵に回すということだ」

クレメットは所有者たちの反応を観察した。皆が心底驚いている。トナカイ放牧地区というのは内部で緊張と嫉妬が渦巻いているものだ。たいていはトナカイの数が多い一族が意志を通したがり、ヒエラルキーと暗黙の了解が重要な意味をもっていた。シックは眠りから覚めたような表情で、一度は口を開こうとしたが、考えを変えたようだ。ヨーナス・シンバの叔父にあたる老人が真っ先に立ち上がり、アネリーに歩み寄って抱擁した。アネリー本人もショックを受けていた。感動のあまり目に涙を浮かべている。老人の抱擁が合図となり、全員がアネリーに歩み寄って祝いの言葉を述べた。自分もきみに投票するからと。そしてモルテン・イーサックにも祝いの言葉が向けられた。皆が彼の賢明さを賞賛した。

「それではだ」ヨーナス・シンバの叔父が口を開いた。「まず代表者が女性という状況に慣れなければな。あとはモルテン、きみが正しい。やつらがどれほどハンメルフェストを手に入れようとしても、あの岩だけは渡さない」

56

ハンメルフェスト　十一時三十分

おれには何もできないのか——ニルス・ソルミは怒りに煮えくり返っていた。激しい憎悪、そして反骨心。初めての感情だった。自分は今まで何も見えていなかったのか。親友は古雑巾のように捨てられ、人生を社会の善意に委ねられ、上司はバレンツ海最低のダイバーをパートナーとして押しつけようとしてくる。それにあのフランス人ダイバー、ジャック・ディヴァルゴのことが頭から離れなかった。なぜ自分は彼に背を向けてしまったのか——。

冷静に考えようとした。危機的な状況に直面したときいつもやるように。自分を制御し、状況を客観視しながら分析する。解決策を導き出し行動に出る。感情に支配されるのではなくて。口が臭いダイバーのことを考えたときに、減圧室で受け取ったメッセージのことを思い出した。特にあの〝デ・プロフンディス〟。結局送信者はわからないままだ。だが重要なことなのだろうか。そうでもないのかもしれない。信じられない額の大金は突然降ってわいた贈り物だが、その金でジャックを助けられるはずなのだ。自分はジャックの情熱を受け継いで大人になった。まだほんの洟たれ小僧だった頃に、ジャックがこの世界に招き入れてくれたおかげで。偉大なるジャック、見た目は小柄だったが。ジャックは自分の名前をフランス語のJacquesではなく英語でJackと綴るのを好んだ。そのほうがかっこいいだろう——フランス語訛りの英語でよくそう言った。その訛りがノルウェー人の若い娘を大勢魅了してきた。ジャック・ディヴァルゴ、まるでマフィア映画に出てくる俳優みたいだろう？　しかし彼は世界一優しい人間だった。見た目も俳優みたいだったが。雨風にさらされたような渋い系の。それがなぜあんなふうになってしまったのか——。今どこにいるのだろう。トムがあのニーナという女の警官にジャックのことを相談しても、結局何もわからなかった。おれの偉大なるジャックを捜し出さなければ。彼を助けなければ。だってジャックの時代も今のトムも何も変わっていない。ダイビングに人生を賭けてきた男たちを雑巾のように捨てるだけだ。

ニルスは丘の斜面の下にある賃貸マンションに戻った。最上階の窓の外にはハンメルフェストの町が広がり、フィヨルドのほうまで見えている。この景色のせいでさらに上を目指したくなるのだ。しかしティッカネンには騙《だま》されていたことがわかった。ニルスは床に散らばった郵便物を集め、目の前に海と丘を望みながら腰をかけた。今日は煙突からガスの炎は上がっていない。待ち望んでいた到着通知書がやっと届いていた。ニルスはまたマンションを出て、郵便引取所に行き、弁護士事務所からの書留を受け取った。〈リヴィエラ・ネクスト〉で人に会いたくなかったので、〈ギャラリー・ヴェルク〉のほうに入った。画廊には北極圏の村キヴィヤルヴィの漁師の白黒写真が展示されていた。ニルスは緊張した。緩衝材つきの大きな封筒からは、まず弁護士の手紙が出てきた。ニルスが匿名の人物の生命保険金の受取人になっている。

その権利を全面的に行使するためには、迅速に次の手順を踏むこと。さらに、ひとつ条件を満たさなければいけない。封筒にはもう一通緩衝材つきの封筒が入っていた。弁護士は手紙の中で、その茶封筒の内容物については自身も知らされていないが、簡潔な指示を受けていると書いていた。ニルスは封筒の中の指示に従うこと。そして指定された証拠を弁護士に渡す。それを受けて、弁護士が同意された額の支払いの手続きをする。

謎解きのような内容だが、ニルスはちっとも面白いと思わなかった。封筒を開けると、中にはミニカセットテープ入りの小さな再生機があった。再生ボタンを押してみると、音楽が流れだした。しかしそれだけ。クラシックの音楽で、ニルスの得意分野ではない。何を理解しろというのだ？　ニルスはカセットを最後まで聴いて、B面も聴いてみたが、初めて耳にする音楽以外には何も入っていない。二千万もらえるなんて、おれの早合点だったのか——？

マルッコ・ティッカネンはここ数日、何かにとり憑かれたようにハンメルフェストの町を走り回り、宝を盗んだ可能性のある人間に嫌がらせを行った。疑いをかけられた者たちは、なんのことだかさっぱりわからずにいた。

ティッカネンはリストの次の人間がもっとも疑わしいという原理に基づいて行動した。目を見張るほど重々しい身体つきで——ほとんどが筋肉だというのが本人の認識だが——相手に威圧感を与える。評判が、つまりティッカネンには定評があるから、人々を不安にさせた。まずは侮辱的な態度をやめてもらわなければいけない。相手の恥ずかしいことをばらすぞと脅さないかぎり、誰も真剣に取りあってくれないのだ。クライアントがしでかしたいちばん恥ずかしいことくらいはまだちゃんと記憶にあった。

ティッカネンはこれまでに地元警官二人、ジャーナリスト一人、農家一人、スオロの建設現場の責任者二人の元を訪れた。残るはトナカイ所有者、ダイバー二人——うち一人がソルミ——そしてグンナル・ダールのことも忘れてはいけない。ティッカネンは彼らの名前を次に会う相手としてリストに書いた。恩をあだで返したやつは誰だ？

ティッカネンの母親はいつも、お前は優しすぎる、すぐ人を信じるからいつかそれで破滅すると言っていた。それでもティッカネンは、自分の純潔はかなり若いうちに奪われたと思っている。母親が切り盛りする食品店の客のあとをつけさせられるようになった時点で。ティッカネンはアパートの裏庭で頻繁に諜報活動を行い、あらゆることを知る羽目になった。しかし隣の奥さんに関しては知っていることをすべて報告しなかった。そこの娘に恋をしていたからだ。その日、ティッカネンは母親から今までで最悪のお仕置きをされた。「うちを破産させたいのかい？」母親はそう怒鳴った。「お前は、ちょっと愛想よくされたくらいで理性が吹っ飛ぶのか？」そしてもう二度と相手の術中にははまらないことを誓わされた。

その日以来、ティッカネンは記録カードをつけ始めた。記録カードには強い感情が介在しないから。偵察のさいに誰かがとんでもなくまずい状況にあるのを見てしまったときには、当惑と強い感情を言葉にして記録カードに残した。それで心が落ち着いた。記録カードは嘘をつかない。記録カードは可愛らしい顔をして人を破滅させはしない。地獄の炎に肉を焼かれることもない。しかし記録カードは手間がかかる。定期的に見直さなければならない。でなければ消えてしまう――ティッカネンはそう確信していた。誰かに懐柔されそうになると、ティッカネンはアップデートを必要とする記録カードの意義を思い出し、心を強くもとうとした。

ティッカネンは母親の食料品店を立派に継ぐこともできた。あるいはその凄まじいまでの几帳面さで、ルールに従うのを得意とする忠実な公務員になることもできた。しかし村人たちがすでにティッカネンの諜報活動にうんざりしていたため、フィンランドを離れ、ノルウェーの沿岸に移住することにした。北極圏のフィンランド人は何世代にもわたってそうやってきたのだ。内陸部でのビジネスがうまくいかなくなると、バレンツ海沿岸に根を下ろす。

記録カードを盗んだ者はその罪なる行為が及ぼす影響を理解していない。記録カードは手をかけなければ消えてしまうのだ。定期的にアップデートされなければ、カードは死刑宣告を受けたも同然だ。ティッカネン自身もこれまで、そうなってしまったカードを処分してきたが、そのたびに胸が張り裂ける思いだった。

ティッカネンはふたたびリストに手を伸ばした。ほとんどの名前が黒い線で消されている。残るはダール、ソルミ、そしてシックだ。自分が助けてきた人間たち。助けた人間を疑う必要などないというささやき声が聞こえたが、この世の矛盾を受け入れなければならないことも知っている。特にダールは警戒してかからなければいけない。あの男はティッカネンを無価値にできる力を有している。ああいう牧師タイプは気をつけたほうがいいのだ。おまけに母親からはいつも、教会の人間は尊敬するように教えられてきた。ダールは牧師のように見えるが確実に牧師ではない。それでも母親の教えがティッカネンに深く強く根づいていた。ダールは最後にとっておこう。おまけによく考えてみると、ノルグオイルの代表者であるグンナル・ダール、つまりはノルウェーの代表でもあるような男がカードを盗むようなリスクを冒すとは思えない。しかしソルミ――あのソルミ坊やならやりかねない。他の人間と同じようにソルミもまたティッカネンを見下している。それ自体はおかしなことではない。見下されることもティッカネンが提供するサービスに含まれているのだから。皆に優越感を与えるのが仕事だった。それも無料で。ソルミ坊やはなかなか手に入らない土地のことで怒っているのだろう。しかしそんなことのためにわざわざカードを盗むだろうか。なぜそんなことをする？　いやいや、そんなことがあるわけない。直接市に連絡をとって、そこでどんな言い訳をするのであれ、情報をもらえばいいだけのことなのだから。

となると、残るはシックだ。確かにあのトナカイ所有者は怪しい。シックが三人の中でもっとも無害で意思疎通もしやすいことを、ティッカネンは認めようとしなかった。それに気の毒な秘書を少しどやしつけたところ、イソタロ夫人は疑われたことでわっと泣きだし、しゃくりあげる合間に、ティッカネンがシックに合鍵を貸したことを思い出させた。

シックが抱いている可能性のある恨みの一覧表はあっさりと完成した。ロシアの売春婦の件、ティッカネンが警察で即座にシックの名前を出したこと、シックに隠して他のトナカイ所有者と合意したこともばれたかもしれない。他に約束していた細々としたことなども。理由には事欠かなかった。おまけにここ数日見かけていないし、電話しても出ようとしない。それ自体が怪しい。だって、そうでなければなぜ嬉々としてティッカネンからの電話に出ない？

意を決した手つきで、ティッカネンはポマードの足りない髪を撫でつけ、たるんだ腹の下でベルトを直した。あるトナカイ所有者を通して——さきほど会ってすでにリストからは消した男だが——二十三地区がちょうどフィヨルドセンの葬儀の日の打ち合わせをしたことは聞いていた。シックはその会合に出席していた。ティッカネンはシックが二日後にフェンスのどこに見張りに立つかをすでに把握していた。あいつはもう逃げも隠れもできない。

57

二十三地区のトナカイ所有者の会合が興奮に包まれたまま終わったあと、クレメットとニーナはハンメルフェストを取り囲むフェンスの調査に出かけた。市がやると約束したとはいえ、問題が起きたら責任を問われるのは自分たちなのだから、リスクは冒したくなかった。市のチームがすでに作業を始めていることは知っているが、二十キロにもおよぶフェンスを見て回るのは大仕事だ。おまけに破壊行為も珍しくはない。実際、二人がみつけただけでも二カ所壊れていて、さっそく市に報告を行った。

四十五分後、二人はスカイディに戻り、警察の小屋に続く小道に車を進めた。するとそこに大きなSUV車が停まっていた。ニーナが驚いたことに、車から降りてきたのはニルス・ソルミだった。クレメットのほうをちらりと見て、冷ややかな表情を浮かべている。仲直りはまだあくまで表面的なもののようだ。ニーナは車のドアに手をかけたが、開ける前にクレメットに向き直った。

「あの男と何があったのか、そろそろ話してくれてもいいんじゃない？」

クレメットはダイバーを見つめた。ソルミはじっと立ち尽くし、彼らを見つめたまま車の前で待っている。クレメットは苛立った表情になった。

「昔の話さ。きみは馬鹿馬鹿しいと思うだろうよ」

「いいから教えて」

「数年前、ニルスを密猟の現行犯で捕まえたんだ。ダイバーの友人らとともに狩りをしていて、ニルスがカリガネを一羽撃ち落とした。カリガネはアフリカへ移動する前にこのあたりに留まることがある。彼らはカリガネでバーベキューをした。きみも知ってのとおり、カリガネは絶滅危惧種に指定されている」

ニーナはクレメットの話を聞いていた。絶滅危惧種を守ることはトナカイ警察の任務に含まれているが、ニーナはこれまでその経験はなかった。

「つまり、あなたはやるべきことをしただけね。恨まれるのは筋ちがいじゃない？」

「警察の上層部が介入してくるまではね。その件の捜査は中止しろと言われたんだ。一般人に迷惑をかけたわけじゃないし、カリガネよりもダイバーのほうが大切な保護対象らしい。この町で必要とされているから。だからおれは引き下がるしかなかった。口を閉じるように命じられたんだ。そしてソルミの傲慢《ごうまん》な態度を我慢しなければいけなかった。あの馬鹿者は自分が罰をも免れられる存在だという態度だったんだ」

クレメットは小屋に入ってしまった。ニルスの横を通り過ぎるときにちょっとうなずいて挨拶をしただけ。ニーナは仕方なくニルスに近寄った。

「きみと話したいんだ。トムがきみなら信用できると」

「警察の任務と法律のことなら、わたしを信用してもらってもいいけど」

「きみに助けてもらいたいんだ。それに……」ニルスはそこで小屋のほうにうなずきかけた。

「ここだけの話にしてほしい」

「仕事の話なら何もかもクレメットと共有するわ。それが嫌ならハンメルフェストの警察署に行って。あそこならあなたの秘密を守ってくれるらしいし」

「聞いたんだな。クレメットはまだあの件を根にもっているわけか」

「なんの用?」

「最近おかしなことが色々起きて……」

「知ってる」

サーミ人のダイバーはちっとも傲慢な様子ではなかった。言葉を探し、躊躇《ちゅうちょ》している。彼らしくなかった。

「入る?」

ニルスはすぐに決意した。

「一気に片付けてしまおう。空気を浄化するんだ」

クレメットはコーヒーを淹れていた。ニルスは小屋の中を見回している。ニーナはリビングとして使っているエリアに腰を下ろすように勧めた。そこからなら壁に貼った情報をつぶさに見ることができないからだ。ニルスは黙って座った。コーヒーカップをじっと見つめながら。そして話しだした。ニーナはニルスの隣に座ったが、クレメットは立ったままで、目立たないように離れている。ニルスは自分が狙っていたものの手に入らなかった土地のことを語った。

そしてエリック・ステッゴ、それからアネリーとの間に誤解と緊張が生まれたこと。マルッコ・ティッカネンが果たした役割、ティッカネンが自分にした約束、ティッカネン独特の人の操りかた。それからフランス人の元ダイバーが最近現れたこと。それを追い返してしまったことで良心の呵責《かしやく》を感じていること。そのダイバーのことはおそらく警察は興味ないだろうが、トムがどうしても話しておけと言うから話した。ひょっとするとみつけるのを手伝ってもらえるかもしれないから。名前はジャック・ディヴァルゴという。

沈黙が流れた。ニルスはまだコーヒーに口をつけてもいない。ニーナは続きを待った。クレメットは胸の前で両腕を組み、ニーナが資料を貼りつけた壁にもたれている。身動きひとつせずに。

ニルスは最後に上着から封筒を取り出した。そこから小さなカセットプレーヤーが出てきて、重々しい深みのあるメロディーが小屋を満たした。深遠なオルガン音楽で、深い悲しみを呼び覚ますかのようだ。陰鬱《いんうつ》であとを引くような音色、時折かすかな希望が垣間見える。しかし息をのむほどの美しさだった。ニーナの心が重くなった。ニルスがプレーヤーのストップボタンを押すと、重苦しい沈黙だけが残った。

「このテープが弁護士事務所から送られてきた。とんでもない額の生命保険金をもらえるという約束でね。事務所には守秘義務があるが、ひとつだけ知りえたのは、生命保険の契約が結ばれたこと。だがプレーヤー、カセットなどは五月に入ってから郵便で送られてきた。トムはビル・スティールかもしれないと言ったが、このカセットを受け取った今、おれはスティールだけとは思えない。ともかくスティールは死んでいるし、この保険金のことで噂するやつは出てくるだろうが、おれはスティールの死には関わっていない。直接的にも間接的にもね。最初から正直に言っておくと」

「話してくれるのは嬉しいが、なぜ急に……」クレメットが言った。

「エリック・ステッゴは死ぬはずじゃなかったと言いたかったんだ。だが本当に何もかもお前に説明しなきゃいけないのか、クレメット？」

ニルスは立ち上がり、クレメットに詰め寄った。

「おれのことが嫌いなんだろう？　それはかまわない」

また始まった——とニーナは心の中でつぶやいた。また厄介なことになる。クレメットが会話に入ると、ニルスはいつもの尊大な態度に戻ってしまった。

「お前らに期待しているのは」ニルスはクレメットから目をそらさずに言った。「調べるのを手伝うこと。金が手に入れば、トムを支援することができる。会社にすら見捨てられたんだ。それにフランス人のダイバーも助けたい。お前らがみつけてくれれば」

二羽の雄鶏。平手打ち。ニーナはまた衝突が起きるのを懸念して立ち上がった。先日、のけ者の埠頭でもしたように二人を止めようとして。ニーナはそっとニルスの肘をつかんだ。

「できることはやるから」

しかしニルスはニーナの言うことなど聞いていなかった。

「ジャックじゃないか！　なぜここに……」

ニルスはニーナが資料を貼った壁を指さしていた。ニーナはそこに貼られた写真を見つめた。クレメットも振り返った。

「ジャック？」

「だから、あのフランス人のダイバーだよ。これだ」ニルスは指で写真を押した。「おれが捜してたのはこの男だ」

クレメットが写真を壁から外した。

「こいつがフランス人のダイバーなのか？　それは確かか？　おれたちが知るかぎり、こいつはズビグネフ・コヴァルスキというポーランド人なんだが」

アネリー・ステッゴはクヴァールスンの高台にある野営地へと戻り、スサンを探した。野営地をたたむときに毎回、忘れものがないよう気を配っているスサン。このあとは鯨島で野営することになっている。トナカイの群のほとんどは島の北東エリアに向かっていた。雌トナカイはそこで仔を産むのだ。出産の時期は数週間にも及ぶ。誰もが疲れ果てていたが、心地のよい疲労だとスサンは言う。子供たちは朝から晩まで外で遊び、誰にも邪魔されず、自由で、真夜中でも光が溢れている。夜になってコタに入れば、中は静かで平和で、少し休息をとることができる。

スサンやアネリーだけでなく、多くのトナカイ放牧者にとって野営地をたたむのはひとつの儀式だった。儀式には特別な意味がある。ずっと昔、少なくとも五百年は前に、遊牧民だったサーミ人がトナカイの放牧を始め、当時から自分たちが移動する土地は一時的に訪れているだけだと認識していた。数週間そこに留まるが、季節とともに、自然がトナカイに与えてくれる恵みに導かれて、北へあるいは南へと進む。夏の餌場から冬の餌場まで、長くゆっくりした移動。人間は自然における居場所を認識していなければならない。くる年もくる年も、彼らは同じ道をたどり、餌の状態のよい場所を探す。そして自分たちがそこにいた痕跡は残さない。それを誇りにし、自然と調和していた。今ではそうではない。かつての遊牧民の魂は、スノーモービルや四輪バギー、ヘリコプターが導入された時点で消えてしまった。

アネリーはスサンを皆から離れた場所に連れていった。スサンはすでにアネリーが地区の代表に推薦されたことを聞いていた。若いアネリーは不安を隠そうとはしなかった。エリックの死、放牧がさらされている脅威、そして今度は重い責任を任された。自分はその役目にふさわしい大人なのだろうか。スサンはアネリーを励ました。しかし妊婦であるアネリーの体調を心配してもいた。最後の仔トナカイをみつけ次第、ゆっくり休むから。若い寡婦がそう言うと、スサンは怒り狂った。あなたは理性を失ってしまったの？

「仔トナカイを捜しに行くのはあなたの仕事ではないわ。そんなに大事なら、わたしが行くから」

「いいえ、スサン。わたしが行くことに意味があるの。なぜなのかは自分でもわからないけれど、エリックのためにそうしなければいけないと感じる。でなければまた彼を失うような気がして……」

スサンは若いアネリーを長いことじっと見つめていた。疲れ果て、青白い顔をしている。あまり寝ていないし、あまり食べていない。しかし決意は固かった。スサンも最後にはアネリーの手を取った。冬の間じゅう雪の下で潰されていて黄色くなったヒースの上を一緒に歩き、ドロドロの水たまりは避ける。アネリーはスサンのエネルギーが自分の身体に流れこみ、太陽に魂が温められるのを感じた。二人は残った雪が解けて勢いよく流れる丘を半分ほど上った。くねくねした上り坂には黒い平らな岩があって、ちょうど若いトナカイの毛皮を敷けるサイズの石床のようになっている。そこからはここ数週間野営していた谷を見渡すことができた。石が小さな山になって北と夏の餌場の方向を指し、その周りには若いトナカイの角が据えられている。この場所を知る者は少ない。サーミ人は自分たちの聖なる石が穢されるのを恐れているからだ。それでもすでに多くの場所が穢されてしまった。

「ここならイエッデゲアスガルグと一緒にいられるから」スサンがささやいた。

アネリーは気が遠くなり、平らな岩に座った。イエッデゲアスガルグが誰なのかは知っている。ということは、スサンは理解してくれたのだ——。アネリーは心が軽くなり、スサンの手を握った。イエッデゲアスガルグはサーミの女神で、野営地のいちばん端に棲んでいると言われ、苦しい時期に呼び出すことができる。数百年間キリスト教の布教が行われてもいまだ生き続けるサーミの女神だ。

「ほら、イエッデゲアスガルグは老いたカササギで、けたけた笑いながらぺちゃくちゃおしゃべりする。まるでわたしみたいね」スサンが微笑んだ。「でもイエッデゲアスガルグは迷える仔トナカイを群に戻す女神でもある。彼女があなたを守ってくれるはず」

アルタの博物館で携帯電話が鳴ったとき、ニルス・アンテは驚いたが、クレメットの頼みにすっかり舞い上がった。ニルス・アンテは謎解きが大好きで、それに甥が——ときには名を口にする価値もないような甥だが——自分が生きていることを思い出してくれるのが何よりも嬉しかった。

叔父が自分たちのすぐ近く、つまり車でたった四十五分の距離にいることを知ると、クレメットはすぐにスカイディの小屋に来るよう頼んだ。一緒にいるミス・チャンもこの小さな冒険を楽しんでくれるはずだ。

クレメットとニーナとニルス・ソルミはパズルを一片一片はめようと苦戦していたが、三人で一緒にいること自体にも努力を要した。ニーナは男たちを二人きりにしないように気を配った。しかし張りつめた空気は次第に驚きに変わり、それ以外の感情をどれも消してしまった。

謎のポーランド人労働者コヴァルスキの正体はフランス人の元ダイバー、ジャック・ディヴァルゴだった。クレメットとニーナはその事実をすぐには消化できなかった。しかしそれで、警察が確認を行ったときに彼がほとんどしゃべらなかったことの説明もつく。クレメットとニーナを欺くために、知っているポーランド語の言葉をいくつか口にしたものの、そのあとはペーデルセンにノルウェー語でしゃべらせた。ニルスはアンタ・ラウラのことも知っていた。子供の頃に会った、なぜかダイバー仲間と一緒にいた謎の男。陰気でやつれたサーミ人がなぜそのグループに場所を勝ち得たのか、結局ニルスにはわからなかった。エネルギッシュで屈託のないダイバーたちとは、あまりにも対照的だったのに。一方でニルスは、ペーデルセンという男のことは知らなかった。子供の頃にも一度も会ったことはない。ダイバーは任務に呼ばれて世界じゅうを旅する。それは今でもそうだ。つまりニルスが知らなくてもおかしくはない。

少し状況が見えてきた。ペーデルセン、ディヴァルゴ、ラウラはダイビングを通じてつながっていたのだ。トナカイ所有者から芸術家になったアンタ・ラウラがあのバンに乗っていたのは偶然ではなかったわけだ。ラウラは一九八〇年のディーペックス1の実験に参加していた。ニーナの父親が保存していたスタヴァンゲル・アフテンブラードの記事から、ジャック・ディヴァルゴも実験に参加したダイバーの一人だとわかった。名前が記事に出ていたのだ。これまでコヴァルスキだと思われていた男の死体には、黄ばんだ写真に残るがっしりした身体つきで輝くような笑顔の青年の面影はなかった。

実験でもまたレモン・デピエールが担当医師の一人だった。ラウラは写真で後ろのほうに追いやられた無名の男たちに交じっていたが、ジャック・ディヴァルゴの脇に立つ三人のダイバーは記事に名前が記載されていた。インターネットで検索すると、すぐに一人がみつかった。アメリカ人で、フェイスブックのページがある。二人はその男にメッセージを送った。

一九八〇年の出来事が突然別の意味を帯びた。二日後に威風堂々と葬られるハンメルフェストの市長ラーシュ・フィヨルドセンは当時まだ局長ではなかったとはいえ、すでに石油管理局で働いていた。この実験においてどんな役割を果たしたのだろうか。のちに石油管理局のトップにまで出世できたのは、そのときに残した実績のおかげなのか？ 書類からは確かなことはわからない。ともかく、実験結果を認可した国家機関は石油管理局だった。

ニルス・ソルミがその場にいてはできない質問もあった。そのひとつがクレメットを悩ませている。グンナル・ダールは切羽詰まってこの男たちを利用したのか？ ダールはまもなく取り調べに呼ばれるし、証拠をつかむために新たな調査が行われ、県警犯罪捜査部には新たな捜査の手がかりが与えられる。この件はもうトナカイ警察のデスクにはなかった。

ニルス・アンテとミス・チャンが到着して、クレメットの考えが遮られた。ちょうどニルス・ソルミにはそろそろ帰ってくれと頼もうとしたところだった。若いミス・チャンは嬉しそうに小屋の中を見て回った。そんなふうには見えないかもしれないがここは一応警察のオフィスで、ここにあるものそしてここで聞いたことはすべて極秘なのだと説明する暇もないうちに。

全員が自己紹介を終えると、ニルス・アンテが真剣な面持ちでオルガン音楽を聴いた。そして思わせぶりな表情で顔を上げると、もう一度再生するよう頼んだ。ニルス・アンテは携帯電話を取り出して何度かクリックし、もう一度音楽が流れると、また携帯電話の画面を見つめた。

「一曲目は伝統的な宗教音楽を独自に解釈したものだ」

「一曲目？」

「二曲つながっているのがわからないのか？ そして最後はずいぶん変わった、短いフィナーレがついている。まあともかく、そうなっているように思う。というのも二曲目はよく知っているからだ」

「叔父さんがそう言うなら、そうなんだろう。宗教音楽なんかに精通しているとは知らなかったが」クレメットが驚いて言った。

「親愛なる甥よ、前半についてはスマホの曲認識アプリのおかげでわかったんだ。そろそろ警察もそういうアプリを装備したほうがいいのではないか？　お前も少しは世の中のことを学べ」

クレメットは何かつぶやいたが、叔父が先を続けた。

「オルガンについては誰が演奏しているのかはわからんが、曲名は間違いない。『デ・プロファンディス』だ」

「その言葉だけ書かれたメッセージを受け取ったんだ！」ニルス・ソルミが思わず叫んだ。

「なぜそれを先に言わなかった？」クレメットが冷たく吐き捨てた。

「忘れていただけだ。トムと減圧室にいたときに受け取ったんだ。番号は非通知だった。ちなみにメッセージは二通で、どちらも似たような、説明のないメッセージで……。最初の一通はその〝デ・プロファンディス〟だけで、もう一通は……〝アーカンヤルスタッバ〟」ニルスは自分の携帯でメッセージを確認してから言った。「そのふたつにどう関連があるのかさっぱり」

「アーカンヤルスタッバというのはあの聖なる岩の名前に決まっているじゃないか！　狼湾の」ニルス・アンテが叫んだ。

「わたしもアネリーがその名前を口にしたのを聞いた気がする」ニーナが言う。

「おれたちを聖なる岩に向かわせたいのか？」クレメットが続けた。

「おれを、だろ」ニルスが訂正したが、クレメットは聞こえなかったふりをした。

「で、後半は？」

「アプリでは認識されなかったが、わしはよく知る曲だ。オルガンで演奏するために多少編曲されてはいるが。マリ・ボイネが大胆な解釈で歌ったバージョンもある。若いが素晴らしいヨイク歌手だ。曲はレスターディウス派の讃美歌だよ。恐ろしく無学な甥よ、若きボイネ嬢はこの曲を一部ヨイクにして歌っている。教会がヨイクを歌う者を悪魔の手先だとしていたことを考えると、大胆な発想だろう？」

「じゃあフィナーレは？」

「それについてはお手上げだ」

クレメットはまたカセットを再生した。メランコリックなメロディーが再び小屋を満たす。美しくも果てしない悲しみがクレメットを包みこんだ。言葉では言い表せないが、本当に久しぶりに心が穏やかになった。それぞれが自分の考えに浸っている。ニーナは父親のことを、ニルスはトムのことを考えているのだろう、とクレメットは推測した。叔父までが別の世界に行ってしまったみたいに考えこんでいる。

ミス・チャンだけがそこに流れる悲しみとは縁がないかのようだった。皆から少し離れて、光の入る大きな窓の前で、優雅に上半身を前に倒した。あとを引くようなオルガンの音色に引っ張られるようにして、滑らかな舞踏が始まった。スローモーションのような動きで頭を後ろにそらすと、宙に舞う軽やかな羽根と一体になった。羽根に何度も息を吹きかけて宙に浮かせている。和音が移りゆくリズムに合わせて、羽根の下で身体をたわませ、その羽根は強い日光の中でくるくる回っている。クレメットは魅入られたようにそれを見つめていた。そこにいる全員が、若い女性の優雅さに釘づけになっていた。

ミス・チャンは皆が自分を見つめていることに気づき、動きを止めた。羽根が床に触れる前に捕まえ、それをニルス・アンテの髪に挿す。耳の上に。そして額にキスをした。

「あなたがプレーヤーを出したときに、封筒から落ちたのよ」ミス・チャンが歌うような声で言った。

「羽根のごとく軽やかなわしの琥珀《こはく》よ。お前はわしらを四分休符の間に素晴らしい世界にいざなってくれた」

ニルス・アンテは羽根を観察した。

「ライチョウか。アンタがこよなく愛した鳥だな。見事なライチョウを彫っていた」

58

狼湾

聖なる岩までは三十分もかからなかった。クレメットとニーナはニルス・アンテとミス・チャンにも一緒に来てくれるよう頼んだ。ニルス・ソルミは自分の車でハンメルフェストへと帰っていった。トム・パウルセンの様子を見に行きたかったのだ。

午後遅くなっていた。クレメットが岩の近くに車を停めると、岩の周りには輸送のさいに傷がつかないよう布が巻かれていた。根本の部分を掘って、岩ごと移動できるよう、機材が残されている。

「実に嘆かわしいことだ」ニルス・アンテがつぶやいた。

クレメットは作業員が残していった梯子を岩にかけた。ニーナは岩の周りを一周して、岩の下半分に残された捧げ物を探そうとした。二人は上のほうと下のほうで手分けしてくまなく調べ、何かみつかれば大声で知らせあった。トナカイの骨のかけら、魚の骨、硬貨、角のかけら。しかしアンタ・ラウラが何を伝えたかったのか、それがわかりそうな物は何もない。クレメットがライチョウの羽根をみつけたが、だからどうなのだろう。クレメットは当惑したまま羽根を見つめた。封筒に入っていた羽根もここから来たのだろうか。わかりようがない。アーカンヤルスタッバという岩の名前を知っているのは誰だろう。ネットで検索してみても絶望的な結果だった。岩の名を知るのはサーミ人だけだろうが、サーミ人なら全員知っているともかぎらない。若い世代が知っているかどうかは特に怪しい。クレメット自身は聞いたことがなかった。ニルスが受け取ったメッセージが自分たちをこの岩へと導いた、それに疑問の余地はない。アネリーがすでにみつけていた腕輪をみつけさせたかったのだろうか。そのほうが辻褄が合うように思える。しかしクレメットは満足できなかった。なぜならニルスは、もし腕輪をみつけていたとしても、ここに腕輪がある理由を思いつくような知識がない。あの若いダイバーは、アンタ・ラウラが死んだときに同じ腕輪をつけていたことも知らないのだから。それに一通目のメールは？　デ・プロファンディスという言葉が、携帯に送られてきたメッセージと音楽をつないでいる。つまり聖なる岩アーカンヤルスタッバと『デ・プロファンディス』という曲、そしてレスターディウス派の讃美歌を。だが、なぜレスターディウス派の讃美歌？　クレメット自身の家族が信仰している宗派だが、元は十九世紀中頃のルーテル派の信仰復興運動だ。この事件とどう関係がある？　クレメットが梯子から降りかけたときに、叔父がまるで群衆を扇動する預言者のように叫んだ。

「デ・プロファンディス！　デ・プロファンディス！」

クレメットはあきれて頭を振った。叔父は若い彼女におどけてみせているのだ。

「深淵からだ、クレメット。深淵から。お前はそんな上のほうばかり探しているが、そうではなくて足元を見なさい。岩の〝深淵〟をだ。携帯メールを送った人間は言葉遊びが好きなのだろう。音楽のことも指しているのだろうが、それだけではない」

叔父が大騒ぎで何かを指したせいで、クレメットは梯子の最後の段を踏み外しそうになった。ニーナもやってくる。ニルス・アンテは汚れた物体の泥を払った。そしてどこでみつけたのかを手で示した。細い指をもつミス・チャンが、器用な手を岩の割れ目に差し入れたのだ。

「ひょっとしてアネリーもここで腕輪をみつけたのでは？　そうであっても驚かないが」

それは丸っこい形で、美しい曲線が彫りこまれている。素材に使われているトナカイの角は丹念に磨かれ、わずかな粗さもない。小さな鳥は嘴《くちばし》を――というのもそれは鳥の形をしている。台座を除けば手に乗るサイズだ。台座のほうは粗くて太い角で彫られていた。

て――天に向けている。目にはレンガ色が入り、背中は三種類のサーミのシンボルで飾られている。台座を除けば手に乗るサイズだ。台座のほうは粗くて太い角で彫られていた。

「誰かがこれを岩の割れ目に入れたんだ。そして、わしの麗しきブルーベリーの賢明さに拾い上げられた」

ニーナはそれをニルス・アンテの手から取った。

「クレメット、嘴……」

「ああ、なんだ？」

「壊れてる。だからこの鳥は前にも見たことがある」

「ああ、キルナの店なんかで売っているな。これはライチョウだ。特別に薄い色のトナカイの角を彫ったもの。それをつくっていたのはアンタ・ラウラだ」

「知ってる。キルナの回顧展でも見たから。だけどこれとまったく同じ鳥がペーデルセンとディヴァルゴのバンにもあったのよ。わたしたちが駐車場で質問したときに。バックミラーに下がっていた。あれも同じように嘴が壊れていた。絶対にそうだった。なのにあとで車内からみつかった物の中にこの鳥があった記憶はない」

今度はクレメットが鳥を手に取った。

「ともかく、封筒の中の鳥の羽根がおれたちをここに導いたわけだ」

「それにアネリーがみつけた腕輪で、この鳥もアンタ・ラウラがここにおいたことがわかる。腕輪も彼の代表作だし」

クレメットはピックアップトラックの荷物室に向かった。黙ったままオイルバーナーを取り出し、コーヒーの準備をする。湾からの風が吹き抜けていく。雪解けが丘の斜面に白い筋をつくり、縞々になっている場所もある。丘と湾の間にいる彼らの周りでは、今はもう雪の塊がところどころに残っているだけだ。地面は水に浸っていた。雪の混ざった茶色の水たまり、それにまだ潰れたままの黄色い草が景色を迷彩色に仕上げていた。

ニルス・アンテが湾の一点を指さし、ミス・チャンの耳に何かささやいた。するとミス・チャンが大笑いした。

ニーナはライチョウをあらゆる角度から観察していた。そしてノートパソコンに何か打ちこんだ。

アンタ・ラウラはこんなことをすべて、どうやって計画したのだろうか。かなり耄碌しているように見えたのに。しかしスサンも、頭がはっきりしているときのアンタならば、子供たちのための宝探しを仕込ませれば見事なものだと言っていた。クレメットが皆にコーヒーを配った。自分たちが職務質問したときにライチョウがバンにあったという事実は、二種類の可能性を示唆する。ペーデルセンとディヴァルゴはそのときもうラウラと一緒に旅をしていたが、警察が車を止めたときにはラウラはなぜか車内にいなかった。あるいはなんらかの理由でライチョウはペーデルセンかディヴァルゴの所有物で、その鳥がやはり二人とアンタ・ラウラをつなぐ。高価な品だし、誰かの思い出として大切にされてきたのだろうか。あるいは何かの思い出として。この鳥は自分たちをどこに導こうとしているのだろう――。

ハンメルフェスト

ニルス・ソルミは事前に連絡せずにダイビング・パートナーの病室を訪れた。ついさっきニーナから電話があり、岩でライチョウがみつかったことを知らされたところだった。トムのベッドにはエレノールが座っていた。彼女お得意の、色々な意味にとれるような姿勢で。

「ああ、やっと来た！　もう、消えちゃったのかと思ったじゃない。大切な友達を置き去りにして……。わたしがいてよかったでしょう、かわいそうなトム。あなたは本物の英雄なんだから」

エレノールはトムを視線で愛撫し、傷の上に手を這わせた。トムは青白い顔をして、見るからに痛むようだ。回復までまだ数週間はかかるだろう。ニルスはエレノールに外の廊下で待つよう頼んだ。

「それなら電話をちょうだい。こんな恐ろしい場所で待つつもりはないし」

エレノールが消えていくと、ニルスは友人に近寄り、訊かれる前に説明した。

「あいつは独りになるのが嫌いなんだ。不安になるらしい」

トムは何も言わなかった。ニルスにも友人がエレノールとのことを恥じているのがわかった。ただしかし今はもっと大事なことがある。ニルスは今日一日で起きたことを語って聞かせた。レイフ・モエやグンナル・ダールと交わした会話については黙っておいた。ティッカネンの記録カードからわかったこと、ニーナに連絡をとったこと、ジャック・ディヴァルゴが死んでいたこと、ナンゴの年老いた叔父が曲名を教えてくれたこと。ちなみに叔父はその甥よりもずっと感じのよい男だった。

「ナンゴとはまた殴り合いになる寸前だったが、お前のお友達が間に入ってくれたよ。あの子は自分のパートナーを守ろうとしている」

「あの二人、仕事のパートナー以上の関係なんだろうか」

ニルスはその問いには答えなかった。

「おれは子供の頃にアンタ・ラウラに会ったのを覚えている。ジャックたちはなぜか彼を仲間に入れていて、それがなぜなのかわからなかった。アンタ・ラウラのことを……特別扱いをしていたんだ。敬意を払っていた。あんな、なんと言ったらいいか……壊れたようなやつを。頭が完全におかしくなっていた。どうも一九八〇年の実験に参加したらしかった。ダイバーとしてではなく、何か別の役割で。その実験があいつの人生を奪ったんだろうか。毎年ジャックたちがここに戻ってくるたびに来ていた。どこに迎えに行っていたのかはわからないが、いつも彼らと一緒に来ていたんだ。ほとんど話さないやつで……だが、そのあと芸術家になったようだな」

「そうか、ジャックが死んでいたとは残念だったな。あとの二人と何をしていたんだ?」

「警察はそこまでは話してくれなかった」

「カセットテープや携帯のメール、保険金のことは何かわかったのか?」

「携帯のメッセージに書かれていた単語は、カセットテープに録音されていた曲名と同じ、デ・プロファンディスだった。つまり同じ人間から送られてきたんだ。そしてそいつがおれを岩に向かわせようとした。というのも、発音すらよくわからない例の岩の名前はあまり知られていないからだ。それに岩の割れ目からあのゾンビみたいな男がつくった腕輪やライチョウもみつかった。いったいおれにどうしろって言うんだ?」

「なぜそいつだと決めつける。だってそのゾンビのようなサーミ人は、お前のジャックやペーデルセンと一緒に死んだんだろう。やつらは三人組だった。お前はペーデルセンのことも知っているのか?」

「記憶にない。だが当時ダイバーは常に旅をしていたから……。それに、おれは偉大なるジャックしか目に入っていなかったし。彼がおれを息子のように扱い、仲間内で可愛がってくれたんだ」

「だが保険金は？　そいつからということはないのか？」

「ジャックから？　まさか！　この間会ったとき、まるで浮浪者みたいだったんだぞ」

「浮浪者か……。あるいは、まもなく死ぬことをわかっている人間か？」

狼　湾

クレメットはピックアップトラックの荷物室を片付けていたが、頭ではまったく別のことを考えていたため、スローモーションのような動きになっていた。手にコーヒーのパッケージをもったまま、動きが停止している。

「アンタ・ラウラはニルスを岩に行かせ、ライチョウをみつけさせたかった。だがそれだけではない。何か別の意図もあるはずだ。そもそもなぜこんな宝探しを仕掛けた？　何かを守りたかったのか？　だがあのライチョウがゴールのはずはない」

「ニルスに、アンタ・ラウラが生命保険の契約者だということを教えたかったとか？」

「ラウラが？　それはあまりにも無茶な推測だ。二人は知り合いですらなかった。それに、ニルスがラウラのことをどんな口ぶりで話していたかを覚えているだろう。それぞれに意味があるはずだ。正確な意味が。まず二通のメッセージでおれたちをこの岩に導いた。それからデ・プロファンディスというメッセージで岩の下の割れ目を探させ、ライチョウをみつけさせ、郵送で送られてきた音楽ともリンクしている。そこまでは辻褄が合う。だが二曲目、レスターディウス派の讃美歌は？　それにライチョウがなんの役に立つ？」

ニーナはクレメットの手からそっとコーヒーのパッケージを奪い、荷物室にしまった。

「ミス・チャン、これって中国でも同じ？　男ってふたつ以上のことを一度にできないのよね」ニーナは車の荷物室の片付けを終えながら言った。

「オルガン……なぜオルガンなんだ？」

クレメットは叔父に向き直り、大笑いするミス・チャンの唾がかからないようによけた。

「わしは歌詞のあるバージョンしか知らないが、テープではオルガンのみで演奏されていた。前半部分と同じように」

「だが、レスターディウス派となんの関係があるんだ？」クレメットの声が苛立った。

「レスターディウス派とは特に関係がないのかも。レスターディウス派のオルガン、あるいは教会か……」

「この地方にはいくらでもオルガンがあるが、アンタ・ラウラと関係があるのは一台だけだ。キルナ郊外のユッカスヤルヴィにある教会。そこのオルガンの鍵盤を、アンタ・ラウラが師匠のスンナと一緒に制作している」

59

五月十一日　火曜日
ハンメルフェスト
日の出：一時五分、日の入：二十三時三十八分
二十二時間三十三分の太陽

ユッカスヤルヴィ（スウェーデン・ラップランド地方）
日の出：二時五十分、日の入：二十二時二十五分
十九時間三十五分の太陽
内陸部サプミ　八時三十分

二時間の飛行を経て、ヘリコプターはユッカスヤルヴィに近づいた。ハンメルフェストより五百キロ南にある町だ。ペーデルセンとディヴァルゴはレンタカーで北極圏を回ったときにユッカスヤルヴィにも立ち寄っている。銀行のカードが各所に痕跡を残していた。

クレメットは一緒に来なかった。来たくなかったわけではなく、ヘリコプターの席が足りな

かったのだ。叔父は二人を手助けするためについていかなくてはいけなかったし、ニルスは自分を行かせろと要求した。クレメットが答える前にニーナが許可を出し、叔父のほうも交渉の余地なしと言い切った。

ニルスは見るからに昨晩眠れなかったようだが、ヘリコプターに乗りこむのを待ってから、ニーナに色々なことを話した。ユヴァ・シックのグンピの場所、ユヴァがどのような役割を果たしたのかという自分なりの結論、そして記録カードのありかも。ニーナはすぐにそれをクレメットに知らせた。

ということはティッカネンが直接的あるいは間接的に、ユヴァ・シックを言いくるめてトナカイを怯えさせ、それがエリック・ステッゴの死を招いたことになる。証拠は押収しなければいけないが、それが意図的に行われたことを証明するのは不可能だ。

サプミ上空を飛ぶ間、ニルスは景色に見惚れていた。まるで初めて見る場所みたいに。

「気に入った？」

ニルスは自分は水中のほうが向いていると冗談めかして言い、その質問をかわした。

「でもあなたもサーミ人でしょう。やはりその影響は受けているわよね？」

「そうなのか？　教えてくれてありがとうよ。だが、おれはノルウェー人だ。それ以外の何者でもない」

ニーナはトムの具合を尋ねた。そこでもニルスは正確な答えを返すのは避けた。

「皆から助けてもらっている」ヘルメットのマイクごしに、そう言っただけだった。景色からは目を離さずに。

　ここ北極線の二百キロ北では、ツンドラはまだ縞の囚人服をまとったままだった。しかしまもなく活気のある色彩に変化するはずだ。エキュレイユ（フランス語でリスの意）というモデルのヘリコプターは、川ぞいの教会裏に着陸した。小さなファールンレッドの木造建築は十七世紀初頭、サーミの市《いち》が設立された時代のものだ。ニルス・アンテは二人の先に立ち、速足で教会に向かった。そしてドアを開く。

　まず何よりも、教会のいちばん奥にあるレスターディウス牧師を描いた三連の祭壇画が目を引いた。鮮やかな色彩の絵画だ。ニーナはここから二十キロのキルナ本部でトナカイ警察の研修を受けたが、この小さな教会に来たことはなかった。木の板に自然崇拝的な人物像が描かれた祭壇画で、レスターディウス派の創始者が美と活力に溢れた存在感を放っている。ニーナは赤い絨毯《じゅうたん》の上を進み、青いクッションが敷かれたグレーの木の教会ベンチを撫でた。ベンチだけでなく、教会全体が木でできている。建物が発する温もりに包みこまれるようだ。ニーナもこのベンチならば寝られそうだった。ニルスとニルス・アンテもニーナの後ろで立ち止まった。

「で？」

「祭壇画に答えがあるのだろうか……」ニルス・アンテがつぶやいた。

　祭壇画の中央の絵では、十字架の前のイエスが額から巨大な血の玉を流し、それが花へと変化していく。左側の絵には手を大きく広げたレスターディウス牧師が描かれ、その前にトナカイを一頭連れたトナカイ所有者、樽を踏みつけて割る農民、絶望した表情の男女が立っている。

右の絵でもやはりレスターディウス牧師が、昇天するサーミ人の女性に跪《ひざまず》いている。女性の頭の後ろに太陽があり、後光が差しているようだ。それ以外の人々は牧師がラップランドに広めた厳しい戒律、それによる魂の再生を体験している。

「昇天する若い女性はマリアという名前だ」

背後から声がした。襟に牧師の白いカラーのついた男がこちらに歩み寄ってくる。かなり高齢だが、生気に溢れていた。

「ごらん。あの男は盗んだトナカイを返し、酒そして罪から遠ざかっている。『あなたがたは酒を飲み、盗んでいる。あなたがたは姦淫し、売春し、神を裏切っている』レスターディウス牧師の言葉がこの地方の人々を救ったのだ」

牧師は若いダイバーの前に立った。ニルスは当惑したものの、自分から沈黙を破った。

「おれはニルスと言います」

牧師はしばらくまじまじとニルスを見つめていた。

「ではきみがニーラだな。ここまで来られたということは、きみは充分に成熟したということだ。探している物は二階にある」

「誰がそう言ったんです？」ニーナが尋ねた。

「アンタ・ラウラ、そして一緒に来た二人の男だ」

「いつの話ですか？」

「そうだな、二週間くらい前か……四月の末だった」

確かに辻褄が合う。フィヨルドセンが死んだあとすぐ、ラウラが野営地から消えたタイミングだ。ラウラが姿を現さなかった回顧展のオープニング・レセプションのすぐあと。ここのすぐ近くのキルナで使われた銀行カードや出金の日付とも一致する。

「彼らはここに何をしに？」

「わからない。二階へ上がっていき、アンタがしばらくオルガンを弾いて、そして帰っていった。ここにいたのは十五分くらいだろうか」

ニルス・アンテはもう小さな階段を上がって二階に向かっていた。そしてオルガンの前に座った。

「ニーラって？」ニーナが訊いた。

「サーミ語でニルスのことだ」ニルス・アンテが説明した。「テープに録音されていた曲はこのオルガンで演奏されたのだろう」

「レスターディウスがここで説教していた頃にもオルガンはあったんですか？」

「いや、レスターディウスが生きていたのは十九世紀の中頃だ。このオルガンはもっと新しい。九〇年代末のものだ」

オルガンは大きいわけではないが、教会にちょうどぴったりのサイズだった。白鍵がトナカイの角、黒鍵は白樺でできていて、レンガ色の濃淡の細い線で柄が入っている。二段になった鍵盤の上には一列に二十四個のストップがついている。ストップを引き出したり押し入れたりすることで音色が変わるが、ストップにもそれぞれに柄がついている。

「おれが成熟したってどういうことだろう。まるでおれのことを待っていたみたいだ」

「ではお前さんが何か手がかりをもっているんじゃないのか？」ニルス・アンテが言った。

「わからない。ここであの曲を演奏するとか？」

「まあやってみようか」ニルス・アンテはそう言って、オルガンの前で座り直した。

ニルス・アンテはしばらく集中してから弾き始めた。オルガンの音色が小さな教会を満たす。ニルスとニーナがその後ろに立っている。何が起きるのを待てばいいのだろうか。しかし何も起きそうになかった。それでも三人は黙ったまま待った。やはり何も起きない。ニルス・アンテはもう一度録音を聴き、再度曲を演奏してみたが、何も起きない。階下の牧師は姿を消してしまった。

ニーナはオルガンの周りを一周した。小さなドアがついていて、オルガンの内部に入ることができる。

「鍵をみつけないと。どこかこのあたりにあるはず」

まもなく階段を上がったところで、壁に打ちつけられた小箱の中に鍵がみつかった。ニーナはオルガンの内部に入ってみた。立ったまま入れる高さだ。中はランプがひとつ灯っているだけだった。パイプや木の部品を確認してみるも、何を探せばいいのかわからない。弁護士からの手紙によれば書類らしいが、どんな形状なのだろうか。紙？　それともＵＳＢとか？　ＵＳＢならばいくらでも隠す場所がある。しかしそんなに大事なことなら、この宝探しを続けてほしいのなら、壊れる可能性のあるＵＳＢを使うとは思えない。何か別の形のはずだ。

ニーナは開けるところはすべて開いてみたが無駄だった。牧師によれば三人は十五分しか教会に滞在しなかった。その間、ずっとこの二階にいた。

「くまなく探そう」

三人は二階じゅう思いつくかぎりの場所を探した。しかし何もみつからない。

「どこかにあるはず。じゃなければなぜわざわざわたしたちをここに？」

ニルス・アンテはまたオルガンの前に座った。ストップを引くとオルガンの音色が変わった。

「アンタ・ラウラは並外れたセンスをもつ男だった」ニーナが隣に座ると、ニルス・アンテが言った。「この不思議な音色が聞こえるかい？　これは太鼓の音だ。ノアイデの太鼓のね」そしてニルスのほうを振り返った。「お前さんは知らないだろうが、ノアイデの太鼓は三百年もキリスト教によって禁じられてきた。それをアンタはこっそり、教会の中に忍ばせたんだ。ほら聞いてごらん……」

ニルス・アンテがいちばん右の鍵盤を押すと、パイプから太鼓の連打が聞こえてきた。

「ほら、太鼓の音だろう。見事な工夫。見事な復讐だ」

ニーナは鍵盤に顔を近づけた。今ニルス・アンテが押していた鍵盤には、十字の中心にひし形があり、水平になった線の上両側にシンプルな記号がついている。ニーナにも太陽のシンボルだというのがわかった。ノアイデの太鼓の多くに、例えばこの冬にカウトケイノでマッティスが盗んだ太鼓にもついていたシンボルだ。ニーナの視線が他の鍵盤へと移った。どれも手のこんだ模様が入っている。そのとき突然、ニーナは制服のポケットを探った。手が丸みを帯びたライチョウに触れ、それを取り出す。鳥の背に描かれたシンボルはいちばん右の三つの鍵盤に描かれたシンボルとまったく同じだった。

アネリーはかなり早朝から出かけた。幸運を味方につけて、仔トナカイをみつけるために。またモルテン・イーサックにスノーモービルを借り、凍った川ぞいを進みながら、スサンの賢明な言葉のことを考えていた。イェッデゲアスガルグ――呪文のような女神の名前。そしてスサンの憂い。最後にもう一度だけ、自分が代わりに仔トナカイを探しに行くとアネリーを説き伏せようとしたのだ。アネリーはスノーモービルを一瞬停めた。このあたりの台地は標高が高く、雪解けも沿岸より遅い。川の氷もよそほどは溶けていないが、それでも回り道をして、普段の倍は慎重にならなければいけない。幸いなことに川はまだほとんど凍っていた。アネリーは凍っていない川をスノーモービルで飛び越えるこつをエリックに教わっていた。地元の若者の娯楽のようなものだが、事故も多く起きている。

よい天気だったが、本当は夜の寒さがもっと長くもってくれたほうがよかった。出発してそろそろ三十分が経ち、最後に仔トナカイが目撃された場所に近づいてきた。ユヴァ・シックが昔から春先に使っている餌場に接するあたりで、まだ雪はあるはずだ。そこは奥まった場所で、高台からは狼《ヴァリギ》フィヨルドの西側の雄大な景色を眺めることができる。向かいには大きなセイランド島が見えていて、そこは彼女の一族がかつて夏にトナカイを放牧していた場所だった。その景色にアネリーはほっとした。双眼鏡を取り出し、あたりを観察する。すると、丘から谷に下りたあたりで動く点があった。仔トナカイだ。やっとみつけた！　まだ生きていてくれた。しかしあたりの状況を確認してみて血の気が引いた。ヤマネコだ——。ヤマネコはトナカイのいちばんの敵だ。そしてヤマネコ狩りのシーズンは一カ月半前に終わっている。アネリーの父親は、自分が若い頃サプミにヤマネコはいなかったと語っていた。最初にヤマネコが現れたのは一九八〇年頃で、父親はいつも「アルタのダム建設でサーミ人がデモをやったのと同時期だ」と言っていた。そして必ずこうつけ加えた。ノルウェー人がサプミにヤマネコをもちこみ、トナカイ放牧をさらにやりづらくしようとした。汚いやり口だ、と。アネリーが生まれたのはその数年あとで、ヤマネコのいるサプミしか知らない。数が多いわけではないが、トナカイにとっては危険な存在だった。あのヤマネコはわたしの仔トナカイを追っているのだろうか。すでに狙いをつけているの？　アネリーはヤマネコがどの方向に動いていくのかを見守った。アネリー自身はなんの武器ももっていない。不安に襲われながら双眼鏡を覗き、恐怖に凍りついた。ゆっくりと呼吸しようと心がけながら、もう一度状況を分析する。しかし疑いの余地はない。彼女のトナカイ、独りぼっちのか弱い仔トナカイ。ヤマネコはそれに狙いを定め、落ち着いた足取りで、確実に獲物に近づいている。アネリーはすぐに覚悟を決めると、アクセルを全開にした。

ニルス・ソルミの描写はかなり正確だった。おかげでクレメットはどこを探せばいいのかを具体的に把握できた。広大なエリアだが、車が入れる場所は限られているし、凹凸の激しい地形なので、グンピを運べる経路は多くはない。念のため、朝早くユヴァ・シックのグンピ、普段彼が群を見張るときに使っているほうのグンピを訪ねてみたが、そこには誰もいなかった。それからニルスの説明どおりにフィヨルドの上の高台へと向かった。直線距離なら約十キロだ。しかし丘の上にたどり着くまでには慎重に回り道をして半時間かかった。

クレメットは物思いに沈んでいて、誰かが遠くから自分を双眼鏡で観察していることには気づいていなかった。

ニルスの説明どおりだった。まずは尾根を走り、そして台地に出る。狼湾を望むフィヨルドの上にせり出したような台地だ。クレメットはフィヨルドに向かって慎重に進み、数メートル行ったところでシックの秘密のグンピが目に入った。山脚に隠れるように立っている。クレメットは警戒しつつ周囲を観察したが、人けはまったくない。新しいスノーモービルのスキー痕があったが、薄い氷の膜が輝いている。つまり昨日雪が解けたあと、夜の寒さで凍ったということだ。少なくとも昨日からは誰もここには来ていないわけだ。それならニルスの話とも一致する。二台のグンピの周りには、この種の仮住まいにつきもののがらくたが山になっていた。ポリタンク、小型トレーラー、ビニール袋、薪、投げ縄、解体したトナカイの残り。そういったものが、雪が解けるにつれて露《あら》わになる。そのとき、山形になった板が目に入った。歩み寄ると、ボートの残骸だった。そのナラ材はすでに一部、ストーブにくべるための薪として小さく割られているが、ボートの底部分はまだ残っていた。クレメットはすぐにエリック・ステッゴが使っていたボートだと気づいた。シックはボートを燃やしていなかった。ここなら絶対にみつからないと踏んだのだ。クレメットはボートの残骸を調べた。底が壊れている。板がずれているし、穴があいているところもある。事故のせいで壊れたのか、事故の前に誰かが工作したのか——徹底的に調査しなければいけない。しかし今は写真を撮るだけにしておいた。それからグンピの中に入った。ティッカネンの記録カードが詰まった靴箱はすぐにみつかったが、今は中身を読むつもりはない。シックがいつここに現れてもおかしくないのだ。それに加勢を連れてくるかもしれない。何を企んでいるのかは想像もつかないのだ。ただ、自分の名前のカードがあるかどうかだけは知りたかった。確認してみると、カードは確かにあった。しかしクレメットはティッカネンの顧客になる可能性はないし、カードの内容もそれに応じて薄いものだった。それでも正確に所属パトロール隊、担当エリア、季節ごとの拠点、連絡先、おまけに住民登録のコピーまであった。出生地はキルナで、カウトケイノなどで義務教育を受けたことも。まったく信じられない。他の人間のカードもこれほど正確なら、この靴箱は爆弾のようなものだ。警察にとってはありがたい情報だが。警察にはこんなデータベースをつくることはできない。もしつくったりしてマスコミに洩れたら、ごうごうたる非難を浴びることになるだろう。クレメットは靴箱をスノーモービルの座席の後ろのケースに入れた。それにボートの残骸も押収することにした。警察がここに来たことに気づいて、シックが処分してしまうかもしれないからだ。クレメットはスノーモービルを小型トレーラーの脇に移動させ、トレーラーをとりつけ、その上にボートの残骸をロープで固定し、傷まないようにグンピの中にあったブランケットで包んだ。船底の両脇には安っぽいクッションを入れて支え、スノーモービルをスタートさせた。早く記録カードを読みたくてたまらない。答えはその中にあるかもしれないのだ。エレン・ホッティ警部からは、葬儀が始まる明日の朝までに報告するよう言い渡されている。

60

ユッカスヤルヴィ

　鐘の音が小さな木造教会を満たした。ニーナはちょうど右から二番目の鍵盤を押したところだった。その鍵盤には星の上にライチョウが描かれている。三番目の鍵盤は星の上にもうひとつ星があり、上の星の光の筋が伸びてつながっている。ニーナがその鍵盤を押すと、教会全体が震えた。風——。ニルス・アンテが眉をひそめ、自分の手をニーナの手においてやめさせた。目を閉じて、頭を揺らしながら考えこんでいる。プロのヨイク歌手であり、有名な音楽家である彼は、心の中で音楽を奏でているようだった。

「ニーナ、もう一度聞かせてくれ」

　ニーナはまたテープを再生した。

「最後だけでいい」

　早送りして数秒待つと、讃美歌の最後についている短いフィナーレにたどり着いた。ニルス・アンテは目を輝かせてニーナを見つめた。それからいちばん右の鍵盤を三鍵同時に押した。すると見事な音が響きわたった。録音されたフィナーレと同じ音だ。

「こんなこと、聞いたことがない……」ニルス・アンテが言う。「三つ組み合わせるとこんな音になるなんて。スウェーデンじゅうでこのオルガンだけにちがいない」

「これを見てくれ！」反対側からニルスが叫んだ。

ニーナとニルス・アンテもオルガンの裏へ回った。ニルスの手には分厚い書類の入ったケースがあった。もう一方の手で、引き出しを指している。三種類の音が同時に鳴ったときに開いたのだという。

ニルスは書類のいちばん上にあった便箋をニーナに見せた。手紙は英語で書かれていた。

〝奇妙な宝探しだと思っただろうね。しかし残念ながら、楽しんでもらうために計画したわけではない。計画を正しい方向に進めるためには弁護士の手も借りなければいけなかった。だがこれまでの経験から、ここまでして集めた大量の資料を弁護士に託しても大丈夫なのかどうかわからなかった。この手紙を読んでいるということは、きみを信用してよかったという意味だ。そして、今きみがこれを読んでいるということは、わたしはもうこの世に存在しない〟

最後にジャック・ディヴァルゴの署名があった。

ユヴァ・シックは双眼鏡を下ろして悪態をついた。最初は一瞬、ティッカネンがこのダンピを探し当てたのかと驚いた。しかしあのフィンランド人がスノーモービルを操り、ツンドラの奥地にたどり着くとは思えない。それから、たった今遠くへ消えていったスノーモービルは警察のものだという確信が湧いた。だが警官は必ず二人組でパトロールするはずだ。ユヴァは双眼鏡の焦点を合わせ直した。いや、やはり警察だ。ユヴァはまた汚い言葉を吐いた。スノーモービルを運転している警官は、さっきユヴァが群の世話をするときに使うグンピを見にきていた。方向からして、今はユヴァの別のグンピへと一直線に向かっている。あと二十分もすれば着いてしまうだろう。ユヴァは頭痛がしそうなほど必死に頭をひねった。あの記録カードが警察の手に渡ったりしたらえらいことになる。くそ、くそくそくそ――警察にこの場所を教えたのはニルス以外にありえない。なぜだ？　ユヴァの世界が崩れた。ニルス、なぜおれをこんな目に……それにフィンランドの農場はどうなる？　だめだ、警官がみつけてしまう前にカードを安全な場所に移さなくては。ユヴァはアクセルを限界まで回し、谷に向かってスノーモービルを飛ばした。まだ先回りできる可能性はある。警官は正確な位置を知らないのだから。ユヴァは尾根の反対側の谷へ下り、警官の視界に入らないようにした。普段のように安全を考えた運転はできなかったが、それでも彼はスノーモービルの名手だった。マシンに限界まで負荷をかけ、危険なほどにしならせ、全速力で駆け抜けた。全身の筋肉を張りつめ、痛むほど顎を嚙みしめる。すると五百メートルほど先の右手に別のスノーモービルが、やはりグンピのほうに走っていくのが見えた。信じられない。もう一人の警官か？　最悪だ――。右手のスノーモービルはクヴァールスンの川を渡るところだった。ユヴァの怒りが最高潮に達した。目の前に記録カードが見える。農場、ティッカネン、ニルス、何もかもが混じりあってぐちゃぐちゃになる。スノーモービルを停めると、息が激しく上がり、心臓はパニックを起こしたように打っている。正面を向くと、右手のスノーモービルが目指しているものが目に入った。尾根へと上っていく仔トナカイだ。その数百メートル後ろで、ヤマネコがしなやかな足取りでトナカイを追いかけている。あっという間に距離が縮まっていく。それを見てユヴァは安堵のため息をついた。なんだ、トナカイ牧夫か——。双眼鏡を取り出す。あの体型、そしてヘルメットからなびく長い金髪。アネリーが会合で着ていた服だ。ということはこちらは問題ない。ユヴァはまた猛スピードで走りだした。顔にヒメカンバの枝が鞭のように当たるのはまったく気にならない。左手に目をやる。そちら側はまだ尾根に守られていて警官からは見えないはずだ。また右に目をやると、ちょうどアネリーのスノーモービルが凍った川を横断するところだった。しかしそのまま水の中に消えてしまった。ユヴァは思わずスノーモービルを停めた。川の氷が割れたのだ。左を見る。警察のスノーモービルが尾根の向こう側から現れ、丘の中腹にあるグンピのほうに向かっている。正面では仔トナカイが視界からは消えたが、ヤマネコはまだ意志のこもった足取りで進んでいる。ユヴァは息が苦しくなった。右手のほうでは、川が何事もなかったかのように沈黙している。スノーモービルの運転手は水面に上がってこない。ユヴァは苛立ちのあまりに叫んだ。しかし割れた氷の中で水が渦巻いているのが目に入ったとき、またエリック・ステッゴが渦に巻きこまれ、波間に消える様子が目に浮かんだ。ニルスが正しかったのか？　自分がエリックの死を招いてしまったのか——。自分はそこまでティッカネンに操られていたのだろうか。ユヴァはそれを認めたくなかった。ニルスという人間から非難されただけでも頭頂をがつんと殴られたより痛いのに。気が遠くなってきた。茫然自失したまま、ユヴァは川へ突進した。三、四十秒後には急な川の斜面にたどり着き、斜面をそのまま駆け下りた。

トナカイの毛皮の上着を投げ捨て、躊躇《ちゅうちょ》することなく氷のように冷たい水に飛びこんだ。

ヘリコプターがユッカスヤルヴィを飛び立って以来、ニーナは口を開いていなかった。ヘルメットをかぶった状態で書類をめくっている。ディヴァルゴがニルスに宛てて書いた二枚の便箋を読むのはこれで三度目だった。ニーナは声に出して読み続けた。

「〝ハンメルフェストに来たのは、三十年前のあのときに何が起きたのかを理解したかったからだ。仲間の多くが潜水や実験で傷を負った。正式に認められることのなかった傷だ。答えを探すうちに、今も新しいプロジェクトがいくつも進んでいることを知った。今の約束も過去の約束と同じだということも。それでフィヨルドセンに説明を求めた。そのさいに起きてしまったことは事故だ〟」

「つまりスティール、ビルゲ、そしてデピエールの死は事故ではなかったってことか……」ニーナはマイクでニルスに話しかけ、便箋を振ってみせた。

ただしディヴァルゴはその点には言及していない。ニーナは先を続けた。

「〝アンタ・ラウラは裏切られた。その裏切りは今も続いている。原油ビジネスを止めることは誰にもできない。結局いつもそういうことだ。ダイバーに対してやったこと、そしてアンタ・ラウラにやったことは恥ずべきことだ。それが現在でも別の形で続いていて、現在のアンタ・ラウラが代償を払わされている〟」

ニルス・アンテの声がイヤフォンの中で響いた。

「ダイバーの話をしているのはわかる。そしてどれも正論ばかりだ。だがアンタ・ラウラは？ニルスをユッカスヤルヴィまで導いたのは彼だろう。ダイバーたちはサーミ人への借りを返したかった。そのためにニルス、きみをサプミの奥深くまで連れてきたのだ。でなければもっと簡単な隠し場所にすればよかっただけだ。例えばハンメルフェストの銀行の貸金庫なんかにね。アンタは石油産業のせいで餌場を失った。そのせいでトナカイ所有者として尊厳ある生きかたができなくなった。さらには潜水実験のせいで健康まで害してしまった」

ニーナは無言で資料を読み続けた。ペーデルセンとディヴァルゴは治験結果や医療レポート、新聞記事などを収集していた。糾弾するためだ。ある箇所には震える手で下線が引かれ、余白にはメモがあり、ときには感嘆符が豪雨のように降り注いでいる。ニーナはその行間に、ペーデルセンとディヴァルゴだけでなく、自分の父親の顔も見える気がした。

内容は石油産業の黎明期、一九六五年から一九九〇年にかけて行われた潜水に関するものばかりだった。まさにニーナの父親の時代だ。ディヴァルゴらが集めた資料からは、北海で開発が始まった頃に潜水に参加したダイバーの大半が閉塞性肺疾患、脳症、聴力低下やＰＴＳＤに苦しんだことがわかる。なんとその三分の一が脳を損傷している。ある専門家によれば、潜水に許可を与え監督する国の機関はたびたび安全基準を無視していた。同時に同じページを読んでいたニルスがニーナに説明した。

「今まで人間が潜ったことのない深さで可能なかぎり長く働かせようとしたんだ。それから可能なかぎり速くダイバーを引き揚げ、減圧室にいる時間も限界まで短縮した。そういう時間は企業にとっては非生産的でしかない時間なんだ。おれたちは常に高給をもらっているから」

証言は続く。〝ダイバーたちが水面に戻るさいのダイビングテーブルがやっと規格化されたのは一九九〇年。それまで企業は人件費を抑え、競争力を高めるために減圧室での時間を極限まで減らしていた〟

書類からは、様々なレベルで原油採掘の時間短縮が行われていたことがわかる。ある医師は七〇年代に飽和潜水の危険性を警告したのに、その報告書は箱のいちばん底に放置されたと語っていた。ニルスはホッチキスで止められた書類をニーナの手から取った。北海で死亡した六十人以上のダイバーのリストだ。一人一人に名前、年齢、国籍、死因が書かれている。溺死、爆発的減圧、減圧事故。ほとんどは北海のイギリス区域で死亡しているが、それ以外はノルウェー水域だ。別のリストには自殺した二十人余のノルウェー人のダイバーの名前があった。潜水の影響により、と書類に書かれている。ニーナの父親の名前がここにあってもおかしくなかった。また別の医師が、元ダイバーは通常よりも老化が速いこと、その後仕事を探すのが難しいことを証言している。〝潜水中の様々な体験により、ダイバーの多くがＰＴＳＤを発症する。また、神経や肺にも影響が及ぶ〟

西海岸の大病院で働いていた医師は、石油管理局と石油会社に手紙を送り、飽和潜水は禁止して、人間を使わない技術を導入すべきだと提言した。飽和潜水は危険すぎるとみなしたからだ。〝どうすればダイバーに害を及ぼさないのか、どのように引き揚げればいいのかはわかっていない。なのに石油管理局はわれわれの結論を本気で取り合おうとはしなかった〟

ごく早い段階で、ノルウェーの公的機関には飽和潜水の危険性に関する報告が上がってきていた。どういう要素が不確定なのか、どのくらいのスピードでダイバーを引き揚げればいいかというざっくりしたダイビングテーブルなどもだ。しかし役所はダイバーの安全よりも原油を選んだ。報告書の余白にはペンで書き入れた感嘆符が一列に並んでいる。まるで戦闘態勢に入った兵士の列のようだ。正義を体現するかのごとく背筋をまっすぐに伸ばしている。怒りに震えながら。

ある潜水会社の安全責任者の証言など、読んでいて寒気がした。〝七〇年代初頭から、ダイバーのニーズが急激に高まった。オフショアでの需要が急に何倍にもなったからだ。石油会社がいくつも油田を発見し、とにかくスピード重視で開発しようとした。当時すでに高い能力のあったダイバー、ノルウェーやアメリカの海軍出身のダイバーたちは数が限られており、ろくに泳げもしないような新人ダイバーが大量に雇われた。当時はアメリカ海軍以外にダイバーの養成機関というのは存在しないも同然だった。潜水技術に関しても規格は一切なく、装備は必要に応じて向上させるという有様だった。なにしろ完全に新しい分野で、なんの法規制もなかった。しかしそのツケはすぐに回ってきた。七〇年代の初頭に多くの事故が起こり、北海全体では一九七四年までに年に十件の死亡事故があった。ダイバーが死亡しなかった事故だけで十件〟ニルスはページを戻し、ニーナに書類を返した。

「北海で死んだやつらがいなければ、ノルウェーはこのバレンツ海にも進出して天然ガスや原油を採掘することはできなかった」

「ペーデルセンとディヴァルゴがこれだけの資料を集めてどんな結論を出したのか、何を計画していたのかを調べなければね」ニーナが言った。「ディヴァルゴは少なくとも、ハンメルフェスト市長の死に関係している。市長はかつて石油管理局を率いていた男。そしてペーデルセンはスティールとビルゲの死にも……」

ニルスはニーナの書類をまた手に取った。

「何をしたかったのかははっきりしているじゃないか。国家レベルの不正を世間に知らしめたかったんだ。当時はルールなどなく、企業を満足させることを優先して緩くやっていた。フィヨルドセンはそこにどっぷり浸かっていたわけだから」

「それはわたしにもわかったけど。でもそれから？　それにスティールとビルゲは？」

「警察はきみだろう。だがあの二人も当時の決定に関わっていたはずだ」

「じゃあ生命保険は？　なぜあなたなの？」

ニルスは頭を振った。

「おれに何かを期待しているんだろうな。とりあえず、高台に建てようと思った家は砂上の楼閣だったわけだ」

61

クヴァールスン

クレメットはすぐに何かがおかしいことに気づいた。クヴァールスンを通って近道をし、川ぞいに走って道路を目指していたとき、一台のスノーモービルが目に入ったのだ。川の氷が割れているのを見て、何があったのかを即座に理解した。近づくにつれて、地面に倒れている身体も見えてきた。ユヴァ・シックだった。真っ青な顔で、スノーモービル用のオーバーオール姿で寒さに固まり、身体の下にトナカイの毛皮を抱きしめている。寒さに震えるあまり、話そうとしても話せない。スノーモービルはシックのものだった。クレメットは走って自分のスノーモービルに戻ると、小型トレーラーに積んでいたブランケットをもって戻り、トナカイ所有者にかけた。するとシックが抱きしめている毛皮のほうに合図をした。クレメットは身を屈め、その分厚い上着を広げた。中ではアネリーが縮こまり、びしょ濡れで死体のような顔色だった。クレメットは小型トレーラーから残りのブランケットも運んできた。アネリーは意識はないものの、まだ生きている。何が起きたかは聞く必要もなかった。クレメットは二人の間を動き回り、肌をさすり、撫で、温かい手を彼らの顔に、手に当てた。アネリーはまだ動かない。シックも体力が尽き果て、気を失いかけていた。発作のように震えている。クレメットは救急の番号に電話をかけた。「深刻な低体温症が二人！」そう叫んだ。「急いでくれ！」

しかし救急ヘリコプターは病人の輸送のために石油プラットフォーム上にいた。クレメットはスウェーデンのユッカスヤルヴィから戻ってくるヘリをこちらに回すよう指示し、また小型トレーラーに駆け戻った。そこで怯えきった仔トナカイと目があった。高台でヤマネコに追いつかれるぎりぎりのところで捕え、トレーラーの後ろにつないだのだ。クレメットはボートの残骸を引っ張ると、地面に投げ出した。アネリーをブランケットごと抱きかかえ、小型トレーラーのクッションの上に乗せる。それからシックを引っ張っていった。シックはされるがままになっている。頭は混乱し、身体が硬直している。クレメットはシックもアネリーの隣に寝かせ、暖かくくるんだ。そして仔トナカイを二人の間に入れた。トナカイは恐怖のあまり身じろぎもしない。クレメットは二人と一頭をロープで縛った。シックがこちらを見つめている。今は苦痛しか感じていないし、震えを止めることも口を開くこともできない。クレメットはシックの前に立った。そしてボートの残骸に手をかけ、しばらくじっと見つめた。シックは目を細め、苦痛に歪んだ表情で、何もできないまま、すべて知られてしまったことを悟った。クレメットは無言のままボートの残骸をもち上げると、勢いをつけて川の氷の割れ目に落とした。

約束の場所に着いた瞬間に、ユッカスヤルヴィからのヘリコプターが到着した。そこは聖なる岩を移動するために整備された広い空地で、クレメットも自分の車をそこに停めていた。アネリーとシックの服を脱がせようとすると、救急救命士でもあるパイロットがクレメットを止めた。服は濡れていても体温を保ってくれる。パイロットは彼らに紅茶を少し飲ませた。温かい液体にアネリーも一瞬目を開けたが、また意識を失った。ヘリコプターが飛び立ち、二人の病人とニルス・ソルミをハンメルフェストの病院に運んだ。飛び立つときに、クレメットにも三人が並んで後部座席に座っているのが見えた。真ん中のニルス・ソルミがシックとアネリーを抱きかかえるようにして温めている。

・

クレメットとニーナがパトロールP9の小屋に戻り、叔父と彼女もカウトケイノに帰ると、クレメットはエレン・ホッティ警部に電話をかけ、今までに起きたことを報告した。警部はグンナル・ダールが検察官の元に向かっていることを教えてくれた。

「聞かなかったことにしますよ」

「グンナル・ダールの上の人間が大勢葬儀にやってくるのに、わたしがそのことを大声で言いふらすわけないでしょう?」

「それはそうだ。だがバンの保証人になったという事実以外に——それも事実かどうかはかなり怪しいが——ダールについては具体的な証拠は何もない」

「そうだとしても、彼に訊きたいことがあるから」

クレメットももちろん知りたかった。ダールはペーデルセンとディヴァルゴを操って、ライバル二人を消したのか? そうだとしたら、どうやってその二人を黙らせたのか。彼らが飲んでいた大量の薬については？　法医学者の話では、ディヴァルゴは大量に薬を飲んでいた。薬を飲んでいたのはあとの二人もそうだが。だがそれでバンの転落事故の説明がつくのか？　その点を証明するのは不可能だ。それにダールにフィヨルドセンを殺す、ましてやフランス人医師デピエールを殺す動機があったのかはわからない。

「よかったじゃない。資料の山を読み解くのに一晩じゅう時間があって」警部はそう嫌味を言って、受話器をおいた。

クレメットは記録カードに飛びつき、一枚一枚確認した。ニルスが言ったことは嘘ではなかった。ティッカネンは何本もの糸を引いている。かといってこの不動産仲介業者に容疑をかけられるような可能性は見当たらなかった。

ニーナが資料をすべて広げてみると、床がいっぱいになった。元ダイバーの老人たちが集めた医師の報告書や技術的な専門家の報告書――その量に圧倒された。

ヘリコプターの中でジャック・ディヴァルゴからの手紙を読んだとき、ニルスは自分の間違いに気づいた。ニルスを保険金の受取人に指名したのはなんとジャック、自分が背を向けてしまった子供の頃の英雄だった。ジャックはすでに手遅れになってから、自分がやってきたことが引き起こした結果を理解したのだ。潜水実験のダイバーだった彼は、認可されてはいけない実験結果が認可されることに寄与してしまった。そしてそのことを黙っていた。忠誠心、金への執着、それにいくつもの様々な理由――しかし今となってはもう生きるには値しないような理由だ。ディーペックス1の実験では、複数のダイバーが一生癒えない傷を負った。その中にアンタ・ラウラも含まれていた。彼はダイバーではなかったが、もう一人の一般人とともに比較対象として採用された。海に慣れていない生体と、深海の水圧に耐えてきた生体を比べるために。ラウラはちょうどトナカイ所有者としての仕事を失ったところだった。当時すでにハンメルフェストを征服しつつあった不動産事業のせいで。それでアンタ・ラウラは実験への参加を承諾した。報酬が相当な額だったからだ。しかし彼は自分が何に身を投じたのかわかっていなかった。実験によって完全に破壊されてしまった。心の準備もなかった。恐ろしい減圧の危険性は知らなかったし、これほど非人道的な痛みにさらされた経験もなかった。しかし実験結果は認可され、それが巨大な契約につながった。

〝ニルス、われわれを見下さないでくれ。この怒りは遙かなる海の深淵から、裏切られた魂から湧いているのだ。ペーデルセンもわたしも、仲間は誰も見捨ててはいけないと学んだ。しかしわれわれ自身はあっさりと見捨てられた〟ディヴァルゴは同じ口調で、尊厳についても語っていた。ダイバーも裏切られたが、サーミ人も同じように裏切られたと。〝アンタ・ラウラと過ごして、ひとつわかったことがある。われわれダイバーはサーミ人にとっての捧げ物の岩と同じように仕事上の信頼を神聖なものだと思ってきた。しかし年を経るごとに潜水の影響、そしてあの実験の影響が現れてくること、トナカイ所有者たちが搾取されてきたことがわかり、われわれの怒りは爆発した。ニルス、きみのことを他の誰よりも、この冒険物語に引きこんでしまった。今はそのことを悔いている。埋め合わせができるといいのだが。わたしやペーデルセン、そしてアンタ・ラウラはもう手遅れだ〟

その部分を読んだとき、ニーナはディヴァルゴらのバンの中に貼られていた大量の付箋《ふせん》を思い出した。ほとんど読めなくなっていたが、付箋をまとめておいたファイルを取り出した。ニーナとクレメットはそれ以外にもティッカネンの記録カード、報告書や推論から、彼らが準備のために付箋を使っていたことを理解した。船上ホテルの偵察結果、フィヨルドセンの電話番号に生活習慣、勤務時間や会議の予定、報告書をくれることになっている人脈。苦痛の中で張り巡らされた蜘蛛《くも》の巣。記憶が頼りにならない中で、最高の状態とは言えない中で。それでも彼らは常に目的に向かって突き進み、一度もそこからそれることはなかった。付箋、そしてまた付箋。

朝の三時ちょうどにスカイプの着信音が小屋に鳴り響いた。そのときニーナはクレメットと一時間も言葉を交わしていなかったことに気づいた。それほどお互い作業に集中していたのだ。かけてきたのは、フェイスブックで連絡をした元ダイバーのゲイリー・ターナーだった。彼はまず、連絡が遅くなったことを詫びた。カリフォルニアは今、夜の六時で、さっきまでガレージで作業をしていたという。ヨーロッパの警察がなぜ連絡してきたのかを知ると、瞬時にして表情を曇らせた。

「当時は誰も文句は言っていなかったんですか?」ニーナが尋ねた。

「そうだな、給料はとんでもなくよかったし、口を開いたら即母国に帰ることになるのは明白だった。プラットフォーム上と同じことだ。余計なことを言ったら、すぐにヘリコプターが迎えにくる。じゃあねバイバイ、だ。贅沢《ぜいたく》な暮らしは終わり。ロレックスにスポーツカー、相手をしきれないほどの数の女。だから口を閉じていたのさ。我慢して、ブラックリストに載らないように。医者に行くのも、企業秘密をばらすのと同じことだ。わかるか？　飽和潜水はノルウェー大陸棚で石油産業が発展するために重要な役割を果たしていた。ノー・ダイバー、ノー・オイル。そういうことさ。実験結果がまともに認可されるのを待っていたら、ノルウェー人はいまだに釣り竿で鮭を釣って、原油の採掘許可が出るのを待っていただろう。それが現実ってものさ。だから国も医者も企業も、誰もかもがリスクには目をつむり、全員が親指を立てたんだ」

「トッド・ナンセンというダイバーを知っている？」

「ナンセンだって？　いや、どうだったかな……」

「ダイバーになる前はクジラ漁師だった」

「ああ、あいつか！　いや、知り合いではなかったんだが、ジャックから話を聞いたことがある。あの二人は一緒に潜っていたようだ。いいやつのようだったよ。ちょっと夢見がちなところがあったが、それはおれたち皆そうだから」

「その実験についてですが……あなたもジャック・ディヴァルゴやアンタ・ラウラというサーミ人と一緒に参加したの？」

「ジャック……そう、ジャックね。あの地獄のようなディーペックス1……言っておくよ。おれは一九七〇年にアメリカの海軍に入った。ほら、ネイビーシールズだ。今住んでいるコロラドからもそう遠くはない。〝楽できたのは昨日まで〟というスローガンで有名だろう？　そこで破壊工作やなんかの教育を受けた。安全対策に関しても厳しい訓練を受けている。ジャックと同じでね。彼もこの最悪な業界に入る前にはフランスで戦闘ダイバーをしていたんだ。ただディーペックス1は何もかもがめちゃくちゃだった。おれたちはすごい水圧の変化の中、たったの一昼夜で海底に送られた。そしてそこで七日間作業するという実験だった。当時、飽和潜水の長期的な影響はまだあまり知られていなかった。だがおれたちにとっては、すごい金をもらっていたこともあったし、実験に参加できること自体がすごくクールなことだった。めちゃくちゃかっこよかったんだ。おれたちは自分たちが突出した存在であることを自負していた。だってあの頃、世界一深く潜っていたのはノルウェーだったんだ。世界一だぞ、わかるか？」

「あなたの意見では、実験はどういう意味で失敗でした？」

携帯画面に映るゲイリー・ターナーの顔がまた曇った。

「よく聞いてくれ。一度など、おれたちは水深百二十メートルのところにいた。それが突然、あっという間に、百四メートルまで引き上げられたんだ。めちゃくちゃだろう？　十六メートルだぞ。通常なら十二時間かけるところをだ。わかるか、十二時間だ。白衣を着たやつらはおれたちにそれを一分でやらせたんだ。そう、聞き間違いじゃない。全員が――医師も技術者も減圧症を起こすことは知っていた。おれたちは減圧室の中で痛みのあまりに身体をよじらせた。動物のようにもだえ苦しんだ。一人など絶叫していた。おれたちはやめてくれと必死で頼んだよ。それでどうなったと思う？　あいつらはやめなかった」

ダイバーはそこでごくりと息をのみ、一瞬目をそらした。しかし数秒後には落ち着いた声で続けた。

「それからしばらくして、今度はまた百二十メートルまで下げられた。ナチスの人体実験か？　あんたはノルウェー人だろう。お願いだから、祖国がどうやって豊かになったのかを忘れないでくれ。かつてダイバーの命を冷酷なまでに危険にさらした。現在ではサーミ人の権利を軽んじることによってだ」

ゲイリー・ターナーはそう言い捨てると、通話を切ってしまった。

62

五月十二日　水曜日
日の出：〇時四十二分、日の入：なし
二十三時間十八分の太陽
スカイディ、パトロールＰ９の小屋　五時

寝ないまま朝になり、クレメットは小川で身体を清めた。上半身裸で立ち、疲れをとるためにまだ残っていた雪で胸をこする。夜にはならなかった夜――複雑な気分で自分の影を見つめる。次に太陽が沈むのは七月二十九日の夜中過ぎだ。そのときには夜の闇が約二十分続く。しかしそれまでは、自分の影が朝から晩までついて回る。日の入りから日の出まで、一秒も休むことなく。クレメットはどちらがいいのかわからなかった。冬の極夜の間は影がまったくないことに苛立つ。自分が完全ではない気がするからだ。しかし今日以降はドッペルゲンガーに見張られながらその倍の日数を過ごすのだ。合理的だから、警官だからって、なんの足しになる？　常に影に見張られていると参ってしまいそうだ。クレメットは自分の影に小川の水をかけた。それで少し気分がよくなった。太陽の軽やかな愛撫に気分がよくなるのと似ている。

ニーナが中で支度をしているので、小屋の外でしばらく待った。ニーナは人を怯えさせかねない様相だった。疲労を通り越しているのに、反抗的に夜更かしする思春期の若者のような態度だ。そういうやつを見ると、揺さぶってやりたくなる。「いいから寝ろ！　抗《あらが》おうとするな。お前は本当に疲れているんだから！」すると彼らは動物のようにかっと目を見開いてこちらを睨みつける。何を言われたかもわかっていないようだ。そしてロボットのような速足でまた進んでいく。

仔トナカイが小さな器の中身をぺろぺろ舐めている。クレメットが近づくと、距離をおこうとしてロープを引っ張った。驚くほど小さくて華奢《きゃしゃ》だ。こんなに貧弱なのに、母親との絆が切れてしまっても生き延びることはできるのだろうか。仔トナカイが小屋の壁に影を落とした。しかしその影は震えてはいなかった。

葬儀に駆り出されたトナカイ警察の各パトロール隊は、エレン・ホッティ警部と打ち合わせをしたあと、六時半にはもう位置に着いた。葬儀が始まるのは午後だが、警部はあらゆるリスクを避けたいと考えていた。パトロールＰ９はハンメルフェストを望む高台を割り振られた。ニーナは始終上の空だった。何か見逃しているという気がしてならないようだった。その答えは彼女の父親にあるのかもしれない。

「それもきみの直感かい？」クレメットはそう言ってから、すぐに後悔した。彼もやはり疲れているのだ。自分の任務に集中しようとする。

トナカイのほとんどは島の東側で出産する。そのあたりが静かなエリアだからだ。通常、町に入ってくるのは雄ばかりだった。夏のいちばん暑いときに、涼を求めてやってくるのだ。

クレメットの提案で、エレン・ホッティ警部は検察官と打ち合わせをした。グンナル・ダールのことはあくまで参考人として聴取する。レンタカーの件があるものの、ダールとペーデルセンの間には結局なんの関連もみつからなかった。ペーデルセンが勝手にダールの名前を連帯保証人に使っただけだろう。警察の目をそらすために。

クレメットは双眼鏡で眼下に広がる町を見渡した。数頭のトナカイが町を囲むフェンスの外側をうろうろしている。檻に囚われているのはどちらなのだろうか。

短い礼拝が教会で行われることになっている。今立っている場所からずっと下のほうにあり、とがった形が特徴的な教会だ。教会墓地は教会と高台の急斜面に狭まれ、その斜面のいちばん高いところに今クレメットとニーナは立っていて、状況を確認している。参列者はこの地方の隅々から集まり、遠くオスロやスタヴァンゲルからもやってきている。海外からの参列者もいるのだ。フィヨルドセンはノーベル平和賞の選考委員会や石油管理局にいた頃に幅広い人脈を培っていた。

クレメットの無線機から雑音が聞こえた。パトロールP3からだった。警察の実働本部の北側にいるという。数週間前にクレメットがトナカイを追い払おうとした場所だ。そこで三頭のトナカイがフェンス内に入ったという。フェンスの扉がひとつ開けっぱなしになっていたせいで。なんと幸先のよいスタートだろう。パトロール隊はそのトナカイを追い払おうとしたが、トナカイのほうは従う気はさらさらないようだ。警官の声は逼迫していた。上からははっきりと指令が出ている。トナカイ所有者たちもその場にいて、手を貸している。無線からは囲いこみ作戦のことが聞こえてくる。まずどの道を封鎖するべきかなど、トナカイ所有者たちとの長い長い相談が続く。全員がパニックを起こしかけていた。まったくなんてことだ——。結局こうなってしまった。クレメットはまた双眼鏡を取り出した。ずっと遠くに、トナカイをフェンスのほうに戻すためにゆっくりと腕を振りながら歩いていく同僚のシルエットが見えている。なんとけなげな——それにひどく滑稽《こっけい》だ。また無線機から音がした。プラーリエンという住宅街からだ。そこにも今ちょうどトナカイが登場したという。クレメットは地図を取り出した。ヨーナス・シンバの担当地区だ。こいつもめちゃくちゃ頑固な野郎だ。あいつがわざと扉を開けたとしても驚かない。トナカイ所有者たちは今この町で起きていることに対してひどく怒っている。このままだとフィヨルドセンの葬儀はロデオになってしまう。まあおれは別にかまわないが——。クレメットは今朝、携帯電話が何度鳴ってもとっていない。エヴァから、友人の法医学者から、叔父のニルス・アンテからもかかっているのに。

疲れているはずなのだが、そうは感じなかった。クレメットは自分の影に目を落とした。影はなかなか元気そうだ。時計を見てから、Ｐ５の仲間に電話をかけ、担当地区に目を光らせておくように頼んだ。

クレメットは〈ブラック・オーロラ〉の駐車場で車に乗ると、すっかり考えに沈んでいるニーナと一緒に病院に向かった。トナカイの件はなるようになればいい。

マルッコ・ティッカネンは昨日の夜じゅう、どうやってユヴァ・シックに理性を取り戻させようかと考えていた。考えれば考えるほど、シックが記録カードのありかを知っているとしか思えない。そして、フェンスのところで待ちかまえるのがいちばん目立たない方法だという結論に達した。今は葬儀に注目が集まっているのも好都合だ。どんな武器を装備しようかと悩んだ。ティッカネンに武器が必要だというわけではない。シックを脅すには充分な肉体がある。しかし念のためだ。シックがおかしな考えを抱いたりしないように。あるいは防御のためだかなんだかわからないが。今回ばかりは計画を乱されては困るのだ。ハンメルフェストはここから重要な発展を遂げる。バレンツ海と北極海は新たな黄金郷になるのだ。そして多くの企業がこの町にやってくる。スオロで採れる原油の精製所を人工島に建てる工事は最終段階に入っていた。ハンメルフェストは輸送の基地でもあり、ティッカネンは何年もかけて鍵になるエリアを囲いこんできた。長年培った人脈、策略、笑顔、知人への貸し。ティッカネンはプロとしての態度を貫いてきた。彼を軽蔑したり、へつらわせたりするやつらを理解できなかった。なんのビジネスセンスもないやつらだ。一方のティッカネンは本物のビジネスマンだった。笑顔は営業の道具であり、不動産屋のガラス窓に貼るための住宅の広告を印刷するコピー用紙と同じくらい惜しげもなく消費してきた。その証拠に、仕事をしていないときは絶対に微笑まない。笑顔は商売道具なのだから、無駄に使ったりしない。それも母親から学んだことだ。母親も営業用の笑顔を使っていた。それに債権回収用の表情というのもあって、その表情のほうが自然だった。完璧な笑顔を見せるのがプロだと信じていたのに。息子にもファッション雑誌を渡して笑顔を練習しろと言いきかせていた。そしてティッカネンは、母親が笑顔のときは何か問題が起きていることを知っていた。ユヴァ・シックに歩み寄るときにも笑顔を浮かべるべきだろうか。シックは好都合なことに町のいちばん端のフェンスぞいに配置されているが、スオロの建設現場が見渡せるその位置に彼の姿は見当たらなかった。ティッカネンが百メートルほど手前で車を停めると、ちょうどそこに別の車が停まった。中から出てきた警官が歩み寄ってくる。ティッカネンはその警官の記録カードはつくっていない自信があった。つまり知らない男だ。ティッカネンは素早く笑顔を浮かべると、もっていた棒を地面に放り投げた。警官がティッカネンに声をかけた。トナカイ警察所属のスウェーデン人だ。この場所の監視を担当するのかと訊かれた。彼の地図によればそうなっているらしい。そこで見張るはずだったトナカイ所有者が、今病院で治療を受けていて来られなくなったから。ティッカネンはしどろもどろになって何か言い、笑顔を送り、謝り、礼を言って、また笑顔を浮かべると走り去った。時計を見る。この仕事は葬儀の間に片付けてしまいたいが、まだ時間はある。さっきの棒のことを考えた。それを拾うために戻ったりしたら、警官に怪しまれてしまうだろう。ティッカネンは棒は必要ないと考えた。

病院に到着すると、考えを変えて、車のトランクからモンキーレンチを取り出した。映画でよくやるように。そして病院の入り口で、友人のユヴァ・シックが入院している病室はどこかと尋ねた。すると、急いでください、まもなく退院するところですからと言われた。ということは深刻な容態ではないわけだ、よかった――。この場合にビジネススマイルはふさわしくないと思い、笑顔は浮かべなかった。胸の中で心臓が強く打っている。気づかないうちに汗をかいていた。まるで禁断症状だ。記録カードを喪失したせいで、身体にも影響が出始めて数日が経つ。もうこれ以上我慢できない。病室のドアハンドルに手をかけたとき、誰かが肩に手をおいた。振り返る前に、笑顔をつくらなければと考えた。目の前にはクレメット・ナンゴが立っていた。その隣には疲れた顔の女の同僚が。クレメットのほうは笑顔を浮かべるつもりはないようだ。

「ティッカネン、お前の小さな企みはもう終わりだ」

ティッカネンは相手の言っていることの意味がわからず、まだ微笑みを浮かべたままだった。警官に身体検査をされる。ティッカネンはバケツの水を頭からかけられたように汗をかいていた。するとナンゴの背後にもう一人警官が現れた。ポケットに入れていたモンキーレンチをナンゴに抜き取られる。

「不動産仲介業者はこういう工具をもって病院に見舞いに来るのか？」

「いや、これは……」

「共犯者との友情を深めるために来たのか？　無駄な言い訳はするな。お前の記録カードはおれが預かっている」

また頭からバケツの水をかぶったかと思うような汗が流れた。

「あれはただの顧客カードで……」

「残念ながらそのとおりだ、ティッカネン。お前が正しいよ。だがそれでも、ここにいる同僚が、ほら、爆発したお前の減圧室が保健福祉省の高圧環境における衛生、安全、および予防対策に関する規定に反していた件で、拘束したいそうだ。検察官は故殺への関与で起訴しようと考えている。だからといってエリック・ステッゴの無念は晴らせないが、最終的にはお前も罪を償うんだな」

アネリーはすでに退院していた。のけ者の埠頭に向かったと聞き、クレメットもそこへ行った。しかしアネリーはもういなかった。その代わりにニルス・ソルミが〈ボレス〉のテラス席にいた。ニルスは独りだった。

ニルスはクレメットにも座るよう勧めた。ニーナは急ぎの電話をいくつかかけるために車に残っている。

「こっち側に座るのは初めてなんだ。〈リヴィエラ・ネクスト〉の客に散々言われるだろうな」

「ここで何をしてる」

ニルスは答えなかった。

「アネリーもここに来ていたよ。まだ本調子じゃないから、ちょうど今、帰ったところだ。彼女はこれから何が待ち受けているのかをちゃんとわかっている。強いやつだ」

クレメットは顎でアークティック・ダイビング号を指した。

「次はいつ潜るんだ?」

「しばらくは潜らない。いや、もう潜らないかもしれない」

「パートナーがいなくなるからか」

「それだけじゃない。ちなみにおれの女は新しいヒーローにのぼせ上がっていてね。トムは今、彼女の誘いを断れる状態ではない。褒めそやされ、撫でられ、普段ならあの女には興味はないはずなんだが、今はそれが心地いいんだろう。実際には他に気になる子がいるようだが、まあなるようになるさ」

クレメットはニーナのことを考えた。ニーナはこのことをどう受け止めるだろうか。いや、今のニーナにはもっと大事なことがある。

「潜るのをやめても、お前はもう金には困らないだろう?」

「ああ、あの保険金ね。ジャックはまるで自分はもう先が長くはないのを知っていたみたいだな」

クレメットは意味がのみこめずにダイバーを見つめた。

「生命保険はほんの数週間前に契約したばかりだった。ジャックはこれから何か起きるのを感じていたんだろう」

「契約が決まったのはいつだ?」

「四月半ばの日付だった」

クレメットは考えてみた。辻褄が合う。ディヴァルゴらは資料を集め、アンタ・ラウラも一緒にそれをユッカスヤルヴィの教会に隠した。ラウラは、自分が制作に関わったオルガンに秘密の引き出しがあることを知っていた。ニルスを正しい方向に導くために送った携帯のメール。ラウラと聖なる岩を結びつける腕輪。ライチョウの彫り物、その背中に描かれたサーミのシンボル。オルガンの演奏をカセットに録音し、弁護士に送り、それが封筒に入ってニルスの元に送られてきた。こういったことすべての前に生命保険は契約されていたのだ。

そして、ニルスが手紙を読む頃には自分はもう生きていないというディヴァルゴのメッセージ。ニルスはクレメットの顔が曇ったことには気づかないようだった。

「アネリーには子供が生まれる」

クレメットはわれに返った。アネリーが妊娠していたとは知らなかった。

「その子は支援が必要になる。アネリーも」

「お前、まさかトナカイ所有者になるなんて考えてないよな」

「その心配はない。だが、トナカイの監視にエンジンつきのパラグライダーを導入しようと考えている若者たちがいる。ヘリコプターの代わりに使うんだ。そのアイデアを発展させてみてもいいかもしれない。投資するんだ。そのアイデアは本気で気に入った。ダイバーみたいにクールなやつらなんだ」

「金がないだけで？」

「かもな」

「お前は変わったな。なあ、おれはお前と一族の歴史の話をしようかと思っていたんだ。昔の話を」

「過去に興味はないね」ニルスが遮った。

「そうだな、お前の言うとおりだ。ともかく、たいしたことじゃない。今となっては」

63

ハンメルフェスト

エレン・ホッティ警部が三度目に電話をかけてきたとき、クレメットはさすがに出ることにした。警部は本気で怒り狂っていた。

「このままじゃ、フィヨルドセンの葬儀がわたしの葬儀になる。言っとくけど、あんたの葬儀にもなるのよ」

警部は電話で怒声をあげていた。クレメットは仕方なしに教会に向かい、墓地ぞいに車を停めた。警部はすぐにみつかった。人だかりの真ん中に立ち、激しい身振り手振りをしている。電話で指示を与えつつ、目の前に立つモルテン・イーサックのことも罵倒《ばとう》していた。モルテン・イーサックのほうも自分の携帯電話で誰かと話している。クレメットの姿が目に入ると、警部は拳《こぶし》を振り上げたが、電話で話し続けた。クレメットは小さく手を振り返すと、惨事の規模を確かめようと教会墓地の中を歩いて回った。喪服姿の男が四人、フィヨルドセンの棺を担いでゆっくり進んでいく。それが墓地の入り口に差しかかり、その後ろに教会堂から出てきたおごそかな参列者の長い列が続いた。その民族衣装から、遠方からやってきた人もいることがわかる。彼らの目には一様に驚きが宿っていた。頭を高く上げて墓石の間を走り回るトナカイが目に入ったからだ。ときどき立ち止まり、墓石に飾られたばかりの花をつまむ。それからまた堂々と歩きだすが、そのあとを腕を振り回しながら警官が追いかけていく。トナカイが四方八方から墓地を取り囲んでいる。クレメットは責任を問われるのは自分だけではないはずだと考えた。というのも、教会墓地の隅には知った顔のトナカイ所有者が複数いた。そのうち二人はその場に立ったまま、繰り広げられるシーンを眺めている。しごく丁寧にタバコを巻きながら、大きな笑みを浮かべて感想を述べあっている。ヨーナス・シンバがその二人に近寄り、身振りからして苛立っているようだが、その怒りは葬儀の列に向けられているようだ。そのとき、入り口近くにバンが停まった。白いオーバーオールを着て猟銃を手にもった男が参列者のほうに向かってきて、左に折れた。かかしの役割を担っている警官たちのほうにだ。また別の方向からトナカイが三頭、葬儀の列に向かって走ってきた。クレメットはあきれて頭を振った。その後ろに投げ縄を振り回すトナカイ所有者が二人続く。これまで一度もトナカイを見たことのない人々は怯え、散り散りに逃げていく。悲鳴が響き、葬儀の列が乱れた。トナカイが人の集まりに突っこむ前にと、トナカイ所有者が投げ縄を投げたが、縄はスーツ姿の男を捕らえてしまった。男は驚いてつまずいた。トナカイたちは驚く人々を前に歩き続ける。白いオーバーオールの男が麻酔銃をトナカイに向けた。引き金を引くと一頭がその場で倒れ、強い鎮静剤で眠ってしまった。

ヨーナス・シンバがそれを見て、他の二人の所有者を連れて駆け寄った。シンバは獣医師を怒鳴りつけている。獣医師は警察の要請に応じただけだと弁解している。シンバは興奮のあまり獣医師から銃を奪おうとした。周囲の人々は身の危険を感じ、門のほうに向かい始めた。教会墓地は大混乱に陥っていた。墓地の反対側では、また二頭のトナカイが門のところに戻ってきた。その後ろにまだ警官がいる。トナカイたちはパニックを起こし、墓地の中を走り回った。怯えたトナカイに突進されるのを避けるために、棺を担いだ四人は道を明け渡した。エレン・ホッティ警部はそれを見て、携帯を取り落としそうになった。クレメットはヨーナス・シンバをなだめ、獣医師に仕事を最後まで終えさせた。全員が文句を言い、悲鳴をあげ、興奮している。真ん中の小道のいちばん奥では、最後のトナカイが一同に背を向けて墓石の花を食べている。また小さな矢が放たれ、トナカイはすぐに眠ってしまった。その間に牧師は人々の間を回り、彼らをなだめ、少しでも秩序を取り戻そうとしていた。

ヨーロッパ6号線

ニーナはE6ぞいの待ち合わせ場所に到着した。カラショークやフィンランドとの国境からはかなり離れた場所だ。ハンメルフェストではやっと葬儀を始められる状態になり、教会に人が戻ってきた。埋葬は夜になるという。ニーナはクレメットを説得して独りで出てきた。疲労と闘いながら、自分が猛スピードを出していることにも気づかずに、何度かカーブで道路から外れそうになった。それで急にアドレナリンが身体に溢れ、少しの間だけ気分がよくなった。

約束した駐車場では父親の〝外界とのつながり〟が待っていた。

「今日のパパの調子はどう？」

「きみのことで心をかき乱されている。彼自身も……きみのことをどう思っていいかわからないようだ。もう娘を失ったと思って長年生きてきたのだから。縁を切られてしまったと」

「でも説明したじゃない、母が……」

「一度きみと約束したそうじゃないか。夜に発作を起こしたあと、絶対に自殺だけはしないと約束した。あいつはその約束を守ってきた。どうやって耐えてきたのかは想像もつかない。ときどき自分の思いを紙に書いている」

　ニーナは眉をひそめた。そんなこと約束した？　思い出せない自分に苛立った。そんな大事なことを覚えていないなんて！　一度、真夜中に父親が出ていったとき、ニーナは起きて玄関で待っていたことがある。そのときのこと？　そんな約束を忘れてしまえるもの？

　二人はそこから彼のスノーモービルに乗り換えた。ニーナは運転手の背にもたれたまま眠りそうになった。軽い霧の中に、カウトケイノやスカイディとは異なる風景が見える。荒野には丸みがなく、遠くにニーナの知らない丘が見えている。サプミのこの砂漠のようなエリアに足を踏み入れたのは今回が初めてだった。まだ凍っている川を走る。顔が冷たい空気に鞭打たれ、自分を取り囲む寂寥とした景色に五感がよみがえった。雪が解けた部分は小さな石だけが露《あら》わになっている。ヒース以外に命の兆しはない。神にも忘れ去られたようなこの僻地に父親は引きこもっているのだ。おしゃべりとは言えない男だけを外界とのつながりにして。ニーナは男が駐車場で語った言葉を考えた。父親の発作のこと、そしてニーナに誓ったこと。それから今の父親の沈黙、よそよそしさ、二人の間の距離。

スノーモービルは凍った川を進み、小さな丘の間を抜けた。運転している男の肩ごしに湖畔の小屋が見えてきた。その後ろにはツンドラが果てしなく広がっている。丘のこちら側は雪が少なかった。ただし驚くほどの厳しさだった。ここはまるで世界の果て――。

小屋は薄いグレーで窓の周りには白い枠がついている。傾斜の緩い黒い屋根。玄関のドアは二十メートルほど離れた湖に向かって開くようになっている。少し離れたところに三角形の小さな建物があり、中はおそらくトイレだろう。クッションの破れた古いベンチが壁ぎわにあり、そこに父親が座っていた。最後の瞬間まで、二人には視線を向けない。肩を落とした人影が、立ち上がると伸びた。分厚いズボン、裏地に毛皮のついた大きな上着、ポケットが破れかけている。大きなノートが片側のポケットから飛び出している。父親は前回のように準備したのだろうか。可能なかぎり頭が冴えているように、会う時間に合わせて睡眠をとったのだろうか。でもわたしも同じくらい疲れて見えるはず――。

「二人きりで話しなさい。わたしはそこで釣りをしているから。何かあれば、入り口の鈴を鳴らしてくれ」

ニーナは感謝をこめてうなずくと、男は立ち去った。ニーナは父親の前に立つのをためらった。父親はまだ一度も口を開いていない。

「資料を貸してくれてありがとう。捜査の突破口になったわ。まあ、わからないままのこともあるだろうけれど」

昔のダイバーたちのことを話したかったが、父親が前回のような反応をするのが怖かった。だからニーナは、ここでの生活はどうか、どのくらいここに住んでいるのかと尋ねた。父親はまだ立ったまま、一点を凝視しながらニーナの問いに答えた。答えは短く、すぐに途切れ、疲れているのがわかる。個人的な話題になると、すぐに黙りこんでしまう。十二年前に出ていったときの話題を出すと不機嫌になった。微妙な質問になると避けようとする。

父親が小屋の中でどんなふうに暮らしているのかを見たいと言うと、父親は中に入らせてくれた。ニーナは目の前に現れた壁にショックを受けた。その壁も付箋《ふせん》で埋めつくされていたからだ。ディヴァルゴとペーデルセンのバンの中と同じように。父親はニーナの視線を追い、自分の頭を指さした。またあの、自分がどこにいるのかわからないような表情。

「何もかも消えてしまうからだ。あの潜水のせいでね。人間を壊してしまう。それに厄介なんだ。見た目にはわからない。この中がおかしくなるんだ」

父親はまた指で自分の頭を押した。目からは涙がこぼれそうだ。ちょっと思い出させただけで、底まで沈んでしまう。神経が身体の外側に張りめぐらされているみたいに繊細《せんさい》になっている。いつなんどき先日のように爆発してもおかしくない。余力をかき集め、もっているわずかな体力を動員しながら、時間があっという間に過ぎていく。ニーナは部屋の中を見回した。簡易ベッドに寝袋。テーブルと椅子が一脚。暖炉の前にスツールがふたつ。大きなトランク、コンロのそばに棚。大量の付箋。ニーナは記憶のモザイクから目をそらすことができなかった。

簡易ベッドの脇の靴箱の中には薬が見えた。父親は椅子に腰かけ、視線は窓の外に消えている。ニーナは薬のシートを裏返してみた。名前に見覚えがある。フルオキセチン、リスペリドン、ゾルピデム。ペーデルセンやディヴァルゴと同じ薬だ。付箋に薬——ダイバーに共通した凋落の証拠。何も言わずに、父親はトランクを指さした。体力が尽きようとしている。ニーナがトランクを開けると、ブランケットの上に封筒がいくつかおかれていた。準備してくれていたようだ。父親の口がかすかに動いた。

「お前が訊く勇気のないことがそこに書かれている」父親は無感情だが疲れた声で言った。

そして小屋から出ていった。手紙はここ数週間の新しいものだった。差出人については何も書かれていない。だが父親は誰なのかわかったのだろう。手紙は読まれていた。それも何度も読まれたようだ。ニーナは一通目の手紙を開いた。四月初めの手紙。そして次の手紙。どれもミッドデイという人間に宛てて書かれている。手紙を書いた人間は、敗北した兵士たちが見捨てられることを書いていた。ニーナは内容を理解するのに少し時間がかかった。全部で十通ほど、ジャック・ディヴァルゴによって書かれ、ニーナの父親に宛てられたものだった。次第に制御がきかなくなるペーデルセンのことで苦しんでいるディヴァルゴ。手紙に出てくる三人目の男は、疑いなくアンタ・ラウラだ。長く苦しい凋落の様子が文章の中に読みとれる。ますます正気を失っていくペール・ペーデルセン、別名クヌート・ハンセン。ペーデルセンはもう自分の中の悪魔を鎮めることができなくなっていた。手紙の書き手であるディヴァルゴは彼をこの世界につなぎとめられなくなっていく。そしてディヴァルゴのほうも次第に息ができなくなり、なんとか水面にとどまろうとするが、ついに沈んでしまった。それでも止めようとはした。止められるものだけでも。〝きみがこれを読むとき、わたしはもう生きてはいないだろう〟ディヴァルゴは自分の死亡事故を計画していたのだ。すべてを終わらせるために。そしてアンタ・ラウラを道連れにした。アンタ・ラウラ――元トナカイ所有者は計画や準備をする間は頭がはっきりしていたのだろうか。革の腕輪、ライチョウの彫り物、ユッカスヤルヴィのオルガンの隠し場所。どんな結末を迎えるかわかっていたのか？　ディヴァルゴはアンタ・ラウラを説得したのだろうか。一緒に……こんな行為をすることを。その言葉を口にするのははばかられた。自殺――父親がかつてしないと誓い、ニーナが忘れてしまったその言葉を。

ニーナの携帯電話が鳴った。ニーナが小屋の外に出ると、父親はベンチに座っていた。こちらを向こうともしない。沈んだ肩。着信番号の下にクレメットの顔が浮かんでいる。

「そっちはどうだ?」

「だめ」

「だからついていくって言ったのに」

「そっちはどう?」

「上を下への大騒ぎだ。フェンスの扉は開いているし、トナカイが走り回っているし、トナカイ所有者たちは挑発されたと怒っている。警部はおれに腹を立てているし、獣医師がトナカイを一頭ずつ眠らせている。その中をフィヨルドセンの棺が……。想像できるか?」

ニーナは笑みを浮かべた。なんだか気分が明るくなった。この月面のような場所に来てから、よほど気を張りつめていたようだ。

「ところで法医学者から電話があった。ペーデルセンとラウラの死因は薬の過剰摂取だ。溺死事故の前にね」

「ディヴァルゴが最後の数週間にパパに宛てて書いた手紙を今読んだけれど、その内容も同じことを裏づけている。手紙の中でディヴァルゴは助けを求めていた。彼はあとの二人を死の道連れにしたのね」

「まあ、そんな感じだな」

二人はしばらく黙っていた。

「迎えに行こうか？」

「ありがとう。でも独りでいたいの」

ニーナの指がゆっくりと画面を撫で、クレメットの顔が消えた。ニーナは父親を見つめた。座ったまま景色を眺めている。感情は一切出さずに。しかし顎がかすかに震え、気を張りつめているのがわかる。ニーナは手紙を父親の手においた。父親は唇を噛んだ。今にも爆発しそうだ。崩れ落ちそう。太陽はこれ以上行けないくらい低いところにある。父親もそうだ。しかしここの太陽はこれ以上深くは沈まない。でも父親は？

ニーナは隣に座った。ポケットのノートを指さす。

「読んでもいい？」

「お前のだ」

ノートを開くと、ページに溢れるのは父親の筆跡だった。ニーナは読み始めた。発作の描写。父親は身じろぎもせず、手でディヴァルゴの手紙を握りしめている。

長い時間が経ってから、ニーナはノートを閉じた。父親はまだ隣で動いていない。

ニーナが手を取ると、父親は身をこわばらせた。ニーナは悲しみをこらえながらも笑みを浮かべて父親を見つめた。父親の荒れた手を自分の頭にのせ、肩にもたれる。父親は目をそらしたが、振り払おうとはしなかった。二人はしばらくそうやって座っていた。長い一瞬が過ぎたあとの父親の声に、ニーナは驚いたほどだった。

「ミッドデイ。ミッドデイとミッドナイト……」

ニーナは続きを待った。

「おれたちはそう呼ばれていた。正反対だけど同じ。二人でひとつだった」

「ジャック・ディヴァルゴはパパのダイビング・パートナーだったのね」

父親は辛そうな表情で拳を上げ、しわくちゃになった手紙を見せた。自分には応えられなかった、助けを求める悲鳴。その夜じゅう、父親は初めてニーナに語った。自分の内なる深淵、裏切り。誓いと愛情についての暗い言葉や苦しみ、そして恐怖について。

訳者あとがき

狼湾《ヴァリギスンド》の岸に集まった五百頭ものトナカイの群。夏の餌場がある対岸の鯨島《クヴアールエイヤ》へと渡るためには、この湾を泳いで渡りきらなければいけない。ついに白いリーダートナカイが覚悟を決め、他のトナカイもそれに続く。しかし何かが起きたようだ。トナカイたちは怯えだし、湾の中で円になってぐるぐる回り始める。円の内側は激しく渦巻き、それに引きこまれてトナカイが次々と溺れ始める。近辺で待機していたトナカイ所有者が死の円舞を破ろうと、ボートで渦の中心へと突進するが――。

そんな迫力ある場面に始まる『白夜に沈む死』。トナカイ所有者が狼湾で溺死したのを皮切りに、ハンメルフェストの町では不審な死亡事件が相次ぐ。ハンメルフェストは北極圏にあるノルウェーの小さな町で、沖で採掘される天然ガスと原油のおかげでバブルが起きている。各国の企業が採掘の利権や事業拡大のための土地を巡り、この小さな町で火花を散らしてもいた。石油産業で働くダイバーは危険極まりない仕事だが高給をとり、男の中の男だと皆から一目おかれている。そんなダイバーの一人に、サーミ人のニルスがいた。

極寒の極地でトナカイの放牧を続ける男たちの姿を描いたシリーズ一作目『影のない四十日間』は、四十日も太陽が昇ることなく、自分の影すらもつことのできない冬の物語だった。ミステリ批評家賞や813協会賞他、母国フランスで二十三もの賞を受賞し、その人気を受けてバンドデシネ（コミック）も刊行されている。国外では十九カ国に翻訳され、英語版は二〇一四年のCWAインターナショナル・ダガー賞のショートリストにノミネートされた。二作目となる本作では長く暗い冬が明け、日に日に夜が短くなっていく春が舞台だ。冬の間、トナカイの群は内陸部の広大な高原地帯ヴィッダに暮らすが、春になると夏の餌場である沿岸部の島々を目指して移動を始める。それに伴い、トナカイ放牧を生業とするサーミの人々も、トナカイについて一族で放牧の旅に出る。移動式テントのコタを立てたり畳んだりしながら野営地を転転とし、トナカイの群が分散してしまわないよう見張りながら夏の餌場を目指す。しかし若いトナカイ所有者のエリックと妻アネリー、その仲間たちのトナカイが毎夏訪れる鯨島には、急速に発展を遂げるハンメルフェストの町があった。石油ビジネスにより成長拡大を続ける町の住民はサーミ人がトナカイを連れて鯨島にやってくるのを快く思ってはいない。北欧人が入植する前から、サーミ人は鯨島でトナカイを放牧していたのに。

トナカイ警察の警官ニーナにとっては、初めて体験する極地の春。ほぼ一日じゅう輝いている太陽のせいで眠れない中、次々と起きる町の不審な事故死の捜査を進めることになる。その中で計らずも、自分の辛い過去とも向き合うことになる。

著者オリヴィエ・トリュックは一九九四年以来スウェーデンの首都ストックホルムに暮らし、フランスのル・モンド紙の北欧およびバルト三国担当の特派員記者を務めてきた。フランスのテレビのドキュメンタリー番組も手がけ、ノルウェーの北極圏で二カ月トナカイ警察の取材、撮影を行った経験がある。実際に彼らの生活を追うことで知り得た、トナカイ放牧、そしてそれを取り巻く問題や社会との軋轢《あつれき》を作品の中で描いていく。経験豊かなジャーナリストによる筆致は、壮大なドキュメンタリー番組を観るかのような満足感を与えてくれる。本作によって暴かれるのは、天然資源で豊かになった福祉国家ノルウェーの陰で犠牲になってきた人々の姿だ。

　ノルウェーの主要産業というと、ノルウェーサーモンやタラなどの水産業を思い浮かべる方が多いかもしれないが、実は北海で産出される原油や天然ガスが大きな収入源になっている。経済が安定していて、北欧の中でもとりわけ物価が高くその分給料もいいので、隣国スウェーデンからの出稼ぎ労働者が多くいるほどだ。たとえば看護師といった職種はノルウェーで働いたほうがずっと給料がよいという理由で、大勢の看護師がスウェーデンから流出している（二〇二〇年六月時点で二万五〇〇〇人近くのスウェーデンの看護師免許取得者がノルウェーの看護師免許も取得）。さらに二〇二二年のウクライナ侵攻後は、ロシアからの原油や天然ガスの供給量が減ったために、ノルウェーではさらなる石油の増産が計画されている。特に羨ましいのは、将来的に天然資源から収入が得られなくなったときに備えて、石油基金（政府年金基金グローバル）を設置して年金の財源を確保している点だ。国民一人あたり約三千百万円（二〇二二年時点）の積立に相当する規模だという。

　長らく未開の地だった北極圏。海には原油や天然ガス、陸には各種の貴重な鉱石が眠っている。しかし環境問題や先住民であるサーミ人の生活を考えると、そう簡単には天然資源の開発を進めることはできない。現実世界のニュースでも、企業と地元の人々の対立がたびたび報道されている。最近では、鉄鉱山の開発でトナカイ放牧の餌場を脅かされるスウェーデンのサーミ人の村が、最高裁で闘うためにグレタ・トゥーンベリ基金から二百万クローネの資金援助を受けることが大きなニュースになった。二〇二二年にスウェーデンで刊行されたミレニアムシリーズの七作目も北極圏を舞台に、極地の天然資源や土地を手に入れようとする大企業とトナカイ所有者をはじめとした地元の人々との軋轢が描かれている。

北極圏でトナカイ放牧を続ける人々の姿を記録したものに、ノルウェー国営放送の Rein-flytting minutt for minutt というシリーズがある。トナカイ放牧の様子を収めた動画がアップされていて、〝フィンマルク地方で、台地にある冬の餌場から鯨島の夏の餌場まで移動するサーラ一家のトナカイの群に密着〟という副題がついている（https://tv.nrk.no/serie/rein-flytting-minutt-for-minutt）。厳しくも雄大な極地の大自然の中を、スノーモービルを使い犬とともに何百頭というトナカイを移動させていく様子を観ることができる。

少数民族の過去と現在、そして未来――。本作を通じて、時代に翻弄される人々の姿を知りえたことに感謝しているし、訳者として日本の読者にもその体験をシェアできることを心から嬉しく思っている。

二〇二二年十二月二日

検印
廃止

訳者紹介 1975年兵庫県生まれ。神戸女学院大学文学部英文科卒。スウェーデン在住。訳書にペーション『許されざる者』、ネッセル『殺人者の手記』、ハンセン『スマホ脳』、ヤンソン『メッセージ　トーベ・ヤンソン自選短篇集』など、また著書に『スウェーデンの保育園に待機児童はいない』がある。

白夜に沈む死　下

2023年1月20日　初版

著　者　オリヴィエ・トリュック

訳　者　久《く》山《やま》葉《よう》子《こ》

発行所　（株）東京創元社
代表者　渋谷健太郎

162-0814/東京都新宿区新小川町1-5
電　話　03・3268・8231-営業部
　　　　03・3268・8204-編集部
URL　http://www.tsogen.co.jp
DTP　工友会印刷
暁印刷・本間製本

ISBN978-4-488-22706-7　C0197

巧緻を極めたプロット、衝撃と感動の結末

JUDAS CHILD◆Carol O'Connell

クリスマスに少女は還る

キャロル・オコンネル
務台夏子 訳　創元推理文庫

◆

クリスマスも近いある日、二人の少女が町から姿を消した。

州副知事の娘と、その親友でホラーマニアの問題児だ。

誘拐か？

刑事ルージュにとって、これは悪夢の再開だった。

十五年前のこの季節に誘拐されたもう一人の少女——双子の妹。だが、あのときの犯人はいまも刑務所の中だ。

まさか……。

そんなとき、顔に傷痕のある女が彼の前に現れて言った。

「わたしはあなたの過去を知っている」。

一方、何者かに監禁された少女たちは、奇妙な地下室に潜み、力を合わせて脱出のチャンスをうかがっていた……。

一読するや衝撃と感動が走り、再読しては巧緻を極めたプロットに唸る。超絶の問題作。

完璧な美貌、天才的な頭脳
ミステリ史上最もクールな女刑事

〈マロリー・シリーズ〉

キャロル・オコンネル◎務台夏子 訳

創元推理文庫

氷の天使
アマンダの影
死のオブジェ
天使の帰郷
魔術師の夜 上下
吊るされた女
陪審員に死を
ウィンター家の少女
ルート66 上下
生贄《いけにえ》の木
ゴーストライター
修道女の薔薇《ばら》

創元推理文庫

MWA賞最優秀長編賞受賞作

THE STRANGER DIARIES◆Elly Griffiths

見知らぬ人

エリー・グリフィス 上條ひろみ 訳

◆

これは怪奇短編小説の見立て殺人なのか？　タルガース校の旧館は、かつて伝説的作家ホランドの邸宅だった。クレアは同校の教師をしながらホランドを研究しているが、ある日クレアの親友である同僚が殺害されてしまう。遺体のそばには“地獄はからだ”と書かれた謎のメモが。それはホランドの短編に登場する文章で……。本を愛するベテラン作家が贈る、MWA賞最優秀長編賞受賞作！